Newton Compton Editores

Título original: *Tutto colpa di New York*

© 2013, Newton Compton editori s.r.l.
© 2024, de la traducción por Marta Cueva Camblor
© 2024, de esta edición por Antonio Vallardi Editore S.u.r.l., Milán

Todos los derechos reservados

Primera edición: octubre de 2024

Newton Compton Editores es un sello de Antonio Vallardi Editore S.u.r.l.
Pl. Urquinaona, 11, 3.º 1.ª izq. Barcelona, 08010 (España)
www.newtoncomptoneditores.com

Gruppo editoriale Mauri Spagnol S.p.A.
www.maurispagnol.it

ISBN: 978-84-19620-42-2
Código IBIC: FR
DL: B 14.046-2024

Diseño y composición de interiores:
David Pablo

Impreso en octubre de 2024 en Puntoweb s.r.l., Ariccia (Roma), en Italia.

Cassandra Rocca

Enamorarse en Nueva York

Traducción de Marta Cueva Camblor

Newton Compton Editores

Barcelona, 2024

A quienes siguen creyendo,
a pesar de todo

Capítulo 1

Las risas de los niños resonaban por las calles, haciéndose eco entre las carcajadas contenidas de los adultos y los típicos ruidos de cuando en las casas están de celebración. En un pequeño barrio residencial de Staten Island, las familias celebraban el Día de Acción de Gracias alrededor de mesas repletas de pavos rellenos, comiendo deliciosos pasteles de calabaza y boniatos, y charlando amistosamente con sus invitados. En la calle, los niños disfrutaban de un frío día de sol a finales de noviembre, y corrían los unos detrás de los otros, aunque los que más se reían eran los pequeños gemelos Stevenson, que huían de una especie extraña de pavo humano.

—Así que queréis comerme, ¿eh? ¡Vais a ver lo que es bueno, caníbales! ¡Estoy harto de ver a mis parientes en vuestras mesas!

Con una voz chillona e imitando los sonidos típicos y graciosos de un pavo, Clover O'Brian siguió persiguiendo a los tres traviesos de siete años a través del pequeño espacio cubierto de hierba frente a la iglesia, deleitándose con sus gritos.

—¿Quién de vosotros ha comido más pavo? —preguntó, haciendo un montón de glu, glu, glu para enfatizar más al personaje.

—¡Yo, yo! —chilló Sam, que tenía dos huecos en lugar de los incisivos superiores—. ¡Yo me he comido dos platos!

–¡Uy, no me lo puedo creer! Con todo ese espacio que tienes ahí delante, es normal que te quepa tanta comida en la boca –bromeó Clover, siguiéndole con la cabeza gacha–. ¡Entonces te comeré a ti primero! ¡Glu, glu, glu!

Se apresuró hacia delante, haciendo que el niño chillara de alegría, y luego siguió con los otros dos. Estaba empezando a quedarse sin aliento, pero le encantaba el sonido de aquellas risas infantiles. Además, no tenía nada mejor que hacer: siempre estaba sola el Día de Acción de Gracias.

Es más, de hecho, estaba sola en casi todas las ocasiones especiales.

No podía presumir de tener realmente una familia y sus pocos amigos pasaban las fiestas en compañía de sus seres queridos, como era normal. Solían invitarla a unirse a ellos, pero casi siempre prefería declinar el ofrecimiento y buscar pasatiempos alternativos para esos días. Irrumpir en casas ajenas solo le recordaba lo que se estaba perdiendo, y no quería que esos pensamientos melancólicos le arruinaran un día festivo.

La alegría era como un deber para Clover. Sobre todo, en esas fechas.

Adoraba la Navidad y la atmósfera que se respiraba en diciembre como en ningún otro mes del año, y siempre se esforzaba para que nadie le estropeara esos treinta días, sagrados para ella, aunque eso significara celebrarlo sola.

Desde que su padre había muerto hacía diez años, Clover se había acostumbrado poco a poco a la soledad.

Tampoco es que hubiera demasiado ambiente festivo en casa de los O'Brian: nadie en su familia tenía disposición al buen humor, ni un fuerte espíritu navideño. Pero ella no había perdido aquella ilusión infantil que la hacía sonreír como una idiota al imaginarse docenas de regalos de colores bajo un árbol iluminado. Así que se esforzaba en no dejarse envenenar por el cinismo y el desencanto de los demás.

Su madre siempre había odiado la Navidad. Tener que organizar una fiesta perfecta para los invitados, buscar regalos para todo el mundo y sonreír a todos sus familiares y amigos solo la llevaba a estar nerviosa y a decir palabrotas, algo que su padre siempre trataba de suavizar. Pero, al quedarse viuda, las cosas empeoraron aún más, por lo que Nadia O'Brian dejó de organizar cualquier tipo de celebración y empezó a limitarse a aceptar las invitaciones de los demás.

Por otro lado, su hermano Patrick, desde que se casó, había perdido todo interés por la Navidad, fiesta que empezó a considerar una fiesta para niños. En realidad, desde que se casó había cambiado mucho, y para mal: se había cerrado en sí mismo, pensaba solo en el trabajo y en sus hijos, y había olvidado la estrecha relación que siempre los había unido. Clover recordaba a Patrick con nostalgia y rabia... Recordaba, sí, porque los recuerdos eran lo único que le quedaba: como a su cuñada no le agradaba particularmente, su relación con él se debilitó y sus encuentros se volvieron cada vez más esporádicos.

En cualquier caso, por mucho que le desagradase, la separación de su familia le había permitido poner la distancia adecuada entre su necesidad de tranquilidad y alegría y su tendencia al drama. Además, la muerte de su abuela paterna también le había dado a Clover la oportunidad de distanciarse físicamente de aquel clima de tensión. Abandonar Maine y tomar posesión de su herencia –la pequeña casita de campo en la que había estado viviendo desde hacía tres años– había sido una bendición, y los encuentros con su familia se habían reducido a casi nada.

Ahora, las fiestas eran un monopolio de Patrick y de su mujer Sienna: cada año, toda la familia O'Brian se reunía en la casa de pueblo y, al menos durante un par de días, fingía llevarse bien e interesarse por las tradiciones navideñas solo por el bien de los niños. Debido a su poca predisposición a mentir y a su incapacidad para ocultar verdades, Clover no era bienvenida... pero le importaba bien poco. Asistir a esas fiestas, los primeros años, había sido un suplicio salpicado por discusiones y caras largas que, inevitablemente, se traducían en fuertes dolores de cabeza y en una tristeza latente. Desde entonces, su hermano y ella llegaron a un acuerdo: Patrick la invitaba a la cena de Nochebuena y a la comida de Navidad y ella fingía tener ya otros compromisos, y todo se reducía a enviar regalos a toda la familia.

Eso era lo único que la salvaba de ser tachada definitivamente del árbol genealógico: se le daba muy bien hacer regalos.

—¡Clover, eres muy lenta! ¡No puedes alcanzarnos! —soltó Mark, el más listo de los gemelos Stevenson, sacándola de sus pensamientos y devolviéndola a la realidad.

—Me he comido demasiados niños en el almuerzo, tal vez me venga bien descansar. Ya os comeré otro día.

—¡Al ataqueeee! —gritaron los dos a la vez, corriendo hacia ella. Con una carcajada, Clover se giró bruscamente para huir, pero un obstáculo inesperado apareció delante de sus narices. Una barrera que le tapaba por completo la vista y que la hizo rebotar hacia atrás y caer sobre la hierba.

—¿Qué coño...? —murmuró.

—¿Se ha hecho daño?

Al oír esa voz, Clover levantó los ojos y en su campo de visión apareció una mano de dedos largos. La mano no era más que el elegante apéndice de un brazo, que a su vez era parte de un cuerpo bien proporcionado, que estaba cubierto, pero no oculto, por una chaqueta de gran calidad.

–¡Dios mío! –murmuró, levantándose sin la ayuda de aquella mano–. Pero ¿quién es usted, Lobezno?

–No, ese es Hugh Jackman.

–Por su complexión física, se podría decir que usted también está hecho de *adamantium*.

–¿Tan fuerte ha sido el golpe? ¿Tengo que llamar a una ambulancia? –preguntó el hombre, con una pizca de humor en su voz.

Clover alzó por fin la vista hacia él y estuvo a punto de volver a caerse.

A pesar de que llevaba puesto un gorro de lana y el cuello de la chaqueta levantado, era imposible no reconocer aquel rostro tan sumamente atractivo.

Cade Harrison, el famoso actor de Hollywood, estaba delante de ella con una expresión de asombro, vagamente divertida y... ¿esperando algo? Tal vez se esperaba una reacción más entusiasta ante su presencia, y ese pensamiento bastó para evitar que se quedara boquiabierta como una imbécil.

Se enderezó con todo su metro sesenta –aunque los tacones de sus botas la hacían parecer más alta– y se limpió el abrigo con las manos.

–No esperaba encontrarme con un muro así en mi camino, no estaba preparada. Con el tamaño que tiene, no debería aparecer así por detrás de la gente –dijo.

–Lo tendré en cuenta la próxima vez que salga de casa para dar un paseo.

Clover alzó las cejas.

–¿Usted vive aquí?

—¿Hay alguna ley que prohíba a los tipos que tenemos un físico imponente vivir en un lugar tranquilo?

—No le había visto antes. —Ante la expresión de asombro de Harrison, Clover agitó una mano y sonrió—. Por aquí, quiero decir. Y eso que vivo aquí desde hace mucho, estoy segura de que me habría fijado en una cara conocida, si la hubiera visto antes por el vecindario.

—Un amigo me ha prestado su casa por vacaciones —dijo él sonriendo, mostrando unos dientes blanquísimos y perfectos, dignos de ocupar un lugar de honor en la pared de la consulta de algún dentista. Por un momento, se preguntó si Cade Harrison habría prestado alguna vez su imagen para algún anuncio de pasta de dientes, pero no era así. Había salido en un anuncio de perfume, y de pronto Clover se acordó de él: un metro ochenta y cinco de músculos marcados y piel bronceada, tumbado entre unas sábanas de seda blanca junto a una modelo delgada, sexi y muy atractiva...

Ella, en cambio, debía tener un aspecto horrible, como poco, con ese abrigo y esa kilométrica bufanda rosa que desentonaba con el color rojo de sus rizos, el culo manchado de verdín y las manos sucias. Al menos, esperaba que no se le hubiera quedado nada entre los dientes.

—¿Qué hace un actor tan conocido como usted en un lugar como este? ¿Los ricachones famosos no suelen ir a Aspen? —Tras pronunciar esas palabras, se sintió fatal. ¿Por qué demonios tenía que hacer el ridículo delante de un hombre como él?

Harrison parecía desconcertado. Sin duda, estaba acostumbrado a que la gente que lo veía por la calle le tratara de forma muy distinta: le pedían autógrafos, le hacían reverencias o empezaban a llorar histéricamente. ¡Jamás se habría imaginado que se toparía con una loca que corría haciendo ruidos de pavo, ni que le trataría como a un visitante no deseado en el barrio!

–Eso es justo lo que todo el mundo piensa –contestó metiéndose las manos en los bolsillos–. Por eso yo no voy a Aspen, ni a ningún otro sitio frecuentado por estrellas.

–Ya veo. ¿Y cuál es la casa de su amigo? A lo mejor lo conozco.

–Aquella de allí.

Clover siguió la indicación del hombre y abrió los ojos como platos.

–¡Pero si está enfrente de la mía!

Cade desvió automáticamente la mirada hacia su casa y Clover estuvo a punto de ponerse delante de sus narices para impedir que la mirase.

Comparada con la construcción de tres plantas de su vecino, su casa parecía una ratonera. ¿Cómo se veía a través de los ojos de un actor forrado de dinero?

La estaba remodelando poco a poco, pero no ganaba lo suficiente como para permitirse una reforma completa. Además, había empezado con las obras interiores. Las habitaciones ya habían empezado a ser algo más alegres y modernas, pero, por fuera, aquella casita de estilo victoriano seguía dando la misma impresión de decadencia y melancolía que cuando vivía su abuela.

–A su amigo solo lo conozco de vista –dijo, intentando que no le importara la opinión de un desconocido–. Pero bueno, será interesante tenerle cerca. Aquí no se suele ver a gente famosa.

–La verdad es que preferiría que no se supiera. Quiero un poco de tranquilidad –dijo el hombre, mirando a su alrededor con cierta preocupación.

Clover contuvo una carcajada.

—¿Cree que podrá mantener en secreto su presencia en un lugar como este? ¡Debería haberlo pensado antes de mostrar su cara bonita en las pantallas de medio mundo! Dentro de unas horas, todo el vecindario sabrá que Cade Harrison está aquí, entre nosotros, los simples mortales.

Él se puso tenso.

—¿Va a venderme a los periódicos? Si lo que busca es dinero, le aseguro que no pagan tanto como piensa.

—¿Por quién me toma? —soltó Clover—. Puede que, comparada con usted, sea pobre, pero no necesito darle la lata a los demás para ganarme algo de dinero extra. —Dio un paso hacia atrás, molesta—. Disfrute de su estancia, señor Harrison.

Cuando se dio la vuelta, vio a los trillizos muy cerca y se acercó a ellos con una sonrisa forzada.

—¿Qué hacéis aquí todavía?

—¿Con quién estabas hablando? —preguntó Andy, intrigado.

—¡Yo a ese lo he visto en televisión! —exclamó Mark.

Clover dirigió una mirada al hombre, que seguía inmóvil en el mismo sitio, con los ojos azules puestos en ella, y negó con la cabeza.

—No, Mark. No es quien tú piensas. Yo también lo creía, así que se lo pregunté, pero se enfadó mucho conmigo. No le gusta que la gente le confunda con ese actor de poca monta. Se le parece, pero, si te fijas bien, verás que no es él: es menos alto, moreno y guapo que el de la tele. ¡Y más antipático! —dijo con tono de conspiradora, pero no tan bajo como para que no la escuchara el «señor divo».

—Entonces no me interesa —sentenció el niño, volviendo a centrar su atención en ella—. ¿Sigues jugando con nosotros?

–No, tengo que irme a casa. Pero estad al loro: tarde o temprano os hincaré el diente... ¡a los tres! –Los asustó, enseñándoles los dientes, y ellos empezaron a correr, gritando.

Clover volvió sobre sus pasos para dirigirse a Harrison.

–No se preocupe, he desviado su curiosidad.

–Creo que, en vez de eso, la ha aumentado. En cuestión de pocos minutos, en las casas de esos niños solo se hablará del tipo que «se parece a un actor famoso», y todos querrán comprobarlo por sí mismos.

–La próxima vez que quiera un poco de paz, vaya a darse un paseo por el desierto o póngase una máscara. No puede hacer que la gente no se fije en usted –resopló Clover–. De todas maneras, si le sirve de consuelo, la mayoría de las personas que viven en este vecindario son ancianos y niños. No creo que ninguna histérica vaya a su casa a pedirle que le firme una nalga. –Él se avergonzó ante el recuerdo de aquel episodio que se divulgó en todos los tabloides, y su animadversión desapareció como por arte de magia–. Siempre me he preguntado cómo se puede mantener intacto un autógrafo sobre la piel. Uno tiene que no lavarse y la verdad es que, en ese caso en concreto, la idea es bastante turbia, ¿no cree?

–En ese caso concreto, el autógrafo pasó a ser inmediatamente un tatuaje –respondió el hombre, tratando de contener una sonrisa, mientras empezaba a dirigirse hacia su casa.

–¡Vaya! ¿De verdad hay gente dispuesta a hacer eso? –rio Clover, incrédula. Le siguió, con la satisfacción de haber dado con un tema embarazoso para el «príncipe de Hollywood», apodo con el que le había bautizado la prensa rosa–. Ahora entiendo su deseo de mantenerse alejado de la gente. No debe de ser fácil tener que firmarle el culo a alguien cada vez que sale a hacer la compra.

—No suele ocurrirme todos los días —señaló Cade, sin detenerse—. De todos modos, son muestras de afecto de mis fans. Y tampoco puedo quejarme: mi éxito se lo debo a ellos.

Clover tuvo serias dudas sobre la veracidad de aquella frase. Parecía estar siguiendo un guion, como si le hubieran enseñado a responder con diplomacia ese tipo de preguntas.

—Si piensa así, entonces le encantará conocer a una clienta mía, una chica majísima —dijo, medio en broma, medio en serio—. Tiene el culo más grande que he visto nunca, y creo que no le desagradaría tatuarse un autógrafo suyo en la nalga derecha. Si quiere que se la presente, ya que es una gran admiradora suya...

—Muy graciosa.

—El suyo podría ser un nuevo trabajo, ¿sabe? «El firmador de culos». ¡Suena genial! ¡Seguro que en Hollywood lo petaría!

En cuanto llegaron cerca de los portones de sus casas, Harrison la miró.

—Si ha terminado ya de decir tonterías, me voy.

—Oh, ¿ya? ¿No le gustaría firmar también el mío? ¿O escribirme una dedicatoria en la espalda? Si no recuerdo mal, también ha hecho eso alguna vez.

—Si me da un punzón, empiezo ahora mismo.

—¡Qué cruel! ¿No ha dicho que las peticiones de sus fans son muestras de afecto de las que sentirse orgulloso?

—Yo no soy el responsable de las manías de la gente, solo hago lo que puedo para contentarlos un momento —suspiró él, seco—. De todas formas, no se crea todo lo que lee en los periódicos: el setenta por ciento de las noticias son pura fantasía.

Clover puso cara de sorprendida.

–¿Me está diciendo que usted, en realidad, no tiene una nave espacial en el garaje de su mansión de Los Ángeles?

–Me temo que no.

–¿Y tampoco tiene una novia en cada continente?

–¡Ni loco! Tendría que mantenerlas a todas.

–¿Ni siquiera es un extraterrestre enviado aquí para seducir a las mujeres americanas e inseminarlas con fines reproductivos?

Él la miró alucinado.

–¿Dónde ha leído eso?

Clover se echó a reír.

–¡En una página web!

–Esto ya roza el ridículo.

–Qué decepción. ¡Viene aquí para desmontarme todas mis pequeñas fantasías!

–Sabe ya que Papá Noel no existe, ¿verdad? –preguntó él con ironía.

Clover se llevó una mano al corazón, haciéndose la dramática.

–¡Este es un golpe bajo! ¡Es usted un monstruo!

–Y usted está como una regadera. –El hombre abrió el portón, esbozando una sonrisa sarcástica–. Deberían haberme avisado del peligro de tenerla como vecina cuando me ofrecieron la casa.

Clover se puso tensa.

–Su amigo no me conoce tanto como para poder juzgarme.

–O quizá por eso pase tanto tiempo fuera de la ciudad.

–Podría ser una idea. –Clover dio un paso hacia atrás y todo su buen humor se desvaneció en un instante–. Tengo que irme. Felices fiestas, señor Harrison –le dijo, dirigiéndose hacia su casa.

Alzó la cabeza, se puso a caminar con confianza y se obligó a sí misma a no darse la vuelta. Ya había hecho demasiado el ridículo delante de «míster divo de Hollywood», en el sentido más amplio de la palabra, y no tenía intención de darle más ventaja sobre ella. Cuando abrió el portón de su casa, este hizo un chirrido y lo maldijo entre dientes, pero, aun así, siguió caminando con la cabeza alta. Solo cuando entró, se permitió darse la vuelta y pegarse a la mirilla, atraída por la magnética presencia del actor en la calle de enfrente.

–¡Qué bien, campeona! –murmuró al verle subir las escaleras con la agilidad de un gato–. ¡Te topas con un tío famoso y superguay, y te pones a hablarle de culos y a vacilarle sin piedad!

En cuanto lo vio desaparecer tras la puerta, se separó de la suya y se quitó la bufanda bruscamente. Tal vez su madre no estuviera tan equivocada al avergonzarse de ella.

A Nadia O'Brian no le importaba el paso de los años y había decidido utilizar su todavía atractivo rostro para empezar a ser alguien. En realidad, no era más que la embajadora oficial de una empresa de cosméticos especializada en productos antiarrugas, pero, al moverse en un ambiente como ese, muchas veces tenía la oportunidad de conocer a algunas celebridades que, sin la aprobación de la otra parte, decidía incluir entre sus amigas más íntimas. Claro que Clover nunca había conocido a ninguna de ellas: su madre tenía una «reputación» que mantener y no podía arriesgarse a que ella, su bocaza y sus malos modales, la hicieran quedar mal.

Siempre le decía que intentara ser más elegante, más fina, pero nunca resultaba. A Clover no le importaban las apariencias, no se pasaba horas delante del espejo ni se preocupaba en combinar su maquillaje, sus accesorios y su ropa a la perfección. Además, sus modales estaban muy lejos de ser «elegantes», pero por lo menos nadie podía tacharla de hipócrita o de falsa.

Está bien, quizá era demasiado impulsiva y desvergonzada, pero ¿qué sentido tenía intentar ser una Grace Kelly? ¿A quién se suponía que tenía que agradar? ¡¿A su madre?! La verdad es que lo había intentado, pero, al no obtener una mejor consideración por su parte, terminó desistiendo.

Y aunque casi nunca se había arrepentido de ser diferente, en ese momento pensó que, si hubiera tenido un poco más de elegancia y un aspecto más cuidado, Cade Harrison podría haberse llevado una mejor imagen de ella.

–Pero ¿a quién le importa? –se preguntó en voz alta, sentándose en el sofá. Sabía que podía sobrevivir sin gran esfuerzo a la opinión de un desconocido al que probablemente no volvería a ver.

Respiró hondo y encendió la televisión. No tenía ninguna intención de que su día se estropeara sin más: tenía una película divertida que ver, unas cuantas chuches para comer y toda una tarde para disfrutar. Seguro que alguien podría considerarla patéticamente triste al estar sola en un día festivo, sentada en un sofá mullido con una película y un cuenco lleno de comida basura, pero Clover se consoló pensando que incluso el príncipe de Hollywood estaba solo en ese momento, en una casita normal y corriente de un barrio cualquiera. Y, desde luego, a él nadie le consideraría patético. En lugar de eso, habrían dicho que estaba en una celebración «íntima y privada».

Pues bien: ella también estaba en una celebración íntima y privada.

No necesitaba a nadie para ser feliz.

Capítulo 2

El teléfono no dejaba de sonar y eso le molestaba.

¡Había llegado a Nueva York hacía apenas cuatro días y ya parecía que todo el mundo tuviera la necesidad de contactar con él!

Su representante le había llamado al menos treinta veces para hablarle sobre proyectos de contratos, compromisos, guiones que debía aprenderse, eventos solidarios y apariciones en televisión. El gabinete de prensa no dejaba de pedirle detalles sobre las declaraciones que podría hacer a los periodistas a raíz del escándalo que lo había obligado a dar la cara –como si no hubiera hablado ya bastante en el último mes– y sus padres no dejaban de llamarle para ver cómo estaba.

Y, ahora, también ella...

Cade miró molesto la pantalla del móvil, justo donde el nombre de su exnovia llevaba brillando varios minutos. ¿Qué demonios quería de él? Después de todo el follón que había causado con sus rabietas de estrella indignada y tras amenazarle con llevarle a juicio por haber «dañado su imagen», ¿ahora quería hablar con él?

No tenía ningunas ganas de escuchar la voz de aquella mujer, y una vez más se dio cuenta de lo vacía e inútil que había sido su relación.

Alice Brown era muy guapa y sexi, pero distaba mucho de la idea que él tenía de la mujer que quería a su lado. ¿Cómo había sido capaz de aguantarla durante seis meses? Tal vez tuvieran razón los que decían que el éxito se le había subido a la cabeza.

Ser un actor muy famoso, muy bien pagado y deseado por las mujeres debió de nublarle la mente. ¿Acaso no soñaba con una vida normal, una carrera satisfactoria, una mujer especial y una familia numerosa como la suya?

Había metido la pata desde el principio, cuando pensó que una actriz ambiciosa y consentida como Alice sería la adecuada para él. El ambiente en el que se habían conocido no era el ideal para las relaciones a largo plazo: Hollywood y el mundo del cine eran deslumbrantes, lujosos y llenos de emoción, pero escondían muchos peligros, como vampiros sedientos de éxito dispuestos a cualquier cosa con tal de ser mejores que los demás.

Al principio, Cade pensaba que una persona capaz de comprender sus necesidades laborales le facilitaría las cosas, pero Alice echó por tierra esa creencia. Después de tres meses, estaba claro que, para ella, la relación se había vuelto una especie de competición de popularidad. Alice acababa de dar sus primeros pasos en el mundo del cine, mientras que Cade ya era una figura destacada desde hacía cuatro años: estar con él había beneficiado enormemente su carrera, pero no le era fácil brillar a la sombra de su novio. Por eso, cuando se dio cuenta de que no conseguiría lo que quería, buscó otra forma de hacerse notar.

¡En la televisión nacional!

El teléfono dejó de sonar y él soltó un suspiro de alivio. La guerra mediática que Alice le tenía jurada la estaba arrastrando a ella primero y, seguramente, para que pudiera lavar su imagen, su representante la había aconsejado que hiciera las paces con él. Pero Cade no tenía intención de ceder a más juegos, ya había participado demasiado en aquel circo. Jamás habría querido alimentar los jugosos cotilleos que habían surgido tras el final de aquella historia, pero se había visto obligado a rebatir las acusaciones de Alice en más de una ocasión. Y no estaba orgulloso de ello.

Aunque su imagen se hubiera visto ligeramente afectada por aquel asunto, alejarse de Los Ángeles se había hecho absolutamente necesario para dejar que los acontecimientos se asentaran y recuperar el valor necesario para poder dejarlo todo atrás. Sin embargo, aun escondiéndose en los confines de la tierra, seguía viéndose perseguido por aquella historia, y la llegada de un mensaje de Alice se lo demostró una vez más.

Tengo que hablar contigo. Todo esto ya está durando demasiado. ¿Por qué no lo zanjamos de una vez por todas? Huir no te va a servir de nada, ¡vuelve aquí y da la cara!

—Lo que quieres es retenerme a tu lado una vez más, ¿verdad? Pero eso no va a ocurrir –murmuró, borrando el mensaje. Se puso en contacto con su secretario para que le cambiara el número lo antes posible, y después apagó el teléfono y se dejó caer en el sofá.

La casa de su amigo Philip era muy distinta a su mansión en Los Ángeles. Podía ver casi todas las habitaciones de la planta baja estando sentado en el salón, pero aun así era lo suficientemente amplia, estaba amueblada con buen gusto y era muy tranquila: el lugar ideal para relajarse lejos del foco mediático.

Hacía días que no le molestaban, ningún periodista había pasado por allí, y tenía provisiones para al menos una semana más. Aquella paz era algo nuevo para él.

En cuanto se había hecho famoso, las oportunidades de relajarse o moverse por las calles americanas con total libertad se habían reducido enormemente. En su mansión californiana había veintidós habitaciones y tenía dinero de sobra para esconderse en cualquier otra parte del mundo, pero la intimidad era algo bien distinto. Fuera adonde fuera, siempre tenía la sensación de que alguien le estaba observando, y, aunque antes le atraía la idea de hacer fortuna convirtiéndose en un personaje famoso, ahora ya estaba bastante quemado.

Sentía la urgente necesidad de cambiar de aires, y el bonito pero anónimo chalé de Staten Island parecía perfecto para ese propósito. No estaba demasiado lejos de la vida urbana de Manhattan, pero tampoco estaba tan céntrico como para resultarle agobiante. Era el alojamiento perfecto, y mantendría alejados a los periodistas durante un tiempo. Seguramente le buscarían en Aspen, una deducción bastante lógica, ya que, de hecho, había pasado allí la mayor parte de sus vacaciones de invierno... ¡Incluso la chiflada de su directora le había advertido de que aquel no era precisamente el lugar más adecuado para una estrella de Hollywood!

Nadie podría encontrarlo allí.

Aunque encerrarse en su casa viendo películas antiguas tampoco era el mejor plan...

Decidido a dar un paseo para matar el tiempo, se puso un abrigo grueso y un gorro de lana y salió. Durante el trayecto en taxi, vio un gran parque, el cartel de un museo y un par de tiendas en las que le apeteció echar un vistazo. Por la calle, le asaltó el miedo a ser reconocido, pero enseguida lo ahuyentó: la única alternativa que tenía era permanecer confinado entre cuatro paredes, y solo de pensarlo ya se volvía loco.

Una vez fuera, el aire helado le pilló de improviso. Las temperaturas de diciembre no superaban los cuatro grados en Nueva York, y los meteorólogos ya habían anunciado un nuevo descenso. Era un clima acorde con la época festiva que se empezaba a respirar en la Gran Manzana, un clima al que Cade no estaba acostumbrado. En Los Ángeles, en aquel momento, las temperaturas rondaban los veinte grados...

Se puso los guantes, se levantó el cuello del abrigo y bajó las escaleras. De repente, le pareció escuchar una música lejana en el aire, unas notas vivas llenas de repiques de campanas que le alegraron. Se preguntó de dónde vendría, pero el traqueteo de una furgoneta le impidió adivinarlo.

Siguió al vehículo con la mirada: un viejo montón de chatarra que llevaba abetos en la parte de atrás. El conductor avanzó rápidamente sin importarle los límites de velocidad, la carga, que se balanceaba peligrosamente en la parte trasera, y la voz de indignación de la gente a sus espaldas.

–¡Muchas gracias y Feliz Navidad, idiota! ¡Espero que la puta prisa que llevas te mantenga lejos de todas las mujeres cuerdas de este país: bien sabe Dios lo poco que necesitamos a más mamones como tú por aquí!

Cade contuvo una carcajada y siguió esa voz hasta la calle, donde una figura femenina que se ocultaba parcialmente por unas ramas verdes intentaba, no con poco esfuerzo, transportar un abeto muy grande en su maceta hasta el otro lado de la verja.

Su charlatana vecina parecía estar en apuros...

Presa de la curiosidad, Cade se acercó a la pequeña casa blanca. Oyó algunos murmullos y palabrotas detrás del espeso follaje, insultos poco sutiles hacia el repartidor que, al parecer, acababa de dejar el abeto frente a la verja sin ayudarla a llevarlo dentro.

Se preguntó si el hombre habría salido corriendo después de entablar cualquier tipo de conversación con aquella chalada. A él también le había hecho pasar un mal rato hacía tres días. Y, por supuesto, no lo había olvidado.

Nunca había conocido a una persona tan poco ilusionada por estar delante de un famoso. Normalmente, todo el mundo deseaba recibir un saludo o un autógrafo de su parte, ¡o hacerse una foto con él! Su vecina, en cambio, se había dirigido a él con cierto desprecio hacia su carrera, o quizá hacia su persona, y se había burlado de él con descaro.

En definitiva, aquel repartidor había hecho bien en huir rápido.

Pero su espíritu caballeresco se despertó al ver a aquella pobre chica tan delgada intentando arrastrar un abeto de dos metros de altura por la entrada de su casa. Podía ser todo lo charlatana e irritante que fuera, pero seguía siendo una mujer en apuros.

Se dirigió hacia la verja de su casa y se apoyó en ella.

—¿Quiere que le eche una mano?

En cuanto perdió el agarre del plástico resbaladizo de la maceta, la chica dejó escapar un grito ahogado y cayó de culo hacia atrás, sobre el macizo de flores.

—¡Joder! —la oyó murmurar.

Cade avanzó un poco más, rodeó el árbol y la vio, sentada cómicamente dentro de aquel círculo de piedras, vestida con una sudadera gigante, unos pantalones anchos y el pelo recogido en una coleta. Sin embargo, no le pudo ver el rostro, que mantenía oculto entre las ramas del abeto, como queriendo fundirse en ellas.

—¿Intenta esconderse? —le preguntó con una sonrisa.

—¿Funciona? —respondió ella tajante.

—Su pelo es demasiado llamativo como para pasar desapercibido.

Resoplando, la chica se puso en pie y dejó ver su rostro sin maquillaje y sus mejillas ligeramente sonrosadas.

Claramente estaba avergonzada, pero Cade se dio cuenta, por la pose orgullosa de su barbilla, que se esforzaba por ocultar esa emoción.

Ella le miró con sus enormes ojos jaspeados —en los que ya se había fijado durante su primera disputa— y arqueó una ceja de color caoba.

—¿Qué le trae por aquí, señor divo?

Cade ignoró aquel mote burlón y señaló el abeto.

—Estaba a punto de salir a dar un paseo, cuando la vi forcejeando con esa planta. Supongo que ha asustado al repartidor antes de que pudiera ayudarla a llevarla a su casa.

—¡Yo no he asustado a nadie, tenía prisa! Estaba atrapada en la buhardilla y no he podido bajar lo bastante rápido —murmuró ella, poniéndose los brazos sobre el pecho para protegerse del frío cortante.

—¿Atrapada en la buhardilla? —Cade parpadeó, sorprendido.

—Supongo que en su mansión de millonario no hay espacios estrechos para guardar objetos que se usan poco, como los adornos navideños del año anterior, ¿verdad? Y, aunque los hubiera, seguro que tiene a un esclavo para que los busque por usted... si es que no compra adornos nuevos cada año, claro.

—La verdad es que suelo comprar un árbol ya montado.

—Tal y como sospechaba. Debe de tener una vida tan llena de acontecimientos mundanos que no le deja mucho tiempo libre para las cosas más sencillas, como decorar el árbol de Navidad —dijo ella, volviendo a tirar de la maceta.

–Se equivoca –Cade la agarró del brazo y la detuvo–. Déjemelo a mí. O se le pasará la Navidad antes de que consiga meter ese árbol en casa.

–No va dentro de casa, sino junto a la puerta principal. Y tengo todo el día libre, puedo hacerlo –intentó protestar la chica. Pero Cade no se dio por vencido.

–Deje que mi físico «imponente» sirva para algo más que para seducir a chicas desprevenidas por la calle –le respondió, esbozando una sonrisa que siempre había hecho suspirar a las mujeres.

Aunque aquella en particular parecía estar hecha de mármol. En lugar de derretirse y sonreír como hubieran hecho todas las demás, se limitó a enarcar una ceja. Aun así, debió de impresionarle de todas maneras, ya que fue incapaz de responder, y Cade aprovechó aquel confuso silencio para arrastrar el gran abeto hasta el lugar que ella le había indicado.

–¿Está bien aquí?

–Un poco más a la izquierda... Hum, no, mejor más a la derecha. Espere, póngalo un poco más hacia atrás...

Dándose unos toquecitos con el dedo en sus labios carnosos, la chica se paseó frente a él, observando su trabajo con ojo crítico.

–No, creo que estaba mejor como antes.

Cade se puso de pie, exasperado.

–¿Me está tomando el pelo?

–Sí –sonrió ella, con dos simpáticos hoyuelos en las mejillas.

Cade la miró fijamente y sintió una extraña vibración a la altura del estómago. Era guapa, ya se había dado cuenta la vez anterior, pero aquella sonrisa inesperada y desenfadada le había iluminado la cara, dejando en un segundo plano el aspecto poco atractivo que lucía en aquel momento.

Increíble, pero cierto: aquella chica tan rara le resultaba atractiva.

Tal vez malinterpretando su silencio, ella se mostró arrepentida.

—Lo siento, no haga caso de lo que digo. No tengo filtro, soy un caso perdido. Solo eran unas bromas infantiles, no pretendía ofenderle.

—No me he ofendido —la tranquilizó.

De repente, una alegre versión de *Jingle Bell Rock* le distrajo. Solo entonces se dio cuenta de que, a través de una ventana abierta que daba al patio, asomaba una pequeña televisión que estaba retransmitiendo un programa musical.

—¿No es un poco pronto para música y adornos navideños?

—Nunca es demasiado pronto para eso. Es diciembre y opino que ha llegado la hora de iluminarlo todo.

—Ya veo. ¿Quiere que le ayude con los adornos más altos?

Ella se sintió confusa.

—Eh... ¿De verdad lo haría?

—¿Por qué iba a proponérselo, si no?

—¿Por educación?

—Tampoco se crea. —Cade se quitó el gorro y se frotó las manos—. Hará siete años que no decoro un árbol de Navidad, será divertido.

Su rostro se iluminó.

—De acuerdo, voy a por los adornos y vuelvo.

Mientras ella desaparecía dentro de la casa, Cade se puso a arreglar las ramas del abeto tal y como su padre le había enseñado cuando era pequeño: abiertas y muy separadas para poder llenarlas de adornos de todo tipo, y enseguida se vio silbando la melodía navideña que estaba animando el ambiente en aquel momento.

Curiosamente, la idea de colocar luces y bolas de colores en aquellas ramas le encantaba. Era una de las muchas cosas «normales» que no se había permitido hacer desde hacía bastante tiempo. Y la compañía de aquella chica tan extraña le resultaba inexplicablemente divertida, por lo que le ayudaría a combatir el aburrimiento que le había llevado a salir de casa.

Mientras se quitaba la bufanda para poder moverse con más libertad, oyó una frase que le resultó familiar:

—Dios mío... ¡No me lo puedo creer! ¡Usted es Cade Harrison!

Mierda...

Cade alzó la vista y se encontró con una mujer de unos treinta y cinco años que lo miraba boquiabierta. El cabreo de que lo interrumpieran justo cuando por fin estaba a punto de hacer algo agradable se le notó en los ojos, pero supo disimularlo. Nunca era una buena idea enemistarse con una de sus admiradoras, sobre todo si el secreto de su estancia en Staten Island dependía de aquel breve encuentro.

Haciendo gala de su legendario encanto, le guiñó un ojo y se pasó una mano por el pelo rubio.

—¡Vaya, me ha descubierto!

—¡Oh, Dios mío! ¡No puede ser verdad! ¡Cade Harrison en mi barrio! ¿Puedo darle un abrazo? —Antes de que él pudiera responder, la mujer se abalanzó sobre él y lo abrazó con entusiasmo. Estalló en un montón de chillidos y de risas nerviosas, le plantó dos besos en las mejillas y luego empezó a buscar a tientas en su bolso un bolígrafo y un trozo de papel—. ¡Tiene que firmarme un autógrafo, señor Harrison, soy una gran fan suya! ¡He visto todas sus películas! Ah, por cierto, me llamo Martha... Y déjeme decirle que es usted un actor estupendo, y no solo guapo, como suelen decir otras personas.

—Muchas gracias.

—¿Me consideraría demasiado atrevida si le pidiera que se hiciera una foto conmigo?

Cade sacudió la cabeza con elegancia.

—En absoluto, pero ¿podría pedirle yo también algo a usted?

La mujer empezó a vibrar de la emoción.

—¡Lo que quiera!

—Me gustaría que este encuentro fuera un pequeño secreto entre los dos, al menos durante unas semanas. Si se corriera la voz y los periodistas se enterasen de que estoy aquí, se me terminaría la paz y tendría que marcharme inmediatamente. —Para darle un toque de gracia, le dirigió su sonrisa más brillante, esperando que su encanto funcionara mejor que con su vecina... Que, por cierto, ¿dónde se había metido? ¿Por qué no acudía a su rescate?

El hechizo de sus ojos y la sonrisa asesina surtieron el efecto deseado: su admiradora asintió con la cabeza, ruborizada de la emoción, prometiéndole que no le contaría a nadie que lo había visto hasta que se asegurara de su regreso a California, y Cade dejó que se hiciera la habitual foto con él.

Cuando la mujer se despidió por fin, le volvió a sonreír.

—Ha sido un placer conocerla, Martha. ¡Mis fans sois encantadores! Espero volver a verla pronto.

—¡Oh, yo también lo espero! Ah, y por favor: ¡no se lamente por todo aquel asunto tan desagradable! Alice Brown no era la mujer adecuada para usted.

Cade sonrió, pero no contestó. Ya le había dado suficiente material y crear una historia jugosa para una de esas revistuchas del corazón, y no tenía intención de arriesgarse más.

Cuando se quedó solo, se frotó la mandíbula. ¡En algún momento le daría una parálisis por sonreír todo el rato!

Un pequeño aplauso le hizo girarse hacia la puerta, donde acababa de asomarse la figura de su vecina. Apoyaba un hombro en el marco, y tenía una caja llena de adornos brillantes a sus pies y la mirada ligeramente triste.

–Una actuación impresionante, la verdad. Si no hubiera visto su cara de miedo y de irritación en cuanto se dio cuenta de que le habían reconocido, habría creído que estaba ligando en serio con esa mujer.

–Mis fans merecen sentirse especiales –suspiró, encogiéndose de hombros.

–Sobre todo si quiere conseguir algo de ellas. Ahora mismo acaba de asegurarse el secreto sobre su estancia aquí, al menos por un tiempo. Un poco más y Martha Kendall le hubiera dejado beber directamente de su sangre.

Al captar la referencia al pequeño papel de vampiro que había interpretado en una película, Cade levantó la comisura de los labios.

–Me alegra saber que está al tanto de mi carrera –le dijo, con ganas de cambiar de tema.

No era la primera vez que contentaba a una fan por obligación, pero desde luego era la primera vez que se sentía culpable por ello, ¡qué mala pata!

–Suelo ir al cine y también alquilo las películas más populares cuando me aburro. Normalmente las dejo por la mitad –dijo con una sonrisa amarga. Luego cogió la caja y se acercó al árbol, sin mirarle a la cara.

Intuyendo que ya no estaba igual con él, Cade se bloqueó.

¿Qué le importaba si, para ganarse el silencio de una mujer, había dado rienda suelta a sus encantos? Ahora aquella Martha estaría feliz allá donde estuviera, con su autógrafo, su foto y un par de sonrisas para el recuerdo, mientras que a él solo le quedaba esperar que ella resistiera el impulso de alardear de todo ello ante los paparazis. No sería la primera vez, ni la última...

—¿Qué problema tiene conmigo? —preguntó de sopetón, molesto.

La chica parpadeó, confusa.

—¿Qué quiere decir?

—Noto que siempre me habla con un tono de reproche. ¿Le molesta que sea famoso? ¿Que sea rico? ¿Es solo envidia o es que tiene prejuicios contra mi trabajo?

El rostro de ella adquirió un tono rojizo, pero esta vez no era vergüenza: parecía furiosa.

—A mí me da igual su fama y lo que tenga en su cuenta bancaria. Pero tal vez sí que tenga prejuicios contra quienes se ganan la vida exhibiéndose y después resoplan molestos si alguien les reconoce. Y tampoco me fío de quienes son capaces de sonreír por obligación solo para conseguir lo que quieren. No le conozco y no puedo juzgarle, pero he visto lo que ha hecho con la señora Kendall. Puede que yo hable por los codos y sin filtro, pero jamás podría mentir así de bien.

Cade sacudió la cabeza.

—Sería genial poder ser uno mismo en todo momento, pero para algunas personas eso no es posible. Mi trabajo es actuar, pero la fama que eso conlleva no siempre es agradable, se lo aseguro.

Para confirmar sus palabras, la pequeña televisión pronunció su nombre y llamó la atención de ambos. Mientras discutían, el programa musical había sido interrumpido por las noticias, y la prensa rosa estaba ofreciendo las últimas novedades sobre lo que se había convertido en toda una farsa de proporciones desmesuradas.

Continúa el enredo entre el príncipe de Hollywood, Cade Harrison, y la princesita de la pequeña pantalla, Alice Brown. Según algunos rumores, la hermosa rubia habría acusado a su exnovio de ser un cobarde y de haberla dejado sin previo aviso, justo cuando ella se estaba esforzando por limar las diferencias que había entre ambos. Las fuentes de la noticia han sido varias personas cercanas a la actriz, y una fotografía en la que Brown aparece con la cara pálida y desmejorada nos hace pensar que está muy dolida por esta supuesta ruptura amorosa. Pero lo que todo el mundo se está preguntando ahora es: ¿qué ha sido del apuesto soldado de *Tierra de nadie*? ¿Realmente se está escondiendo de los medios y de su novia para evitar que su imagen se manche aún más, o simplemente ha sentido la necesidad de lamerse las heridas en soledad? Es cierto que esto último resulta poco creíble, después de las duras declaraciones que hizo hace unas semanas, en las que denigraba las dotes interpretativas de su examante, aunque también debemos recordar la expresión de angustia que mostró el famoso actor cuando Alice Brown le abandonó delante de millones de telespectadores...

Las ya sonadas imágenes de la bofetada que Alice le había dado delante de los dos encantadores presentadores del programa de televisión aparecieron en pantalla, mientras la voz de la reportera de fondo se preguntaba cuál sería la verdad y prometía tener más noticias lo antes posible.

En cuanto empezó a sentir los primeros síntomas de una migraña, Cade se frotó las sienes.

Si esa estúpida hubiera dejado de pasar información falsa a la prensa, la historia ya estaría zanjada. No quería tener que recurrir a medidas legales para silenciar a Alice de una vez por todas. Al fin y al cabo, seguía siendo una mujer y no quería hacerla quedar mal delante del público. Pero tampoco estaba dispuesto a dejarse llamar cobarde por un puñado de ignorantes que no sabían distinguir un caso interesante de rumores insulsos.

De repente, se sintió observado. Su vecina le estaba mirando intrigada, asombrada o a saber cómo.

¿Le estaba juzgando? ¿Pensaría ella también que era un monstruo insensible que ignoraba el sufrimiento de su exnovia?

—¿Tiene algo más que añadir a todo ese montón de basura? —soltó con frialdad.

Ella se encogió de hombros.

—Su modo de gestionar el final de una relación no es asunto mío.

—En realidad, no es asunto de nadie, pero como ve, no todo el mundo lo entiende —respondió con resignación. Se metió las manos en los bolsillos y dio un paso hacia atrás—. ¿Le importa si me voy a casa? Sé que prometí ayudarla, pero...

—Faltaría más, usted no me debe nada. Adiós y gracias por el árbol.

Cade asintió y se alejó, sin ganas de caminar. Volvió a casa y llamó al gabinete de prensa para dictar un breve mensaje a los periódicos. Una vez realizada la tarea, se dejó caer en un sillón junto a la ventana.

Desde esa posición pudo ver la cabeza pelirroja de su vecina de enfrente, mientras decoraba su enorme abeto, y por un momento la envidió.

¡Debía de ser maravilloso no tener ni un solo pensamiento en la cabeza, silbar con alegría al ritmo de una melodía navideña y alegrarse por pequeños detalles, como montar un árbol de Navidad! Hacía mucho tiempo que él no vivía algo así.

La gente se pensaba que ser una celebridad rica e idolatrada abría todas las puertas, incluida la de la felicidad. Pero no siempre era así.

Podría haber estado en Los Ángeles en ese momento, en algún bar de moda, en un *spa* de lujo o en su casa, rodeado de su familia y haciendo lo que le diera la gana. Pero, en lugar de eso, se había visto obligado a esconderse para encontrar un poco de paz durante sus vacaciones, y el único pasatiempo que tenía era observar a una desconocida por la ventana.

En aquel momento, a Cade Harrison le habría gustado cambiar su cómoda vida por la de un chico normal y corriente... Tal vez con uno a quien la mujer de la calle de enfrente pudiera considerar digno de una sonrisa.

Aquel día había empezado mal, estaba claro. Todos sus planes estaban destinados a truncarse, sobre todo el de estar feliz y relajada.

Cada 1 de diciembre, llena de ilusión, Clover se preparaba para decorar su casa y su vida de forma más alegre... al menos durante un mes. Los adornos navideños, las luces de colores y los espumillones conseguían dar a las habitaciones de su casa una alegría capaz de ahuyentar el sentimiento de soledad que lo nublaba todo. Pero, a pesar de sus ganas de ver el lado positivo de las cosas, no siempre era fácil afrontar la vida con una sonrisa, especialmente cuando se sumaban más cosas que consumían su alegría.

El primer motivo de su malhumor, aquel día, había sido aquel maleducado repartidor. Le habría llevado demasiado tiempo tener que cargar el árbol hasta el final de las escaleras, si no hubiera intervenido su célebre vecino de enfrente.

Y aquel había sido el segundo detalle que había alterado su buen humor: ¡no quería admitir por nada del mundo que necesitaba a un hombre! Para ella, ya era bastante deprimente recordar —aunque solo fuera por un momento— que no tenía a nadie que la quisiera, que la cuidase, ni a quien contarle sus sueños y sus miedos.

¿Y qué decir del hombre había desencadenado en ella todos aquellos pensamientos?

No entendía por qué, pero el príncipe de Hollywood tenía la capacidad de hacer que rabiase. En su presencia, se sentía incómoda, intimidada y en desventaja, y eso siempre la llevaba a decir cosas que la hacían quedar mal.

Cade Harrison era, sencillamente, demasiado. Y no por su riqueza ni su fama, sino por su impresionante belleza, la simpatía que desprendía con su manera de comportarse, casi siempre impecable, y la desconcertante facilidad con la que lograba hacer feliz a una simple mortal al ofrecerse a compartir con ella un poquito de alegría...

Sacudió la cabeza, exasperada por un pellizco de decepción que todavía sentía en el fondo de su corazón.

Esperaba que Harrison volviera. Se había ofrecido a ayudarla a decorar su árbol de Navidad, e incluso parecía entusiasmado con la idea. Y, para ella, había sido una sorpresa de lo más agradable pensar que compartiría ese tiempo con alguien. Pero debía volver rápidamente a la realidad: Harrison solo se había ofrecido a ayudarla para causarle una buena impresión, y no porque de verdad tuviera la intención de hacerlo.

Y mientras miraba disgustada su propia ropa, se dio cuenta de que no podía culparle. ¿Qué clase de hombre en su sano juicio no habría salido corriendo ante las pintas de dejada que llevaba?

«Tal vez mamá no estaba tan equivocada. No estoy a la altura de encontrar un príncipe azul».

Nadia no la consideraba del todo un caso perdido —sería como insultar a sus propios genes, y eso era impensable—, pero estaba absolutamente convencida de que necesitaba un poco de ayuda para resultar atractiva.

—¿Estás segura de que no quieres hacerte ningún retoquito, cariño? Ahora están de moda los pechos grandes, la talla que usas ya no es suficiente... Y esos labios también serían más atractivos si fueran más grandes. ¡Por no hablar de la ropa que llevas! Eliges estampados y tonos tan atrevidos que no pegan con tus colores. Podrías plantearte teñirte el pelo: con un rubio cenizo como el mío o un bonito castaño oscuro como el de tu padre podrías disimular un montón de pequeños defectos. Lamentablemente, tienes la mala suerte de parecerte a tu abuela...

—Y con mi carácter impulsivo, ¿qué crees que puedo hacer, mamá? —solía responder Clover a ese tipo de consejos que jamás pedía.

—Por desgracia, para eso no hay cirugía que valga... —resoplaba Nadia, perdiendo totalmente el entusiasmo.

Algún día, incluso el poco interés que ya mostraba por su tan decepcionante hija se desvanecería.

Clover lo sabía. Pero no podía fingir ser lo que no era.

Al menos, había una cosa que debía reconocerle a su madre: sabía bastante sobre los gustos de los hombres. La exnovia de Cade Harrison, por ejemplo, representaba todo lo que Nadia consideraba perfecto, el tipo de belleza que podía despertar la admiración de un hombre tan atractivo como un dios griego.

Sin embargo, la rubia pechugona, artificialmente perfecta y asquerosamente rica debía tener algún defecto invisible, pero insalvable, para merecer la humillación pública y la fría indiferencia de su ex...

Aunque nunca se había interesado por los cotilleos, Clover debía admitir que unos minutos antes había escuchado con ávida atención las palabras de la periodista durante las noticias.

Cade Harrison se estaba escondiendo de una mujer. ¡Era increíble! ¿Pero realmente lo estaba haciendo por cobardía?

El recuerdo de su mirada fría, resignada y apagada cuando estaba a punto de irse le vino a la mente y le hizo suspirar.

«¿Te da pena?», se preguntó su voz interior, «Después de insultarle llamándole falso, mentiroso y aprovechado, ¿ahora te sientes mal porque esté sufriendo por amor?».

Bueno, tampoco es que le diera pena. Aquella repentina noticia había apagado la ilusión que por un momento había visto en los ojos de aquel hombre, y nadie se merecía que su día se arruinara por unas ridículas especulaciones... o porque le rompieran el corazón.

Lo que realmente le molestaba era haber perdido la oportunidad de adornar el árbol de Navidad con alguien –fuera quien fuera, ¡que quede claro!– que compartiera su ilusión por disfrutar de la magia de aquel momento.

«Ilusionado las narices. Ofrecerse a ayudarla y sonreír como si estuviera feliz solo era una forma de hacerse el guay, ¡igual que hizo con Martha Kendall!», insinuó la voz de su recelosa razón.

Eso es.

Seguro que un actor de ese calibre había tenido experiencias más interesantes y divertidas que esa en su vida. Decorar un árbol de Navidad junto a una desconocida maleducada no podía entrar en su lista de «eventos imprescindibles».

Honestamente, sabía que Harrison tenía muchas cosas en la cabeza en ese momento. Era normal que se hubiera ido.

¿Y si realmente estuviera pasándolo mal por esa chica? Verla retratada en aquella foto, tan triste y desmejorada, no podía ser fácil para él. Las estrellas de cine tenían fama de ser caprichosos, y cualquier riña, por pequeña que fuera, podía ser un pretexto para una portada, pero, aunque los dos se hubieran dicho cosas horribles, todavía podía haber sentimientos entre ellos.

Clover no podía llegar a entender cómo se podía estar sintiendo Cade en aquel momento. Todas sus anteriores relaciones habían sido bastante secas, ninguno de los chicos con los que había salido en los últimos diez años la había impresionado especialmente, y muy pocas veces se había quejado de no tener a nadie con quien salir, aunque solo fuera para tomarse un café.

Por suerte –o tal vez por desgracia– era una persona muy romántica. Nunca se conformaba con tener un rollo con el primer guaperas que le tirara la caña. Necesitaba ilusionarse, sentir como si flotase, con el corazón a mil y la respiración agitada.

El amor tenía que ser como la Navidad: alegre, mágico, lleno de luz, de pequeños detalles y de grandes sorpresas.

Con un resoplido cargado de sarcasmo, Clover subió el volumen de la música para ahuyentar todos sus pensamientos.

–Acéptalo, cariño. A este paso, tendrás suerte si a los noventa años sigues quedándote embobada con las luces de Navidad –murmuró, volviendo a colgar bolas doradas en las ramas más altas.

Capítulo 3

–Jamás adivinaríais quién se ha venido a vivir un tiempo en frente de mi casa –dijo Clover, cuando se aseguró de que ya estaba sola con sus amigos–. Con todo el barullo de estos últimos días, me había olvidado de decíroslo.

–¿Quién? –preguntó Zoe, ansiosa como siempre por saber las últimas novedades y cotilleos.

–Cade Harrison. Pero es un secreto, ¡no podéis decirlo, ni bajo tortura! Si aparece algún paparazi en mi barrio, pensará automáticamente que he sido yo quien lo ha delatado.

–¿Cade quién? –preguntó Eric, dubitativo.

–Cade Harrison, el actor de Hollywood. Alto, rubio, ¿perfecto? Salió en esa película futurista haciendo el papel de un soldado...

–¡Ah, sí! ¡Qué hombretón! –exclamó Zoe, apoyada en el mostrador.

–¿Te refieres a ese que va por ahí firmando culos? –preguntó Eric, con tono de aburrimiento.

Clover le sonrió, cómplice.

–¡Exacto, el mismo! ¡Eso fue lo primero que le dije yo, y estuvo a nada de ponerse rojo de la vergüenza!

–Me sorprende que no te hayas puesto rojo tú solo de pensarlo, pringado –dijo Zoe, dándole una pequeña bofetada a su amigo en la mejilla. Eric se volvió a colocar las gafas sobre la nariz sin mirarla.

–Yo no soy ningún empo... ningún pringado.

–Empollón, eso es. Ese era justo el término que estaba buscando, y podías haberlo pronunciado sin miedo, ¿sabes? –Zoe frunció los labios–. ¡Eres una monada, siempre tan perfectito!

Eric se alejó quejándose y Zoe se rio, mientras Clover le lanzó una mirada.

–Me cuesta creer que aún siga siendo tu amigo, después de tantos años soportando tus bromas y burlas. A veces eres odiosa.

–Eric sabe que le quiero y que me divierte tocarle las pelotas. ¿Tú no me quieres?

Al ver parpadear los ojos grises de su amiga, Clover resopló.

–Esa táctica conmigo no funciona, Zoe. Me falta la tercera pierna, ¿recuerdas?

Liberty Allen, la dueña del negocio, salió de la trastienda, impecable con su traje gris y el pelo rubio recogido en una coleta.

–¿Por qué siempre que os veo juntas os pillo hablando de miembros viriles?

Clover se rio.

–¡No estábamos hablando de eso!

–En realidad, sí. Y de uno famoso, ¡de oro! Me pregunto si lo tendrá igual de duro...

–¡Zoe! –exclamaron Liberty y Clover al unísono.

Zoe las ignoró.

–¡Lib, nuestro elfo de los bosques aquí presente tiene la gran suerte de tener como vecino a un tío tan buenorro que no parece de este mundo, sino del mismísimo infierno!

–Es temporal, se está escondiendo de los periodistas –puntualizó Clover.

—Si tan bueno está, no entiendo por qué dices que parece salido del infierno —protestó Eric a lo lejos—. Es contradictorio.

—Está bien: ¡es un vecino temporal que está para comérselo! —resopló Zoe— ¿Ya sabes de quién te estoy hablando?

—Teniendo en cuenta que te parecen atractivos todos y cada uno de los hombres musculosos que ves, aunque tengan un coeficiente intelectual igual a cero, a Liberty no le será nada fácil saber a quién te refieres —murmuró Eric, con amargura.

—Este sí que lo es —sentenció Zoe, y después se dirigió a su jefa—. Es Cade Harrison.

—El de *Tierra de nadie*, ¿no? —preguntó Liberty, sin desviar la mirada de los pedidos que tenía entre las manos.

Clover terminó de dar los últimos retoques al escaparate de Navidad y se puso en pie.

—Eres increíble, Lib. Te has acordado de él por el título de su película más famosa, mientras que Eric y yo lo hemos reconocido por un cotilleo de lo más bochornoso y Zoe por su físico. ¡Nos das mil vueltas a todos!

—No es casualidad que yo sea la que corta el bacalao aquí. Si la tienda estuviera en manos de Zoe, acabaríamos teniendo una clientela exclusivamente masculina y otro tipo de servicio extra.

—¡Como en aquella serie, *The Client List*! —bromeó Zoe— Lo único es que ahí las protagonistas siempre acaban con tíos buenísimos con cuerpos de escándalo, no creo que yo pudiera tener tanta suerte.

—En cambio, si Eric estuviera al mando, la tienda estaría casi siempre vacía por su timidez.

—Hablar poco y saber cuándo tienes que hacerlo no necesariamente significa que seas tímido —protestó el chico.

–Y si tú fueras la jefa, Clover, la tienda se iría al garete en menos de media hora –concluyó Liberty, inclinándose para colocar un adorno navideño que estaba a punto de caerse de un estante de cristal.

–Lo siento, mami –murmuró Clover.

–Qué mami ni qué mami, tengo dos años más que tú. ¡Y que tenga treinta no significa que sea vieja! –Liberty la miró con el ceño fruncido y le tendió unos papeles–. Estos son tus deberes para hoy. El primer cliente te espera delante de Saks. Quiere encontrar un regalo original para dos amigos que se van a casar en Navidad.

–¿Por qué hay tanta gente que se quiere casar justo en esa fecha? Hacer dos fiestas en una es contraproducente, es como tener un día menos de fiesta.

–Pues qué pena no haber nacido el día de una celebración especial –murmuró Zoe–. Ojalá pudiera ahorrarme alguna maldita fiesta.

Clover hizo una mueca.

–Eres el mismísimo Grinch. Pero te recuerdo que hasta él termina encontrando el espíritu navideño al final de la película.

–Todavía no ha venido ninguna niña con un peinado extraño a salvarme. Y este año, a falta de novio, volveré a pasar las Navidades encerrada en casa. –Zoe se acercó a ellas, caminando en equilibrio perfecto sobre los vertiginosos tacones de aguja que lucían sus piernas esbeltas–. La Navidad es una fiesta familiar y religiosa. A mí me dan igual las tradiciones, trabajo demasiado como para poder disfrutar el ambiente festivo, no me considero una persona familiar ¡y tampoco voy a la iglesia!

Clover puso los ojos en blanco.

–¿Y me lo dices a mí? ¡Yo no solo tengo que buscar regalos para mi familia y mis amigos, sino que también tengo que pensar en los de medio Nueva York! A eso añádele una familia deprimente y una fe de lo más inestable: el cuadro es, sencillamente, ridículo.

–Ya. Y por eso a ti tampoco deberían emocionarte estas fechas.

–Pues me encanta, ¡porque la Navidad no es solo una fiesta! –Cuando Eric encendió las luces de colores del escaparate, los ojos de Clover se iluminaron–. La Navidad es magia. Todo se tiñe de color, se llena de luz, es mágico...

–Es una época más caótica de lo habitual –murmuró Zoe–. ¡Vamos, si hasta tú lo ves! Durante semanas todo el mundo va de un lado para otro, buscando y envolviendo regalos que en menos de diez minutos serán desenvueltos y olvidados. Por no hablar de las horas que se pasa la gente en la cocina, preparando comidas y cenas que irán a parar a sus muslos durante meses...

–Bueno, de esto último sí que podría prescindir –gruñó Liberty–. Mi cargo de conciencia postvacacional siempre me obliga a correr por Central Park más tiempo de lo habitual.

–Jamás podréis convencerme de lo contrario: la Navidad es maravillosa –sentenció Clover, dando una vuelta bajo una ramita de muérdago que colgaba del techo.

–Hum, tal vez sería mejor que lo cambiásemos de sitio –dijo Eric, señalándolo–. No me gustaría que los fanáticos de la tradición nos obligaran a besarnos contra nuestra voluntad.

Zoe se puso pensativa.

–Clover, ¿podrías traerte a Harrison para que visite nuestra tienda? ¡Lo atendería de mil amores, justo aquí, debajo del muérdago!

—¿No acabas de decir que no crees en las tradiciones navideñas? —preguntó Eric, enarcando una ceja.

—A veces puedo hacer excepciones, siempre y cuando valga la pena.

—Y unos bíceps bien marcados la valen, supongo.

—¡Así es! —dijo Zoe entre risas, dándole un golpe en el culo. Después hizo una mueca de admiración—. ¡Pero bueno! ¡Menudo culazo, campeón!

—¡Se está poniendo rojo, pobrecito! —dijo Clover, acercándose a su amigo.

—¡No, Eric! ¡Que se te empañan las gafas! —bromeó Liberty, uniéndose al juego.

—Cada vez me cuestiono más por qué decidí trabajar con tres mujeres tan insoportables como vosotras —resopló Eric, reprimiendo una sonrisa.

—Porque tus mierdas de científico no te dan ni para comer —dijo Zoe sonriendo también.

—Y porque tus vídeos se venden de maravilla —añadió Clover.

—Me eres más útil a mí que a la NASA —dijo Liberty, entregándole un papel—. Hoy tratarás con dos clientes: una pequeña familia que te inundará de fotos de sus hijos, para los que tendrás que editar un vídeo que van a regalarle a sus abuelos, y una chica que quiere un vídeo romántico para su novio. Ella también te dará bastante material.

Zoe le dio un codazo a Eric.

—Ya sabes lo que hay que hacer: cuando tengas fotos y vídeos de parejas, ¡tienes que enseñármelo todo!

—¿Te suena de algo la palabra «privacidad»?

—Si tú las ves, yo también puedo, trabajamos en el mismo sitio. Soy socia, así que puedo decidir si quiero ver las fotografías y los vídeos que nos envían los clientes para asegurarme de que no ponen en riesgo la imagen de nuestra tienda.

–Qué estupidez –murmuró Clover.

–Eres una cotilla con ganas –añadió Liberty, sacudiendo la cabeza.

–¿De verdad te piensas que los clientes me van a enviar imágenes o vídeos guarros para que los edite en un vídeo navideño? –suspiró Eric.

–Lo que para ti es guarro, puede no serlo para otros –dijo Zoe sacudiendo su oscura melena–. Además, el sexo también forma parte de la vida de una pareja. Si yo tuviera que editar un vídeo con los mejores momentos de una relación, también metería los que pasé entre los brazos de mi chico, lo que incluiría...

–Vale, ya lo he pillado –le interrumpió Eric, alejándose de ella–. Si me mandan material pornográfico, te llamo.

Zoe le siguió con la mirada y se le escapó una risita.

–Me encanta –les dijo a sus dos compañeras.

–A nosotras también, así que déjalo tranquilo o acabará dimitiendo. –Liberty le entregó una hoja con las tareas del día–. Hoy te encargarás de dos niños de tres años y del matrimonio que es amigo del cliente de Clover. Si los oyes hablar de algo que pueda ayudarla con la búsqueda de algún regalo, llámala. –Dirigió una sonrisa a ambas y se dio la vuelta–. Suerte, chicas.

Zoe hojeó sus tareas y después miró a Clover.

–Odio hacerles fotos a los niños. ¡No se están quietos ni un segundo!

–¡Siempre puedes animarte ideando poses difíciles para recién casados!

Clover salió de la tienda riéndose y se dirigió rápidamente

hacia Madison Avenue. Le encantaba trabajar allí, ¡le ponía de buen humor!

Giftland era una tienda enorme de dos plantas que Liberty regentaba desde hacía tres años. Al principio, la tienda era una simple papelería que pertenecía a sus abuelos maternos y donde Lib había pasado mucho tiempo durante sus vacaciones escolares. Cuando se graduó, empezó a trabajar allí más regularmente, mejorando el negocio y atrayendo a una clientela más variada, hasta que tomó el relevo de sus abuelos. Para entonces, ya había reformado y ampliado el local, cambiado el letrero y montado su propio negocio, con la esperanza de hacer de la tienda un lugar más original, fresco y acorde con la moda actual.

La primera en unirse a ella fue Zoe Mathison, una joven fotógrafa con talento que buscaba trabajo. Zoe sabía convertir una simple sesión de fotos en algo especial, un regalo único y personalizado para cualquier tipo de evento. Liberty no tardó en notar su potencial, más allá de la buena presencia con la que atraía a los clientes, y había sabido sacar el máximo partido a ambas cosas.

Eric Morgan llegó unos meses más tarde para ofrecer soporte técnico al trabajo de Zoe, y terminó ocupándose de la creación de vídeos de temática real. Era amigo de Zoe desde la universidad –por increíble que pudiera parecer debido a su choque de caracteres–, y se lo habían recomendado a Liberty por su minuciosidad, madurez e inteligencia. Aunque era extremadamente reservado, era insustituible: no había trabajo que se le resistiera ni cliente al que no pudiera satisfacer.

En cuanto a Liberty, ofrecía un servicio muy especial a sus clientes. Además de dirigir Giftland, también se dedicaba a escribir poemas y relatos cortos por encargo, y a veces, incluso, los adornaba con pequeños dibujos. A Clover le gustaba referirse al trabajo de Lib como una forma de «parar el tiempo»: no todo el mundo podía plasmar en un papel las emociones, los recuerdos y los momentos más intensos de la vida de los que se lo pedían. Pero Liberty lo hacía con una brillantez absoluta, aunque su forma de ser, tan realista y sosegada, la hiciera parecer de todo menos dulce y sensible.

Por último, la frase «¿Qué me aconseja regalarle a...?», tantas veces repetida por los clientes, había hecho imprescindible la presencia de Clover.

Nada más llegar a Nueva York, tras casi tres años como vendedora en el Maine Mall, se había propuesto dar un cambio radical en su vida, empezando por su trabajo, y un insólito anuncio en el *New York Times* la llevó directamente hasta la tienda de Liberty.

Elegir el regalo perfecto era su vocación. Le encantaba ver la emoción y la sorpresa de la gente cuando alguien desenvolvía un regalo muy deseado, y le resultaba muy fácil hacer felices a las personas. Era capaz de leer sus sueños, gustos y necesidades solo con hablar con ellos, escuchar sus historias y estudiar sus formas de ser. No siempre le era sencillo encontrar el regalo perfecto, sobre todo cuando la persona que le pedía ayuda era poco ingeniosa, sensible o carecía de un interés especial por la persona para quien lo buscaba. Por eso, pasaba todo el tiempo que le era posible con sus clientes para hablar con ellos, conocerlos y conocer también, a través de ellos, a las personas para las que tenía que encontrar una idea. Siempre había algún detalle importante que recordar, escondido en algún rincón de la memoria, y su deber era encontrarlo.

No obstante, no todo el mundo poseía ese don. Para evitar elecciones equivocadas y regalos decepcionantes, había que tomarse la molestia de escuchar, captar pistas que se dejaban caer en momentos puntuales a lo largo del año y prestar atención a las necesidades de una persona, entre otras cosas.

Ella, por ejemplo, no hacía más que hablar, hablar y hablar. Y, sin embargo, nadie se quedaba con lo que decía para utilizarlo en el momento más oportuno. Así que cogió la costumbre de escribir una «lista de deseos», una especie de carta a Papá Noel que le daba a todos aquellos que no dejaban de preguntarle: «¿Qué regalo te gustaría que te hicieran?».

A Clover le encantaban las sorpresas, pero nadie parecía capaz de sorprenderla. Por eso, cada año enviaba un correo electrónico a su madre con un par de ideas útiles para ella y su hermano, y colgaba una copia más grande de la misma lista en la tienda. La verdad es que confiaba mucho más en el gusto de sus compañeros de trabajo que en el de su familia, pero en aquella época del año todos estaban tan ocupados como ella, y no quería cargarles con la responsabilidad de que pensaran también en sus regalos... Regalos dobles, ya que su cumpleaños también caía en diciembre.

Su método no solo facilitaba las cosas a todo el mundo, sino que también evitaba las sonrisas forzadas ante otro regalo feo o equivocado. Algo que nunca les ocurriría a sus clientes, tal y como se había prometido a sí misma en su primer día de trabajo.

Aquella tarde, tres personas esperaban sus consejos para hacer feliz a alguien. La última era una chica que quería impresionar a sus familiares buscando un regalo irresistible para cada uno de ellos. A Clover le enternecía sobremanera aquella clienta, ya que muchas veces se había encontrado en una situación parecida a la suya. No obstante, ella todavía no había sido capaz de sorprender a su madre ni a su hermano, ni con los mejores regalos del mundo.

Esperaba que ese año la Navidad le trajera resultados mejores.

Mientras esperaba a que el semáforo se pusiera en verde, miró a su alrededor, sonriendo feliz. Adoraba Nueva York, su ritmo frenético, sus sonidos, la gran diversidad de personas, los enormes rascacielos que parecían perforar el cielo. En Navidad, el caos aumentaba desproporcionadamente, los turistas recorrían las calles, el bullicio era aún mayor y, sin embargo, Clover se deleitaba con aquel flujo de vida: le daba la sensación de que formaba parte de algo grande, y de que no estaba sola.

Los escaparates de las tiendas estaban decorados con motivos festivos, cada año más llamativos, originales y brillantes. Todo el mundo se maravillaba al verlos, incluso ella, que por trabajo no hacía más que entrar y salir de las tiendas más famosas de la ciudad. Sin embargo, en aquel momento, otra cosa llamó su atención.

En el lateral de un autobús detenido frente al semáforo se exhibía un cartel publicitario de grandes dimensiones. Cade Harrison la observaba desde allí, con una mirada que podría dejar a cualquiera sin oxígeno, un cuerpo escultural capaz de infundir pensamientos impuros hasta a la más pura de las colegialas y una sonrisa de lo más hechizante...

Justo lo que había hecho con la señora Kendall.

El extraño efecto que se había apoderado de ella al ver al actor retratado en aquel póster gigante se desvaneció al recordar el pequeño episodio que había vivido tres días antes.

Ella sabía sonreír cuando tenía que hacerlo –en su trabajo, ser educada era una obligación–, pero Harrison tenía un talento fuera de lo normal. Las suyas no eran simples sonrisas amables, sino que podía pasar de tener una expresión seria, tímida y aburrida a una agradable, atractiva y llena de calor humano en menos de un segundo. Esa habilidad debía de ser uno de sus puntos fuertes: ¡indispensable para un actor digno de múltiples nominaciones a un Oscar!

Una característica que, para Clover, era de lo más repugnante.

Había captado al vuelo un matiz de molestia en los ojos de Cade cuando Martha Kendall le reconoció, y, aun así, no tardó en querer que cayera a sus pies unos segundos después, haciéndola creer que estar en aquel lugar, junto a aquella mujer, era su pasatiempo diario favorito. Madre mía, por un momento, aquella sonrisa también la había cegado a ella...

¿Quién podría fiarse de tipos como él?

Estar con un hombre tan sumamente guapo y exitoso tenía que ser muy difícil. Pero estar con alguien cuyo trabajo consistía en fingir todo el rato tenía que ser una auténtica pesadilla. No podía ser casualidad que la mayoría de las mujeres a las que había dejado un famoso cayeran en depresión.

La exnovia de Harrison era un ejemplo claro de aquella desgracia: ella era preciosa, rica y famosa, y, sin embargo, no dejaba de llorar lágrimas llenas de amargura por un guaperas de turno que la había ilusionado para luego dejarla ante millones de telespectadores.

Después de que aquel reportaje saliera en las noticias tres días antes, Clover no había podido resistirse a la tentación de buscar noticias sobre aquel asunto. Lo que más destacaba entre los cientos y cientos de rumores sin sentido que circulaban por internet era que, tras seis meses de una relación aparentemente sin problemas, Alice Brown había sido un tanto imprudente al pretender presionar a Cade Harrison para que le pidiera matrimonio en directo en televisión. Pero el hombre no se lo esperaba –su expresión de angustia era visible en las imágenes– y se puso a darle largas, sugiriéndole tener aquella conversación en otro momento, posiblemente en privado.

Qué humillante debía de ser que un hombre así no cayera rendido a sus pies... ¡sobre todo delante de toda esa gente!

Al principio, Alice se había puesto morada y después había montado en cólera, acusando a Cade de haber jugado con sus sentimientos. Acto seguido, se había levantado llorando y se había ido corriendo del estudio de televisión, no sin haberle dado antes un sonoro bofetón. Cade se había quedado bloqueado y avergonzado, pero había sabido gestionar bien su enfado, disculpándose educadamente y abandonando el plató, dejando a los dos presentadores con los pelos de punta ante tal gran primicia.

Más tarde, las cosas se calentaron aún más. Dominada por el dolor, el amor propio y también quizá por el rencor, Alice Brown había empezado a dar entrevistas de lo más hostiles, en las que calificaba a Cade como un monstruo frío e insensible que la había utilizado para después romperle el corazón delante de todo el mundo, como si no importara.

Harrison, por su parte, no había querido hacer demasiadas declaraciones, pero se le había escapado una frase que había revolucionado a la prensa del corazón: «Algunos temas deberían quedar en la intimidad de las personas, aunque tal vez la falta de talento de la señorita Brown la obligue a hacer teatro barato para compensar su falta de público y de compromiso real que parece incapaz de conseguir sin verse vinculada a otro tipo de cosas de importancia».

No hace falta decir lo mal que se había tomado su ex aquella baja insinuación.

Y así, la guerra entre los dos continuó durante un mes más y acabó obligando al atractivo californiano a buscar un lugar apartado donde esconderse.

No debía de ser fácil para él tener que sufrir los continuos ataques de los periodistas, pero también era cierto que terminar con una historia de amor de una forma tan repentina no le había hecho ningún honor.

El semáforo cambió a verde y el autobús volvió a ponerse en marcha, alejando cada vez más el cartel publicitario de los ojos de Clover.

¡Hombres! Tan pronto te hacen tocar el cielo como te tiran como si fueras un calcetín sudado, sin ningún tipo de reparo, en cuanto pierden el interés. Mejor mantenerlos a raya.

En cualquier caso, lo que Cade Harrison hiciera con su vida era solo asunto suyo. Clover ni siquiera sabía por qué perdía el tiempo pensando en aquel tipo.

Lo único en lo que debía centrarse en aquel momento era en su trabajo. Tenía que ser más rápida y eficiente que de costumbre, porque en unas horas le esperaba el momento más bonito de todo el año: el encendido del gigantesco árbol de Navidad del Rockefeller Center.

Debía terminar sus tareas y volver a casa para prepararse para aquella noche.

Tenía que cuadrar a la perfección cada una de sus citas y no excederse en los tiempos, pero podía hacerlo... Debía hacerlo.

No quería perderse aquel evento por nada del mundo.

Cansado de ver la televisión tumbado en el sofá, Cade bajó el volumen y cogió el móvil. Después de haber marcado el mismo número de siempre, se apoyó en el respaldo esperando oír una voz familiar.

Cuando decidió irse de Los Ángeles, lo único que quería era alejarse de sus problemas y relajarse, pero después de pasar una semana en aquella casa comenzaba a aburrirse. Nueva York ofrecía mucho ocio, puede que más que Los Ángeles, pero el frío le apagaba los ánimos, y, aunque se encontrara relativamente lejos del caos de la ciudad, la idea de que lo reconocieran en la calle le quitaba las ganas de salir de casa.

Solo tenía que pensar en lo que le había ocurrido tan solo unos días antes.

Desde hacía tiempo, había aprendido que ganarse a las chicas era un método bastante infalible para asegurarse de que le harían los favores –del tipo que fueran– que él quisiera. Por eso, aunque no estaba especialmente orgulloso de ello, aquella vez había vuelto a hacer uso de su encanto para «comprar» el silencio de su fan...

Y todo delante de la cara de asco de su vecina.

Pensar en la pequeña y charlatana pelirroja le impulsó a levantarse y a acercarse a la ventana, desde la que tenía una vista perfecta de la entrada de la casa de enfrente.

No la había vuelto a ver desde su último encuentro, sin contar las veces que la veía desde aquella ventana, aunque ella nunca miraba hacia su dirección. Eso le había confundido: normalmente, las mujeres se esforzaban por hacerse notar para que él las viera, o al menos se mostraban interesadas.

Pero aquella chica parecía despreciar su fama y se mostraba indiferente a él como hombre.

Sin embargo, por alguna extraña razón, Cade sentía cada vez más curiosidad hacia ella.

No era una cuestión física: ella era simpática, discreta y normalita. Siempre la había visto vestida con ropa bastante abultada y por eso no había reparado demasiado en su aspecto, pero sabía que no podía medir más de metro sesenta y que parecía delgada. Su rostro era la parte más interesante: aunque sus dos grandes ojos color avellana parecieran capaces de calcinar a cualquiera, los tiernos hoyuelos que le salían al sonreír la hacían parecer adorable, y su rebelde melena ígnea, con sus ondas naturales, recordaba a un duendecillo o a un hada traviesa. Si su representante la hubiese visto, seguramente le habría podido encontrar un papel en una de las muchas películas de fantasía que las compañías cinematográficas solían producir en aquella época del año.

Pero lo que más había llamado su atención era el olor a galletas de canela que llevaba consigo. Un olor rico, dulce y reconfortante.

Si no hubiera tenido esa lengua impertinente, le habría sido agradable tenerla cerca. Pero tampoco es que quisiera tener compañía femenina en aquel momento: después de los últimos meses, las ganas de pasar tiempo con una mujer se habían reducido de manera considerable.

–¡Ah, mi querido hijo exiliado! ¡Qué alegría escucharte! –exclamó la voz de su madre al teléfono, distrayéndole de sus pensamientos.

–Has tardado tanto en contestar que estaba a punto de colgar. ¿Ya no vives pegada a tu móvil esperando a que tu hijo favorito te llame?

–No te hagas el gracioso, ya no eres mi hijo preferido. Ahora lo es Jake.

–¿Jake? ¿Ese pringado que no hace más que escribir novelitas ñoñas? –bromeó Cade, apoyándose en el alféizar de la ventana.

–¡Sus «novelitas ñoñas», como tú las llamas, son superventas en toda América y pronto se traducirán a cuatro idiomas! No eres el único famoso en la familia Harrison, Cade: empieza a hacerte a la idea –le reprendió su madre en broma, con un tono de afecto palpable incluso desde la distancia–. Y ahora él es mi favorito porque ha tenido una idea brillante para salvar las fiestas.

–¿Cuál?

–Su novia, Monique, tiene una casa en Brooklyn. Sus padres se van de vacaciones y la dejarán libre, así que ha invitado a Jake y a toda nuestra familia para que celebremos la Navidad allí. Ya sabes, ella no puede irse de Nueva York por estas fechas, pero quería celebrarlo con Jake, y él con nosotros, así que...

–Así que, ahora que estoy en Nueva York, será más fácil que me una a vosotros. Qué coincidencia.

–¡Eso es! Lo menos que quiere Dios es que las familias celebren la Navidad separadas.

Cade se rio.

–¿Cuánto te ha costado organizarlo todo, mamá?

–¡Cariño, me ofende que pienses que pagaría por pasar las vacaciones todos juntos!

–Entonces has debido hacer un papel excelente para llevar a Jake por el buen camino.

–Tu hermano es tan sensible... ¿cómo si no podría escribir novelas tan emocionantes?

—Cada día entiendo más de quién he heredado el don de la interpretación, ¿sabes?

—Desde luego no del oso de tu padre —murmuró Grace Harrison.

—Apuesto a que no le hace mucha gracia venir a Nueva York.

—Ya se está quejando de todo: dice que el frío le acabará destrozando los huesos y que la diferencia horaria no tardará en aturdirle. También dice que, con lo rico que eres, podrías haber alquilado un estúpido *jet* y pasar al menos el día de Navidad en casa, sin hacerme pasar por todo ese numerito con Jake —resopló, descubriéndose por completo.

—Tal vez lo hubiera hecho.

—De todas formas, me alegro de que vayamos. Nos vendrá bien cambiar de aires, ver algo de nieve y, además, tus hermanas se mueren por ir de compras por la Quinta Avenida.

—Si tantas ganas teníais de venir a Nueva York, os habría podido pagar el viaje y el hotel en cualquier momento, ya lo sabes —dijo Cade con una voz muy tierna—. ¿De qué me sirve tener tanto dinero si no puedo compartirlo con vosotros?

—Qué hijo tan ejemplar...

—¿Ya vuelvo a ser tu favorito?

—¡No puedes comprarme solo con eso! —exclamó su madre—. Cariño, sabes de sobra que podemos pagarnos un viaje sin problemas. Pero gastar dinero en un hotel habría sacado de quicio a tu padre, que aún sigue pensando que tiene que ahorrar hasta el último céntimo, como le enseñaron cuando era un niño. Disponer de la casa de Monique totalmente gratis ha sido la solución perfecta.

Cade sonrió. Su querido padre cascarrabias se había construido una vida de la nada, pasando de ser pobre a tener una vida acomodada con su propio esfuerzo. Y aunque hacía años que no tenía problemas económicos, conservaba la misma mentalidad de ahorrador meticuloso que entonces. Detestaba el despilfarro, y Cade había intentado seguir su ejemplo no tirando el dinero que ganaba con su trabajo. Al menos, no todo.

—¿Cuándo llegáis?

—El día de Nochebuena por la mañana. Y teniendo en cuenta la diferencia horaria, no creo que tu padre se levante en diez horas, por lo menos, así que nos veremos directamente en la cena.

—Muy bien, mamá —la mirada de Cade se dirigió hacia la silueta oscura que estaba junto a la carretera y su interés se disparó—. Hablamos pronto. ¡Saluda a todos de mi parte! —se apresuró a decir, despidiéndose de su madre.

Su vecina de enfrente caminaba a paso ligero hacia el portón de su casa con un montón de paquetes y bolsas en las manos, un gorro de lana torcido sobre la cabeza y una bufanda rosa que amenazaba con enredarse con los tacones de sus botas. Ya casi era la hora de cenar, estaba muy oscuro y las calles estaban húmedas y heladas por la lluvia y las bajas temperaturas.

Tuvo un mal presentimiento, incluso antes de verla resbalarse por las escaleras.

Sin pensárselo, cogió el abrigo que tenía colgado junto a la puerta y salió, medio riéndose, medio preocupado. ¡Esa chica no era capaz de mantenerse en pie!

La alcanzó en un santiamén y se detuvo en el portón.

—¿Algún día tendré la oportunidad de verla estable sobre sus piernas? —le preguntó con una sonrisa tierna al encontrársela arrodillada en el suelo, observando intranquila el contenido de cada una de sus bolsas de colores.

Al oír su voz, ella levantó la cabeza y lo miró con sus grandes ojos color avellana. Después volvió a dirigir la atención a sus compras.

—La esperanza es lo último que se pierde, o al menos eso dicen —respondió molesta.

Cade sobrepasó el portón.

—¿Necesita ayuda?

—¡Necesito un curso de supervivencia para torpes crónicas! —la oyó farfullar—. Pero antes necesito asegurarme de que no se haya roto nada de lo que llevaba.

—Tal vez antes debería mirarse la rodilla. Está sangrando.

La chica dirigió una mirada hacia sus medias rasgadas y vio que tenía un rasguño en la rodilla izquierda. Cade la ayudó a ponerse en pie.

—Ya lo recojo yo todo.

—Gracias —murmuró ella, subiendo los escalones sin perderle de vista.

Cade empezó a recoger las bolsas con mucho cuidado sintiéndose observado y después caminó detrás de ella, volviendo a notar su dulce aroma, que saboreó a pleno pulmón casi sin darse cuenta.

La chica abrió la puerta y le dejó pasar.

—Déjelas encima del sofá.

Cade obedeció y luego miró a su alrededor. Vista desde fuera, aquella casa lucía deteriorada, pero por dentro era acogedora. Había muchos muebles anticuados y desgastados, pero todo estaba limpio y bastante ordenado, y con algunos arreglos podría quedar preciosa. Como primera —y absolutamente necesaria— mejora, lo que él hubiera hecho habría sido prenderle fuego a aquel sofá tan feo y roñoso que parecía de lo más incómodo y ocupaba prácticamente todo el salón.

—¿No le da miedo que le engulla y no pueda salir de ahí?

La chica le siguió la mirada y se encogió de hombros.

—Es feo, lo sé, pero le tengo cariño. Aquí dentro todo tiene un encanto antiguo, o al menos eso es lo que me digo a mí misma para evitar considerar todo esto como lo que realmente es: una pocilga. Estoy esperando a poder comprarme uno de esos bonitos sofás esquineros, tal vez en lila...

—Si no gastara tanto en compras de Navidad, ya tendría unos buenos ahorros —dijo Cade, señalando las bolsas encima del sofá, pero ella negó con la cabeza.

—No son mías —respondió quitándose el abrigo. Debajo llevaba puesto un vestido de cuadros negros y rojos, unas medias y sus imprescindibles botas altas.

Cade pudo satisfacer por fin su curiosidad.

Tal y como había imaginado, era delgada y delicada, pero tenía unas curvas seductoras y unos buenos pechos, y la ropa no ocultaba del todo su figura. Tenía un gusto un tanto extraño para vestir, sobre todo de cara a combinar colores con su pelo rojizo, pero, aun así, ese estilo le quedaba bien.

La vio acercarse a él cojeando y todos sus sentidos se alertaron para después protestar en silencio cuando ella pasó por su lado sin dirigirle ni una mirada, preocupada únicamente por sus compras.

—Debería vendarse esa rodilla en vez de perder el tiempo con esas bolsas —dijo con un ápice de molestia en la voz.

—Solo quiero comprobar que todo esté bien.

Cade estudió en silencio cada uno de sus detalles, hasta que la vio sentarse en el sofá, exhalando un suspiro de alivio.

—¿Son sus regalos de Navidad?

—Son regalos para gente que ni siquiera conozco, pero que tendré que guardar aquí al menos un par de días.

–No le sigo. ¿Hace regalos a desconocidos?

–Es inútil que se lo intente explicar a alguien que no cree en Papá Noel –bromeó ella, guiñándole un ojo.

Cade se sintió confuso ante aquella mirada traviesa, pero no tuvo tiempo de analizar la reacción, ya que de pronto ella abrió los ojos como platos y se volvió bruscamente hacia un reloj que había en la pared.

–¡Joder, es muy tarde! ¡Tengo que irme! –exclamó, intentando levantarse.

Sin embargo, como el sofá estaba hundido y le dolía la rodilla, el gesto le resultó más complicado de lo que pensaba. Cade le tendió las manos para coger las suyas, que eran delgadas y estaban frías, y la ayudó a levantarse sin apenas dificultad.

–Le sigue sangrando la rodilla y lleva las medias rotas. ¿Adónde se cree que va en esas condiciones?

–¡Al Rockefeller Center, a ver el encendido del árbol de Navidad!

–Al menos desinféctese la herida y cámbiese.

–Si lo hago, perderé el ferri y llegaré tarde –protestó ella, saliendo de la habitación cojeando. Cade la siguió.

–A su ritmo, es muy probable que llegue tarde de todos modos.

–No tiene ni idea de lo rápida que puede ser una cuando tiene un objetivo claro en la cabeza.

–¿Su objetivo es coger una infección y arriesgarse a hacerse daño de verdad por ir a ver un árbol de Navidad que permanecerá inmóvil en el mismo sitio hasta enero?

–¡Mi objetivo no es un árbol, sino el árbol! La ceremonia de encendido es una tradición en esta ciudad, no puedo perdérmela.

–Seguro que la ha visto miles de veces.

La chica se detuvo y se volvió hacia él para mirarle con cara de asco.

—Ah, usted es de esos.

—¿Qué?

—Un esnob insensible al espíritu navideño.

Cade vaciló, sin saber muy bien qué responderle. En realidad, había dejado de darle importancia a ese tipo de tradiciones desde que había cumplido la mayoría de edad.

—Lo que me interesa no es ver el árbol —continuó ella, decidida—. Lo que no quiero perderme es el momento en el que lo encienden y todo el mundo se queda embobado mirando todas sus luces. Ese interruptor marca el inicio de la época más bonita del año, la ciudad se transforma, se vuelve mágica. ¿Usted nunca se queda embobado mirando las luces de Navidad?

Cade hizo una mueca irónica.

—Nunca ha estado en Las Vegas, ¿verdad?

Ella resopló.

—No es lo mismo, pero supongo que si fuera también me quedaría con la boca abierta. —Su mirada se posó en el reloj y la decepción que se le dibujó en el rostro pareció oscurecer toda la habitación—. Bueno, de todas maneras, ya es tarde.

—Seguro que lo retransmiten por televisión —dijo Cade amablemente. Ella asintió y dio media vuelta, pasando junto a él.

—Voy a desinfectarme y a encender la tele. Gracias por su ayuda… Ya puede irse.

Al verla tan baja de ánimos, Cade tuvo el impulso de colocarse delante de ella.

—¿A qué hora encienden el árbol?

—A las nueve, pero se tarda más de una hora en llegar al Rockefeller desde aquí, y el ferri sale en menos de veinte minutos. Lo tenía todo medido, minuto a minuto, pero he perdido mucho tiempo y ahora no sería capaz de llegar al muelle a tiempo para coger el ferri de las ocho, ni aunque pudiera teletransportarme.

—En coche tendríamos tiempo de sobra. —Al detectar una mezcla de confusión y esperanza en su mirada, le sonrió—. Yo la llevaré al Rockefeller Center, y así se ahorra el viaje.

—Es muy amable, pero no hace falta...

—Nunca he visto la ceremonia en persona, y la pasión con la que me la ha descrito me ha intrigado. Venga conmigo —insistió.

¡Ahora sí que tenía ganas de asistir al evento!

—¿Nunca la ha visto? —preguntó ella asombrada—. ¡Eso es inaceptable!

—Me ayudará a solucionarlo.

Tras un momento de silencio, ella asintió.

—Muy bien. Créame, no se arrepentirá.

Solo con ver la sonrisa renacer en aquellos labios rojos, Cade ya se sintió plenamente satisfecho.

—No lo dudo —dijo, devolviéndole la sonrisa. Dio un paso hacia atrás y señaló su reloj—. Nos vemos fuera en diez minutos... ¿O necesita más tiempo?

—Estaba a punto de arrastrarme por la calle con las medias rotas y la rodilla ensangrentada. ¿Tengo pinta de ser de las que tardan mucho en ponerse guapas?

Cade la estudió de pies a cabeza.

—No creo que le haga falta —dijo sincero. Le divirtió verla bloqueada, pero trató de ocultar su satisfacción dirigiéndose hacia la puerta.

—¡Asegúrese de disfrazarse bien para que nadie le reconozca! ¡No quiero acabar saliendo en el periódico junto a alguien que va por ahí firmando los culos de medio Nueva York!

¡Joder con aquella psicópata que le había estado persiguiendo por las calles de Los Ángeles con la falda levantada! Debería haberla demandado en lugar de firmarle el maldito culo, aunque solo fuera para quitársela de en medio lo antes posible. No se había percatado de que el paparazi estaba ahí acechándolo. De lo contrario, habría buscado otra forma de librarse de ella. Aquel jugoso cotilleo había salido en todos los tabloides, y a su descarada vecina le hacía mucha gracia.

Y, por extraño que pudiera parecer, a él también estaba empezando a divertirle.

Se quitó el vestido con tanta ansia que estuvo a punto de rasgárselo. La puerta aún estaba entreabierta, y Clover ya estaba medio desnuda dirigiéndose hacia el baño para darse una ducha relámpago.

Sin lavarse el pelo, que le habría llevado demasiado tiempo, se frotó enérgicamente durante tres minutos intensos y luego salió de la ducha. Se curó la herida de la rodilla y se la cubrió con una tirita grande, mientras se maldecía por haber caído una vez más ante la mirada del príncipe de Hollywood, y después se fue a su habitación para vestirse. Se puso el vestido de punto de los simpáticos bordados que llevaba todos los años al concierto de Navidad, y tardó menos de un minuto en maquillarse. Se cepilló el pelo y cogió su abrigo, que se puso mientras se dirigía hacia la puerta.

Quedaba un minuto para la hora acordada. Siempre era muy puntual.

Él salió un poco después y, al verlo, Clover sintió que se le había secado la boca. Estaba increíble, jodidamente sexi y elegante al mismo tiempo.

De repente, se sintió mediocre e insignificante. ¡A saber con cuántas y lo guapas que eran las chicas con las que estaba acostumbrado a salir en California! Seguro que nunca había salido con una que llevara un vestido con bordados en forma de muñecos de nieve, hojas de acebo y árboles de Navidad, y que estuviera coja como el jorobado de Notre Dame.

Debería haberse puesto algo más sexi y elegante para salir con un hombre como él...

¿Salir? No estaba saliendo con Cade Harrison. Él solo se había ofrecido a hacer una obra de caridad llevándola hasta el Rockefeller Center. Probablemente había sentido compasión por ella.

Se metió el gorro de lana en el bolsillo, en lugar de ponérselo, y se levantó el cuello del abrigo para ocultarse lo más posible, alzando la cabeza con toda la dignidad que aún le quedaba.

Pero cuando lo tuvo delante, con su sonrisa irresistible, Clover se olvidó de todo lo demás.

–¡Qué puntual, estoy impresionado! –le dijo.

–En realidad ya estaba preparada desde hace unos minutos, pero no quería meterle prisa. Supongo que tener ese aspecto de divo requiere tiempo.

–Lo que tardo en darme una ducha rápida –contestó Cade.

«Entonces estás tremendo al natural», pensó Clover fugazmente, dirigiéndose con él hacia el garaje, del que sobresalía un precioso todoterreno negro.

–¿Puedo al menos saber cómo te llamas? –le preguntó Cade, adoptando un tono más cercano.

—Clover O'Brian —respondió ella, extendiendo una mano hacia él.

—Encantado —Cade se la estrechó, un apretón suave pero firme y cálido. Increíblemente cálido.

Clover no dijo nada, ni siquiera le dio las gracias por la ayuda que le estaba ofreciendo al ajustar el paso a su andar inestable.

Sin embargo, algo en su interior cambió casi de manera imperceptible. De repente había dejado de ver a una estrella de cine a su lado; ahora veía a un hombre atractivo, atento y dispuesto a nadar entre la multitud de gente para hacerle un favor. Era imposible pasar por alto ese detalle.

Así que se prometió ser más educada y amable con él.

Capítulo 4

El Rockefeller Center estaba tan abarrotado que resultaba caótico. El concierto había comenzado hacía más de una hora y, como cada año, movilizaba grandes caravanas de espectadores.

Clover solía buscar siempre el lugar más apartado del espectáculo, pero aquella noche parecía que no había ni un solo hueco libre en un radio de un kilómetro.

Cade miraba a su alrededor, asombrado de ver a tanta gente y, aun así, estaba de lo más tranquilo. Sin embargo, procuraba pasar desapercibido, y Clover también trataba de pasar inadvertida para evitar atraer miradas hacia su acompañante.

–Los fotógrafos están concentrados en los invitados de la noche. Sobre el escenario están Mariah Carey, Rod Stewart y Billy Crystal. Son más famosos que tú, ¿no? –le preguntó para intentar relajar el ambiente.

–Seguramente –sonrió Cade amablemente, para evitar decir que aquellos nombres no eran «las estrellas del momento». Y Clover sabía perfectamente que Harrison suscitaba mucho más interés que las viejas glorias. Por no decir que incluso ella estaba empezando a sentirse vagamente atraída por él.

Estaba detrás de él, empujada por la multitud, y esa cercanía tan forzada, sumada a su perfume especiado, empezaba a causar un efecto extraño en ella.

Se preguntó qué pensarían los demás al verlos. ¿Creerían que eran pareja?

Por un momento fugaz pero intenso, quiso que algún fotógrafo los captara juntos, tal vez en alguna pose ambigua y engañosa que la habría etiquetado como su supuesta nueva amante. Una noticia así habría despertado mil dudas y mucha envidia... sobre todo por parte de su madre, que nunca dejaba de repetirle que nunca sería capaz de atraer a un hombre en condiciones.

¡Dios, sería tan maravilloso!

Aquellas vanas ilusiones, la música alta y el entusiasmo que se respiraba en aquel lugar le levantaron el ánimo, y ni siquiera el dolor en la rodilla le impidió pasearse alegremente por el Rockefeller Center, buscando el lugar adecuado para disfrutar de aquella velada.

Cuando notó el brazo de Cade alrededor de su cintura, sintió que se le disparaba el corazón.

–¿Te gustaría ver el espectáculo desde arriba y lejos de toda esta gente? –le susurró al oído. Su respiración cálida en el cuello le provocó escalofríos en algunas partes de su cuerpo que no recordaba ni que existieran.

«¡Venga, maldito fotógrafo, haznos una foto! ¡Ahora!», pensó en un arrebato de locura, mientras se llenaba los pulmones con el intenso perfume de aquel chico. No sabía qué la había motivado a desear que la relacionasen con él en algún tabloide barato, pero en aquel momento eso era todo lo que quería. Quién sabe cuándo volvería a tener la oportunidad de salir fotografiada paseando por Nueva York en compañía de alguien como él. Enmarcaría esa foto para recordarse a sí misma, en los momentos más tristes, que las cosas bonitas ocurren de verdad y no solo en los cuentos de hadas...

Trató de deshacerse de todos aquellos pensamientos. ¡Joder, ese tío tenía más talento que un encantador de serpientes y ni siquiera se daba cuenta!

Miró a su alrededor para distraerse del repentino e inesperado nerviosismo que había aflorado en ella al estar tan cerca de él, y trató de recordar la pregunta que Cade le acababa de hacer.

«¿Te gustaría ver el espectáculo desde arriba?».

Dirigió la mirada hacia un niño que estaba subido a los hombros de su padre.

–¿Te refieres a eso? –bromeó, señalándoles.

Cade se rio.

–No exactamente, pero si lo prefieres...

–¿Qué quieres hacer?

–Un poco más allá hay un hotel que tiene unas vistas preciosas a la plaza. Podríamos alquilar una habitación.

–¿Puedes hacer eso? ¿Sin reserva?

Cade le guiñó un ojo.

–Soy Cade Harrison. ¡No solo tengo el privilegio de firmar culos!

Mientras Clover se reía, la cogió de la mano y la condujo hasta fuera de la multitud, con un ojo puesto en su rodilla rígida.

Clover lo siguió y se sintió como en un sueño: no estaba acostumbrada a que alguien la tratara así. Y si además ese alguien era un hombre que estaba habituado a que todo el mundo le adorase, todavía le costaba más creérselo.

Empezó a notarse la mano muy caliente, y ese fue el momento en que empezó a entender por qué la mayoría de las adolescentes americanas lo situaban el primero en la lista de amores imposibles. Era carismático, sensual y, sin embargo, tenía ese aspecto de chico bueno que llegaba al corazón. Era atento, amable e incluso divertido, y solo cuando se sentía avergonzado o en apuros sacaba ese lado de superestrella fría y arrogante que tal vez había perfeccionado con el tiempo.

Era imposible no sentirse inexorablemente atraída por él.

El silencio que acogió su llegada al hotel la pilló desprevenida tras el ensordecedor barullo de la plaza. Miró a su alrededor con admiración, apreciando cada detalle en aquel vestíbulo de lujo. Nunca había entrado en aquel sitio, aunque a veces fantaseaba con dormir en un hotel como ese al menos una vez en la vida. El Hotel Plaza siempre había sido uno de sus hoteles de ensueño, aunque en aquel momento estaba muy lejos de sus posibilidades.

—Voy a preguntar si nos dan una habitación. Ahora vuelvo —dijo Cade, invitándola a sentarse en una elegante silla.

Ella rechazó aquel gesto por prudencia e hizo una mueca.

—Aquí estoy la mar de bien, no te preocupes. Paso de dejarte mal y arruinar tu reputación con mi presencia. Venga, hagamos una cosa: ¡ideemos un código secreto para que yo pueda ir a tu habitación sin que nadie me vea!

—En realidad, solo quería que pudieras descansar la rodilla.

Con un suspiro exasperado, Cade la cogió por un brazo y la guio hasta la recepción, donde un hombre y una mujer estaban hablando en voz baja.

La recepcionista intuyó rápidamente quién era el recién llegado, Clover lo supo por la mirada hambrienta que le dirigió a Cade. El hombre de traje oscuro también pareció reconocerle, porque no tardó en ponerse detrás del mostrador de madera oscura y pulida sonriendo amablemente.

—Señor Harrison, es un placer tenerle de nuevo aquí.

—Buenas noches, James —sonrió Cade, extendiendo una mano para apretar la del elegante conserje–. Sé que no he avisado antes, pero necesitaría reservar una habitación.

Tanto James como la recepcionista dirigieron una mirada discreta hacia Clover, que se puso tensa.

¿Qué querían mirar? ¿Tan extraño era que uno de los hombres más deseados de América estuviera con una chica normal y corriente como ella? ¿O quizá, al estar acostumbrados a verlo siempre con una chica distinta, quisieran solo satisfacer su curiosidad examinando a su nueva presa?

Clover comenzó a sentirse incómoda y cruzó los brazos a la altura del pecho.

—Vamos a ver qué podemos hacer para ayudarle. —El conserje ocupó el lugar de la recepcionista educadamente pero con decisión, y mientras paseaba la vista por la pantalla del ordenador, continuó haciéndole preguntas a Cade–. ¿Tiene intención de quedarse aquí durante mucho tiempo, señor?

—Una hora, como máximo.

Al volver a notar otra mirada curiosa hacia ella, Clover le dio un codazo a Cade, que estaba conteniendo la risa.

—¿Puedes aclararles por qué estamos aquí, antes de que se piensen cosas que no son? —siseó. Después le sonrió al conserje–. ¡Estos famosos! ¡Están siempre tan expuestos con su trabajo, que tienden a ser muy reservados en la vida privada! ¿No le parece?

Divertido, Cade se apoyó en el mostrador con distendida familiaridad.

—Mi amiga y yo queríamos ver el encendido del árbol de Navidad, pero la plaza está demasiado abarrotada para mi gusto. No he venido aquí para agobiarme con los fans y los paparazis. ¿Comprende, James?

—Naturalmente, señor Harrison.

—Si pudiéramos ver el espectáculo desde la mejor habitación que tengan, les estaría completamente agradecido. Pagaré el precio completo por las molestias.

—Ninguna molestia. La habitación con mejores vistas está reservada para mañana, por lo que puedo dejársela hoy sin ningún problema. Mi hija es una gran admiradora suya, jamás me perdonaría si se enterase de que le he negado algo.

Cade sonrió amablemente, ya estaba habituado a ese tipo de adulaciones.

Resolver favores era muy sencillo cuando quien los pedía era un famoso podrido de dinero. Cuando terminaron de hacer el registro, subieron a la habitación y Clover empezó a estudiar cada detalle de aquella fabulosa *suite* de cálidos tonos en dorado y crema, maravillada por la elegancia del mobiliario.

—¡Es casi tan grande como uno de los pisos de mi casa, pero bastante más glamuroso! —exclamó con admiración.

—No está mal. Espero que no te importe no ver el espectáculo desde la plaza. ¿Preferías estar más cerca? —preguntó Cade, acercándose al ventanal para descorrer las cortinas.

La asombrosa vista de los rascacielos la dejó sin aliento, como siempre. Llevaba años viviendo en Nueva York, pero aún no se había acostumbrado a la belleza de aquella ciudad vista desde lo alto. Y disfrutar del espectáculo desde la habitación de un hotel de lujo, con un hombre como aquel, parecía demasiado bueno para ser verdad.

—Está genial —dijo ella, acercándose a él y abriendo las ventanas. Escuchó la música y un coro de voces de celebración que le arrancaron una sonrisa—. Normalmente me pongo en un rinconcito pegado a alguna farola para tener una mejor visión por encima de las cabezas de la gente, así que esto es un nivel infinitamente mejor, principito.

—¿Tanto te cuesta llamarme por mi nombre? —suspiró Cade, apoyándose en el alféizar de la ventana.

—¿No violaría algún código ético de las superestrellas? Un príncipe y una simple plebeya, tanta familiaridad podría ser peligrosa, podría haber micrófonos esparcidos por la habitación —dijo Clover, dándole largas.

En realidad, se moría de ganas de saborear su nombre en los labios, pero temía que hacerlo supusiera forjar algún tipo de vínculo con él, y no estaba segura de que eso fuera una buena idea. Un par de gestos amables y unas cuantas sonrisas encantadoras ya la habían llevado a desear muchas tonterías... Y no quería acabar babeando por él como muchas de las tantas ridículas admiradoras que generalmente revoloteaban a su alrededor.

Cade Harrison no lo hacía por ella. Debía tenerlo en cuenta.

Pero cuando le sonreía, como en aquel momento, todos sus pensamientos lógicos y racionales se iban al garete en cuestión de segundos.

—Si hubiera micrófonos aquí dentro, tus labios pronunciando mi nombre serían el detalle menos interesante para los paparazis, Clover.

El significado de aquellas palabras, sumado a la silueta de Cade Harrison con una preciosa cama de matrimonio en segundo plano, le provocó una serie de pensamientos pecaminosos que enseguida se apresuró a alejar. Entonces se fijó en sus manos grandes con sus dedos largos, que colgaban en el vacío, por fuera de la ventana. Pero ese fue otro error: su mente empezó a fantasear con lo agradable que sería poder acariciar aquellos dedos y sentir su tacto sobre su propia piel...

Y allí estaba de nuevo en aquella cama grande, presa de sus caricias apasionadas y besos suaves.

¡Mierda!

Cerró los ojos y se concentró en la música. Poco a poco, las notas de *White Christmas* calmaron su ferviente espíritu y le recordaron dónde estaba.

—Has sido muy amable regalándome todo esto –suspiró–. No sé cuántos habrían hecho lo mismo, sobre todo por una loca impertinente como yo.

—Bueno, no ha sido tan difícil. Es verdad que eres muy distinta a las personas a las que estoy acostumbrado, pero no está mal.

—La gente se arrodilla cuando te ve pasar, ¿no? –le preguntó Clover.

Cade se encogió de hombros.

—Todo el mundo es bastante... complaciente conmigo.

—Unos sucios lameculos, sí.

Él se rio y Clover sintió que algo en su interior se retorcía ante aquel sensual sonido. «Tiene un encanto que mata lentamente», pensó. Aun así, aquella era una buena forma de morir.

—También está la otra cara de la moneda –añadió Cade–. Poca privacidad, envidiosos, personajes peligrosos... Y nunca se sabe qué tan sincero es el afecto de la gente en realidad. ¿Crees que las adolescentes chillarían al verme si fuera un simple mecánico?

Clover se lo imaginó con la típica ropa de trabajo toda manchada de grasa y oliendo a gasolina y por poco se le escapó un gemido de placer. Estaba segura de que, aun cubierto de aceite de motor, las chicas seguirían cayendo rendidas a sus pies.

Sacudió la cabeza para deshacerse de todas las ideas que estaban fuera del hilo de la conversación.

–Sí, lo entiendo. Yo siempre busco atención dentro de mi pequeño mundo privado, pero nunca podría soportar que invadieran mi intimidad de esa manera. Y probablemente me fiaría poquísimo de mis amigos si tuviera tanta fama y dinero. –Le dio la espalda al concierto y lo observó, queriendo saber más detalles–. ¿Por qué decidiste ser actor?

–En realidad, no fue del todo una decisión. Me presenté a unas audiciones para probar junto a dos amigos con los que iba al curso de interpretación de la universidad. Empecé haciendo pequeños papeles en varias series de televisión y después papeles más importantes para algunas películas. Hace cuatro años me propusieron el papel principal de una película muy taquillera, y aquí estoy. La fama se ha convertido en una especie de avalancha incesante para mí y, cuando te conviertes en un personaje público, cuesta mucho mantener una actitud de normalidad. Aunque lo intento.

–¿Te has arrepentido alguna vez de haberte dedicado a esa carrera?

–En realidad, no. Todas y cada una de las cosas que he hecho en la vida, tanto buenas como malas, me han llevado ser la persona que soy ahora.

–Pero si no fueras famoso, no tendrías que esconderte de la gente.

–Pero probablemente no estaría aquí, disfrutando de este evento contigo –dijo sonriendo.

Clover apartó la mirada, esperando a que sus latidos volvieran a ir a un ritmo más regular.

–Teniendo en cuenta el poco espíritu navideño que tienes, no sé yo si podrías considerarlo una ventaja –bromeó.

–¿Quién sabe? Tal vez, gracias a ti, vuelva a ver las fiestas con ojos de niño.

La voz de Mariah Carey, que entonaba *All I Want For Christmas*, llamó la atención de Clover e hizo que se le iluminaran los ojos.

–¡Esta es una de mis canciones favoritas! –exclamó feliz, tarareando en voz baja y moviendo la cabeza al ritmo de la música.

–¿Y qué me cuentas de ti? –preguntó Cade, cuando se terminó la canción–. Durante el trayecto en coche me has acribillado a información sobre el árbol de la plaza y la historia de esta tradición, pero no me has dicho nada o casi nada sobre ti. Solo sé que te llamas Clover O'Brian. ¿Tienes familia irlandesa?

–Mi abuelo era irlandés de nacimiento, pero americano de corazón. Nunca he estado en Irlanda, aunque me encantaría. –Clover le miró–. ¿Alguna otra curiosidad? No soy tan interesante.

–Tengo muchísimas curiosidades.

–Comparada con la tuya, mi vida es plana y aburrida.

–A juzgar por tu carácter, estoy seguro de que has vivido bastantes aventuras divertidas.

Clover se rio, negando con la cabeza.

–Créeme, mi carácter solo me ha traído decepciones. No a todos le gusta tratar con una chica tan impulsiva como yo.

–¿Estás a la caza de cumplidos? –preguntó él, desconcertado.

–Pero no como los que te gusta que te hagan a ti, yo no sabría qué hacer con tanta adulación vacía. Yo solo voy a la caza de un poco de admiración sincera –dijo Clover, con máxima tranquilidad–. Bueno, eso antes. Hace tiempo que dejé de hacerlo –añadió. Él no tuvo tiempo de responder, porque la música había cesado hacía unos minutos y el bullicio ininterrumpido indicaba que estaba a punto de comenzar la cuenta atrás–. ¡Ya va a empezar! –dijo, desabrochándose el abrigo y tirándolo sobre la cama. No se percató de la mirada de Cade hasta que oyó su comentario.

–Bonito vestido.

¡Maldita sea, se había quitado el abrigo sin pensar! Había decidido no relevar su conjunto tan poco glamuroso en presencia de Cade Harrison, pero se le había olvidado. Le inspeccionó de reojo, esperando una mirada irónica de su parte, pero, en cambio, no vio más que admiración sincera en el rostro de Cade.

Aliviada, miró por la ventana, fingiendo indiferencia.

–Es mi tradición personal: siempre me pongo este vestido para ver el encendido del árbol. No es gran cosa y puede que sea un poco ridículo, pero es perfecto para la ocasión... ¡o, al menos, esa es la intención!

–He dicho que es bonito, no que sea simpático o raro. Y te queda muy bien –señaló Cade–. ¿Por qué siempre le ves un significado negativo a mis palabras?

–La costumbre. Soy experta en años y años de bromas irónicas, he aprendido a anticiparlas. Pero ahora cállate, que faltan quince segundos.

Cade se acercó por detrás y puso las manos sobre el alféizar de la ventana, rodeándola con los brazos.

–¿Y tienes alguna otra tradición?

Seguramente, él se había movido para tener unas mejores vistas, pero Clover contuvo igualmente la respiración al sentirlo tan cerca.

–Pedir un deseo antes de que enciendan el árbol –respondió, aclarándose la garganta–, así que déjame concentrarme.

Estaba tan distraída por el calor que irradiaba aquel cuerpo, que se quedó inmóvil durante varios segundos. Sin embargo, cuando el público empezó a corear los últimos cinco, se dejó llevar por la emoción y cerró los ojos.

Solo pudo pensar un momento. Después el perfume de Cade se apoderó de su mente y el deseo le vino solo.

«Ojalá un hombre como él me quisiera, al menos una vez en la vida...».

–¡Tres, dos, uno... Guau...! –exclamó Clover con alegría, con los ojos brillantes.

Cade observó su rostro en vez del árbol, y lo encontró mucho más interesante. Vio miles de luces reflejadas en los iris resplandecientes de aquella chica, y fue partícipe de toda la emoción contenida en aquel cuerpecito pegado al suyo.

Cuando se ofreció a acompañarla, no imaginaba que disfrutaría tanto de aquella noche.

Cuando Clover se dio la vuelta, le abrazó ilusionada, y él, sin pensarlo, la estrechó contra su cuerpo como si la conociera de toda la vida. A pesar de que la conversación que habían tenido en el coche sobre la magia navideña no le había convencido, tuvo que admitir que el espectáculo de aquella noche había creado una atmósfera de alegría contagiosa, aunque solo fuera irreal y momentánea.

Para su sorpresa, se sintió envuelto por el ambiente de aquella noche.

–Gracias –la oyó decir contra su hombro.

–Gracias a ti –le respondió sincero. Hacía mucho tiempo que no pasaba una noche como aquella.

A través del suave tejido de su vestido de navidad, Cade distinguió cada una de las curvas de su cuerpo y la ternura que había sentido hacia ella apenas un momento se transformó en algo distinto, algo más íntimo. Desde su primer encuentro, había admirado la delicadeza de aquel rostro, apreciado sus grandes ojos expresivos, su perfume y los tiernos hoyuelos que se le formaban en las mejillas, pero no había sido plenamente consciente de la mujer que era Clover O'Brian. Sus grandes pechos contra su cuerpo le encendieron chispas en la sangre, la textura de aquel cabello sedoso contra su mejilla desencadenó toda una serie de pensamientos excitantes y la respiración cálida en su cuello le puso la piel de gallina.

Ella debió de notar la repentina tensión en su cuerpo, porque no tardó en separarse de él con decisión, dando un paso atrás. Sin mirarlo, se volvió hacia la ventana.

–Lo siento... siempre me emociono en este momento.

–No te disculpes, yo también estaba bastante emocionado –le dijo sutilmente alusivo. Le pareció que ella estaba esforzándose por contener la risa y se relajó al instante: era más fácil tratar con ella cuando no estaba avergonzada.

Estaba tan acostumbrado a que las mujeres se lanzaran a sus brazos, que ya apenas notaba el contacto físico con un cuerpo femenino. Pero Clover había despertado inesperadamente sus instintos masculinos, y tal vez aquella atmósfera tan sugestiva había contribuido a ello.

–¿Quieres ver el resto del concierto? –le preguntó.

Clover miró a su alrededor.

–Lo que quería ver ya lo he visto, así que podemos irnos. Aunque me parece un desperdicio dejar esta habitación tan pronto, viendo lo mucho que te ha costado.

–Podríamos aprovecharla un poco más –propuso Cade. La mirada suspicaz de Clover le divirtió y le incitó a seguir con el juego–. ¿Sabes? Estoy empezando a tener algo de hambre

—murmuró, persuasivo, mirándola con los ojos entrecerrados, pero atento—. ¿Y tú?

Clover cruzó los brazos bajo el pecho.

—Ahora que lo dices, yo también tengo un poco de hambre. De comida de verdad —matizó.

Cade le guiñó un ojo.

—¡Qué mal has pensado, eres una traviesa! Me refería al servicio de habitaciones.

—Ahí fuera todo el mundo está de celebración, ¿y tú quieres comer en la habitación de un hotel? —Clover rehuyó su mirada, cogió el abrigo y se lo puso a toda prisa. Cade la imitó, siguiendo todos sus movimientos.

—¿Dónde te gustaría cenar?

—Me conformo con un perrito caliente en el primer puesto de comida callejero.

Él le abrió la puerta, sorprendido.

—¿Vas por ahí con un actor forrado y quieres un perrito?

—¿Tienes algo en contra de los perritos?

—No, me encantan. ¿Y tú? ¿Tienes algo en contra de los actores forrados?

—Aunque me encantasen, jamás intentaría aprovecharme de ellos —contestó ella, con una sonrisa angelical.

Cade sintió el impulso irresistible de besarla, pero —¿por suerte?— se distrajo con la llegada del ascensor. Decidió que seguir hablando con ella era menos peligroso, así que la miró, apoyado en la pared metálica.

—Nunca había conocido a una mujer que me diga que no a una cena en un restaurante de lujo.

—Yo creo que nunca has conocido a una mujer que te diga que no a nada.

Cade enarcó una ceja.

–¿Por eso no quieres venir a cenar conmigo? ¿Por distinguirte de las demás?

Clover se separó las solapas del abrigo, dirigiendo su atención sobre el vestido bordado.

–Creo que ya me he distinguido lo suficiente, no necesito seguir demostrándotelo.

Cade sonrió con ternura.

–Oye, que si lo dices por ese vestido...

–No es por el vestido, ni por los cumplidos. Es porque yo no soy el tipo de persona a la que le van los restaurantes de lujo, eso es todo. –Cuando se abrieron las puertas, Clover salió del ascensor y después se detuvo a mirarlo con una sonrisa pícara–. Pero bueno, si de verdad sigues queriendo invitarme a cenar, los perritos los puedes pagar tú.

Pero a Cade no le dio tiempo a responder, ni siquiera a fijarse en el escalofrío que le había provocado aquella sonrisa, ya que, en cuanto pisaron el vestíbulo, el conserje se dirigió hacia ellos.

–Habéis llegado pronto –dijo, ansioso por complacerles–. ¿Puedo hacer algo por ustedes?

–No, James, gracias. Ya han hecho bastante por nosotros. –Cade se sacó la llave del bolso–. Puede decirle a su hija que estoy muy satisfecho con el trato que me han dado. Dele saludos de mi parte.

–Puedes hacerlo mejor, gran divo –intervino Clover. Sacó su móvil y empujó a Cade suavemente hacia el centro de la sala–. Quieto ahí, mírame y sonríeme con convicción.

–¿Qué haces? –le preguntó él, atónito.

–Seguro que el señor James quedará genial si su hija se encuentra una foto tuya firmada bajo el árbol de Navidad. ¿No es así? –sonrió Clover, dirigiendo la mirada ante el desconcertado conserje.

—Ah, naturalmente... Lisa se volvería loca de alegría.

—Sonríe, Cade —murmuró Clover, mirándole.

Oír su nombre de sus labios le produjo un escalofrío y sonrió sin pensarlo.

—Ya está —dijo Clover, dirigiéndose hacia el mostrador de recepción—. Si me da un teléfono móvil, James, le enviaré el archivo. Tendrá que imprimir y enmarcar la fotografía, y dentro del marco añadirá el autógrafo que el señor Harrison le entregará en un momento. —De su bolsa sacó un pequeño bloc de papel para cartas de Navidad y un bolígrafo, que entregó a Cade—. Vamos, colabora, principito.

—¿Por qué haces esto? —le preguntó, mientras firmaba el folio dorado.

—Es mi trabajo. —Clover le envió la foto al conserje, le dio el autógrafo y le dejó también una tarjeta de visita—. Si quiere un marco especial para el regalo de su hija, en Giftland encontrará todo lo que necesite.

—No sé cómo darle las gracias, señor Harrison —dijo James feliz, pero reservado.

Cade le lanzó una mirada a Clover.

—No es a mí a quien tiene que darle las gracias. Yo solo he seguido órdenes.

—Usted hará muy feliz a mi hija, señorita.

Clover sonrió.

—Eso es todo lo que quiero.

Una vez fuera del hotel, Cade se detuvo a abrocharse mejor la chaqueta para protegerse del frío.

—Así que de verdad te dedicas a escoger regalos para desconocidos, no estabas de coña... —dijo intrigado, analizando el rostro de Clover.

–Soy *personal shopper*. Mi trabajo es dar consejos y encontrar los regalos perfectos para la gente. Y también es un don natural, lo admito...

–Hacerle un regalo a alguien como tú debe ser agotador. ¿Quién puede competir con un Papá Noel con falda?

–Nadie se arriesga –dijo ella, amarga, metiéndose las manos en los bolsillos.

Cade vio sobresalir su gorro de lana por uno de ellos y se lo puso en la cabeza para que no cogiese frío.

–A lo mejor tus amigos tienen miedo a equivocarse.

–Soy muy poco exigente. Bastaría con que me sorprendieran, pero casi nunca ocurre. Aun así, es extraño: ¿cómo se puede no coger pistas de lo que le puede gustar a alguien que habla sin parar sobre todo lo que se le pasa por la cabeza? –Clover hizo un gesto con la mano para dejar el tema, y Cade tuvo que apartarse de ella–. En cualquier caso, me alegro de haber tenido una buena idea para la hija del conserje. Si tenía la más mínima intención de contarle a la gente que has estado en su hotel con una mujer misteriosa, ahora se sentirá tan agradecido contigo que no se atreverá a soltarlo.

–Qué mente tan astuta –observó Cade, aunque hacía horas que había dejado de pensar en la posibilidad de ser visto y reconocido, y mucho menos que algún fotógrafo lo captara en compañía de aquella chica. Sin embargo, sabía que los periódicos pagarían oro por semejante primicia.

–¡Llevo poquísimo tiempo con un actor de incógnito y ya estoy empezando a pensar como una guardaespaldas! –bromeó ella, caminando con decisión.

–Si tu lógica funciona conmigo, al final de esta noche tendré que rogarle a mi madre que me haga unos jerséis con unos trineos de Papá Noel bordados.

La risita melodiosa de Clover le estremeció hasta la médula.

—Por favor, si eso ocurre... ¡llámame!

Cuando la casucha en la que vivía apareció detrás de una curva, Clover apenas pudo contener un bufido de frustración.

Sabía que no se parecía a Cenicienta, que no estaba en compañía de un príncipe de verdad, ni tampoco estaba sentada en un carruaje a punto de convertirse en una calabaza, pero se sentía así. La noche tan maravillosa que acababa de vivir estaba llegando a su fin, y la idea de que no volvería a vivir otra igual le estrujaba el corazón.

Nunca pensó que se lo pasaría tan bien. El encendido del árbol de Navidad siempre le dejaba en una especie de estado de euforia, pero ese año en concreto le había dejado recuerdos aún más emocionantes. Asistir al evento con un actor famoso habría sido suficiente ya de por sí, pero, y si además el actor en cuestión era guapo, simpático, sexi y atento, el grado de satisfacción se disparaba por todo lo alto.

¿Cuántas mujeres podían presumir de haber paseado por las calles iluminadas de Nueva York comiendo un perrito caliente en compañía de un hombre tan atento? Seguramente muchas, aunque Clover se había sentido muy especial aquella noche. Cada sonrisa que le había arrancado a Cade Harrison había sido un bálsamo para su lado melancólico, un lado que rara vez mostraba y que prefería ocultar bajo su máscara de payasa torpe. Con una simple mirada, aquel hombre era capaz de colarse entre los huecos de su coraza y, en lugar de sentirse amenazada, Clover se sentía tranquila a su lado.

Tal vez no hacía bien relajándose tanto. Por la mañana, Cade podría olvidar muy fácilmente aquellas horas juntos, y cuando se terminasen las vacaciones, volvería a California como si nada. En cambio, ella recordaría cada minuto con dolorosa nostalgia.

A pocos metros de su casa, se obligó a alzar la cabeza y a mantener una expresión tranquila. No tenía ninguna intención de mostrar que aquella noche la había marcado. En el fondo, como le había dicho a Cade, era una persona poco exigente. Estaba acostumbrada a recibir poca atención, así que un día de cuento de hadas era capaz de colársele en el corazón. Por eso la entristecía tanto pensar que ese día estaba a punto de terminarse. Nada más.

—¿Cómo va tu rodilla?

Clover observó la silueta oscura de aquel hombre mientras conducía y se encogió de hombros.

—Ya casi no me duele, aunque seguro que me sale un moratón gigante.

—Ponte hielo sobre la herida. Un consejo de alguien que sabe de moratones.

—¡Dime que tú también eres un torpe y te tropiezas cada dos por tres, me harías muy feliz! ¡Alguien como tú debe tener al menos un defecto vergonzoso para compensar el desequilibrio del universo!

—No, no suelo tropezarme fácilmente —dijo Cade, con una mueca socarrona—. Pero de pequeño era la víctima favorita de un par de matones de mi instituto. ¿Contenta?

—Bastante —rio Clover—. Estarán muertos de envidia al ver en quién te has convertido.

—¡Fue mi madre quien se lo dijo! Solía amenazarles para que dejaran de molestarme, pero no sirvió de mucho. Es muy testaruda, pero no le haría daño ni a una mosca, y parece demasiado inocente como para infundir miedo. Así que, después de varios años, se vengó de la mejor manera.

En la voz de Cade se palpaba amor, y Clover sintió ternura al pensar en el cariño que lo unía a su familia.

—¿Vas a pasar las fiestas lejos de ellos o volverás a Los Ángeles?

—Mi madre se empeñó en venir aquí, a la ciudad, para poder tenerme con ellos en la cena de Navidad —dijo Cade sacudiendo la cabeza, divertido—. Ella no me habría obligado a volver, sabe de sobra que necesito calma después de lo ocurrido en los últimos meses. Pero celebrarlo sin un miembro de la familia es inconcebible para ella, así que movió todas las fichas para conseguir lo que quería.

—Debe de ser muy bonito tener una familia tan unida.

Cade detuvo el coche en el garaje y apagó el motor, pero se quedó dentro de él.

—¿La tuya no lo está?

—¿Has visto qué tiempo hace? ¡Creo, y espero, que no tardará en nevar! —Clover pestañeó varias veces, tratando de cambiar de tema.

Cade enarcó una ceja.

—Buen intento.

—¿Qué quieres que te diga? Mi familia es muy distinta a la tuya. Solo tengo un par de familiares y un montón de sobrinos a los que nunca veo. No tenemos mucho trato.

—¿Entonces vas a pasar las Navidades sola?

Clover abrió la puerta y se bajó del coche, deseando con fuerza que él no le ofreciera unirse a su familia. Podía soportar su amabilidad, pero no su compasión.

—No. Los veré en unos días por mi cumpleaños y me invitarán a cenar con ellos en Nochebuena, pero les diré que no porque tengo una cena mucho más agradable en casa de un amigo —mintió.

–¿Cumples años dentro de poco?

–En una semana exacta.

Cade aceleró el paso para alcanzarla. Una vez a su lado, la cogió por el codo, notando el asfalto resbaladizo. Clover le dirigió una mirada desconcertada y lo vio encogerse de hombros.

–Ya te has caído tres veces. Mejor prevenir.

–Mi autoestima te lo agradece –contestó ella con sarcasmo.

Cuando llegaron a la puerta, Clover respiró muy hondo.

–Gracias otra vez por esta noche tan maravillosa.

–Ha sido un placer.

Se hizo un instante de silencio, en el que los dos parecían estar tensos. Clover había estado esperando aquel momento toda la noche y se sorprendió de que hubiera llegado tan tarde. Se había imaginado ver a Cade desaparecer por el camino de la entrada, una vez la hubiera llevado de vuelta, pero en lugar de eso parecía estar esperando a verla entrar en su casa.

¡Los hombres y sus códigos de caballerosidad!

Abrió la puerta, hizo un último gesto para despedirse y entró. Su corazón dio un vuelco cuando él la volvió a llamar, mientras subía un escalón.

–¿Sí? –le preguntó, tratando de mantener la voz firme.

–¿Tienes algún hueco para mí en los próximos días?

«¿Hueco para un hombre que no es de este mundo? ¿Cuándo no lo tendría?».

–Hum... sí, tal vez. ¿Por qué? –preguntó curiosa.

–Como te he dicho, mi familia vendrá a Nueva York en unas semanas y yo ni siquiera tengo sus regalos de Navidad. ¿Me ayudarías a buscar algo especial?

–Ah. Sí, podría. Pero todavía tienes bastante tiempo por delante para pensar qué regalarle a tu familia. ¿Por qué quieres que te ayude yo?

La sonrisa repentina de Cade le cortó la respiración.

–No sé si me apetece contarte cómo he resuelto el tema de los regalos en los últimos cuatro años.

–¡¿Les has dado cheques?!

–Bueno, ya sabes... Soy un tipo bastante ocupado.

–Y una mierda. –Clover apoyó la cadera en la jamba de la puerta, con los brazos cruzados a la altura del pecho–. Tu amabilidad de esta noche me tenía engañada, ¡no eres tan sensible como pensaba! El trabajo no es una excusa para olvidarte de buscar regalos para tus seres queridos. Parte del encanto que tienen estas fechas está en el hecho de hacer felices a los demás.

–Mis cheques son muy generosos –intentó rebatir Cade, aún con aquella sonrisa en la comisura de sus labios carnosos. En ese momento, Clover no sabía si prevalecían sus ganas de besarle o de darle una bofetada.

–Un regalo no tiene por qué ser caro, tiene que salir del corazón.

–Menos mal que no tienes el desarrollo económico del país en tus manos –bromeó él.

Clover soltó un suspiro de resignación.

–No tienes remedio. Muy bien, te echaré una mano. ¿A quién tienes que hacerle esos regalos?

–A mi madre, a mi padre, a mi hermano y a mis hermanas.

–¿Cuántos sois en total?

–Seis, contándome a mí.

–¡Dios! ¡Dales mi enhorabuena a los señores Harrison! –soltó Clover, mientras se preguntaba por dentro si su hermano o sus hermanas habrían salido tan guapos como él.

–Sí, digamos que han estado ocupados –dijo Cade, subiendo otro escalón–. Bueno, entonces, ¿cuándo me haces un hueco?

«No me mires así... ¡No vale!».

–El martes a las tres, en Giftland. Tengo la tarde bastante libre, así que puedo estar a tu disposición.

–Perfecto –dijo Cade, sonriendo.

Ella se alejó de la tentación hecha hombre, entrando en su casa.

–Buenas noches.

–Hasta pronto –le respondió él, alejándose satisfecho.

Clover cerró la puerta y se aferró a la mirilla para disfrutar de los últimos minutos de aquella visión superlativa.

Cade Harrison acababa de desaparecer tras la puerta y ella ya estaba deseando volver a pasar más tiempo con él.

–Y eso podría convertirse en un problema, querida Clover –murmuró en un suspiro.

Capítulo 5

–¡O**h, Dios mío! Me voy a desmayar... –murmuró Zoe, abanicándose la cara.

Eric levantó la nariz del ordenador, dirigiéndole una mirada inquisitiva.

–¿Qué te pasa?

–Creo que el adonis de Cade Harrison ha llegado un poco pronto.

Eric alzó el cuello para mirar fuera de la puerta del negocio, e inmediatamente vio un hombre esbelto y atractivo. Zoe había visto bien.

–Está bien camuflado por la ropa de invierno, pero sí que parece él.

–Si con esa ropa ya es perfectamente capaz de hacer disparar todas las hormonas femeninas, imagínate cómo estará en pleno verano. –Zoe dejó escapar un suspiro de placer exagerado y luego se levantó, retocándose el peinado en el espejo, ante la mirada confusa de Eric.

–¿Qué haces?

–Voy a preguntarle si necesita ayuda con algo. Así lo miro un poquito más de cerca.

–Aunque Clover no nos haya dicho nada, su insistencia en recordarnos que Harrison venía hoy me hace pensar que se ha pillado por él –señaló Eric, guardando los datos en el ordenador y disponiéndose a seguirla–. Así que es territorio prohibido.

—No quiero invitarle a salir, solo quiero ver cómo es. Y, de todos modos, alguien tendrá que entretenerle hasta que llegue Clover, ¿no? —Zoe le lanzó un beso a su amigo y salió pitando de la tienda.

Cade la vio antes de que la puerta se abriera y enseguida supo que había salido a ver al actor de Hollywood antes que al hombre.

—Hola —le dijo la chica, con una mirada intensa y una voz bien modulada—. No se quede ahí cogiendo frío, pase dentro.

—He quedado con Clover...

—Todavía no está aquí, pero llegará en breve. Aún es pronto.

Cade miró a su alrededor.

—Estaba dando una vuelta por aquí, así que me he acercado para ver si ya había llegado.

—La avisaré. —La mujer se inclinó hacia la puerta de la tienda detrás de ella, sin parar de mirarle—. Eric, ¿te encargas tú?

—Ya está. Está de camino. —Un joven con gafas que estaba al corriente de la conversación se les unió. Cade lo vio detenerse frente a una estantería, donde se puso a ordenar artículos que no tenían aparente necesidad de ser reordenados, y se preguntó si se quedaría allí para espiarle o para vigilar a aquella belleza morena.

—Un placer conocerle, señor Harrison. Yo soy Zoe Mathison, una amiga de Clover —se presentó, tendiéndole la mano.

Cade se la estrechó y la analizó al mismo tiempo. Era bastante atractiva y lo sabía de sobra. Se comportaba como la típica mujer que sabe lo que quiere y cómo conseguirlo. No estaba seguro de ser objeto de interés para ella, pero los modales de Zoe podían inducir a error. Debía de haber confundido y engañado a bastantes hombres con su actitud de mujer fatal. Aunque, fuera accidental o deliberadamente, Cade no podía saberlo, pero el hecho era que cada movimiento de aquella chica destilaba una fuerte sensualidad. En cualquier caso, Cade no estaba interesado en ningún tipo de encuentro cercano con una mujer, por muy hermosa que fuera. O, para ser más precisos, no se sentía atraído por aquella en particular. Recientemente había descubierto que las características femeninas que podían despertar su curiosidad eran más bien otras...

Miró a su alrededor con cierto interés. Giftland era una tienda de dos plantas, llena de objetos, luces y colores. En las estanterías había de todo: marcos de fotos, electrodomésticos, juguetes, libros, ropa de formas poco habituales, CD, DVD, artículos de papelería y muchas más cosas. Era una especie de juguetería para todas las edades. Estaba seguro de que, pidiera lo que pidiera, lo encontraría allí.

Detrás de la caja, había un cartel de colores que informaba a los clientes de que la tienda ofrecía varios servicios por encargo, como álbumes de fotos, edición de vídeos, poemas y cuentos personalizados. Naturalmente, las consultas de Clover también estaban incluidas en ese servicio.

Había esperado con bastante impaciencia aquella cita. De hecho, había estado a punto de visitar a su vecina varias veces en los últimos días, pero no había querido quitarle tiempo de su trabajo ni darle la impresión de que se moría de ganas de volver a verla. Sin embargo, era verdad y esa novedad le había hecho reflexionar.

Recordaba lo que se sentía al estar enamorado de una chica, pero hacía tiempo que no le ocurría. Su última relación, aunque había durado varios meses, nunca le había hecho tan feliz como a un niño ante una montaña de regalos debajo del árbol de Navidad... Y ninguna comparación podía ser más acertada que esa para explicar lo que sentía cuando tenía delante a Clover O'Brian.

¡En realidad, lo había dejado embobado con toda esa charla sobre la magia de la Navidad!

—Así que vive muy cerca de Clover, ¿eh? —le preguntó Zoe, distrayéndolo.

—Sí, por un tiempo.

—Siempre había pensado que los famosos elegían lugares más *trendy* para pasar sus vacaciones.

—Paso la mayor parte del tiempo en ese tipo de lugares, así que, cuando puedo, prefiero volver a la vida real.

—Ya veo. —Zoe dejó escapar una risita—. Siempre piensas que tienes muchas preguntas que hacerle a una estrella, pero luego te encuentras con una delante, en carne y hueso, y no sabes qué decir.

—Porque pensáis que somos superiores al resto y os inhibís. Pero somos gente normal y corriente. —Cade se llevó las manos a los bolsillos—. En cualquier caso, debería pedirle a Clover que elabore una lista de preguntas embarazosas para hacer a las estrellas: le sobra imaginación.

—Clover es especial —dijo Zoe, sonriendo, con unos ojos grises tan despiertos que parecían alfileres.

Cade no tuvo tiempo de preguntarse qué significaba aquella mirada, porque la puerta de la tienda se abrió de golpe y Clover apareció como un tornado.

—Aquí estoy. ¡Estoy lista! —exclamó, sin aliento. Llevaba el gorro torcido, la bufanda metida torpemente en el bolsillo de la chaqueta y las mejillas enrojecidas. A Cade le pareció adorable y se le dibujó una sonrisa.

–No quería meterte prisa.

–¿Prisa? No, para nada. Solo he corrido un poco para entrar en calor. Brrr... ¡Ahí fuera hace un frío que pela! –dijo, de golpe, cerrando la puerta tras de sí–. Dame dos minutos y estoy contigo –añadió, cogiendo a Zoe por un brazo y llevándola con ella sin contemplaciones.

Cuando las dos mujeres se fueron, Cade se quedó mirando el rostro serio de Eric y sintió compasión por él.

–¿Eres el único hombre aquí?

–¿Tanto se nota mi expresión de macho estresado?

–¡Un poco! –dijo Cade, riéndose–. No conozco a la compañera que falta, pero si se parece a las otras dos, no debes de tenerlo nada fácil.

–Liberty es la más normal de las tres, y ya es decir.

–¿Zoe es tu novia?

Eric levantó inmediatamente la guardia.

–¿Quieres invitarla a salir?

Cade sonrió.

–No. Lo he pensado por la forma en que la mirabas.

–Zoe tiene el don, en parte inconsciente, de instigar a los hombres a bajarse los pantalones con una simple sonrisa. Así que prefiero estar alerta.

«Está loco por ella» pensó Cade, e inmediatamente sintió simpatía por aquel tipo.

Cuando entraron algunos clientes, Cade dejó que Eric hiciera su trabajo y se apartó hacia un lado para no hacerse notar. Una chica le lanzó un par de miradas de curiosidad y él entendió que no había tardado en reconocerlo. Por suerte, apareció Clover.

–¿Vamos?

–Sácame rápido de aquí, o tendré que ponerme a firmar

autógrafos. Y no sé de qué tipo –le susurró al oído, escondiendo parcialmente la cara en su pelo.

Clover miró a su alrededor, captó la mirada curiosa de una mujer y se agarró del brazo de Cade, llevándoselo hacia fuera de la tienda.

–¡Por favor! No me gustaría ver cómo se marca el ganado en directo –murmuró, haciéndolo reír.

Una vez fuera, se dirigieron hacia Lincoln Street en silencio. Cade se fijó en que Clover seguía agarrada a su brazo y esperó que ella no se diera cuenta tan pronto. Le gustaba caminar por la calle con ella, era normal. Un chico y una chica, como tantos otros, paseando por Nueva York en busca de regalos de Navidad.

–¿Qué hacías en la tienda media hora antes de nuestra cita? –le preguntó Clover.

–Llegué un poco pronto y quería ver si ya estabas. Espero que no te importe. –Cade esperó a que ella negase con la cabeza y sonrió–. Tus compañeros son muy simpáticos, aunque aún no he conocido a Liberty. Tendré que solucionarlo.

–Oh, no creo que quieras volver a la tienda. ¡Es un lugar peligroso!

–¿Lo dices por las admiradoras?

–También. –Clover le analizó con atención–. ¿Zoe te ha tirado los tejos?

–No estoy seguro. La actitud de tu amiga parecía bastante directa, aunque en realidad no puedo decir que se me haya insinuado.

–No sé cómo lo hace –murmuró Clover, separándose de él. Cade enseguida sintió frío, pero no se permitió volver a acercarla a él.

–¿El qué?

–¡Ser tan... mujer! Es preciosa e inteligente, y tiene la capacidad de seducir a cualquier hombre que ponga los ojos en ella.

–No pareces realmente hostil hacia ella.

–Ni siquiera puedo odiarla, maldita sea. Solo me produce envidia sana.

Cade sonrió al ver su cara de enfado.

–Sois dos chicas totalmente distintas.

–Lo noto cada vez que estamos juntas ante cualquier superficie que nos refleje.

–Quería decir que las dos sois atractivas, pero de modos completamente opuestos. Seguro que cada una de vosotras atrae a un tipo de hombre distinto al de la otra.

–Se podría decir que sí. Yo me suelo llevar bien con los ancianos y los niños, con la rara excepción de algunos padres de familia que, quién sabe por qué estúpida razón, se creen que sería una madre estupenda.

–Será porque les inspiras ternura. –Cade le retiró un mechón de pelo de la cara, al no resistir el impulso de tocarla–. Y, a juzgar por cómo se divertían los niños con los que jugabas el Día de Acción de Gracias, no se te daría nada mal.

Clover hizo una mueca, sin dejar de mirar al frente.

–Zoe, en cambio, suele impresionar más a los deportistas, los músicos o a algún que otro hijo sexi de un multimillonario... Ahora que lo pienso, tú encajarías mejor en su categoría.

–El radar masculino no funciona como tú te crees. Siempre hay excepciones.

–¿Qué quieres decir? –le preguntó Clover, con cautela.

–Ella es guapísima y lo sabe. A lo mejor, hasta exagera un poco, aunque tampoco la conozco demasiado como para juzgarla. En cualquier caso, también gusta a los chicos buenos.

–Entonces te gusta.

–Hace un segundo me habías metido en lo que tenía toda la pinta de ser la categoría de «mucho músculo y poco cerebro», ¿y ahora me dices que soy un chico bueno? –Cade hizo una mueca divertida y de acusación. Luego se encogió de hombros–. De todos modos, yo no soy quien está interesado en ella, me refería a Eric. Está colado por ella, estoy seguro.

Clover se detuvo.

–¿Cómo lo sabes?

–Era como verme a mí con dieciséis años. Babeaba por la capitana de las animadoras de la escuela, la ayudaba con todo y miraba mal a quienquiera que se atreviera a acercarse a ella. Eric acaba de hacer lo mismo. Me ha parecido muy protector.

–Zoe no sospecha nada. Yo me di cuenta hace un tiempo, pero Eric me suplicó que no se lo contara a nadie. Cree que no tiene ninguna posibilidad con ella y se conforma con ser su amigo. Si Zoe se enterase y la relación entre ellos se rompiera, él se quedaría destrozado.

–No debe ser fácil sufrir en silencio, viéndola rodeada de decenas de chicos todos los días.

–Se consuela viendo cómo las historias de Zoe fracasan. Tiene mal gusto para los hombres, pero creo que se fija aposta en descerebrados porque se piensa que no podría atraer a un hombre con un coeficiente intelectual superior al suyo.

–Y, en cambio, tiene a uno colado por ella delante de sus narices –dijo Cade, mirándola con complicidad.

–¿Qué fue de tu animadora? –preguntó Clover, de repente.

–Me rompió el corazón diciéndome que no era su tipo. Y poco después se quedó embarazada, se casó con un imbécil y perdió gran parte de su atractivo. Debe de haber ganado al menos veinte kilos.

—Se hizo justicia —bromeó ella.

—Diez años después la vi en una reunión de exalumnos. Como es evidente, entonces le resulté más atractivo —mi cara ya valía millones de dólares—, así que me tiró los tejos.

—¿Y consiguió algo?

—Un elegante, pero seco rechazo.

—Bien hecho. —Clover le sonrió pícara, y Cade se imaginó inclinando la cabeza para rozarle la nariz con la suya, antes de besarla. Allí, delante de todos.

Después se puso seria.

—¿Y qué hay de tu exnovia?

Cade se tensó, como cada vez que recordaba la dramática rabieta de Alice.

—Esa historia nació más del aburrimiento que de un interés real. Al principio, parecía que estábamos bien juntos, dedicarnos a lo mismo hizo que la industria del cine nos uniese. Pero ella solo buscaba publicidad y sabía que, acaparando a un personaje tan en el foco como yo, conseguiría más de lo que merecía.

—De todas maneras, obtuvo mucha, con todo lo que pasó.

—Bueno, espero que con eso pueda comer caliente.

Clover le miró de reojo.

—¿Entonces ya no sufres por ella?

—¿Sufrir? —Cade negó con la cabeza—. Se sufre si hay sentimientos en juego, y ese no es mi caso. Alice es atractiva, al principio me parecía interesante, pero nada más. A los tres meses empecé a preguntarme qué me había llevado a invitarla a salir... Y después de que me dejara en ridículo delante de media América, el único sentimiento que puedo tener por ella es lástima. Sabe que ha ido demasiado lejos y ahora está empezando a jugar la carta del arrepentimiento, pero no va a funcionar.

—Terminará como la animadora. Más gorda y con un marido estúpido —sentenció Clover, haciéndole reír.

—¡Lo siento por él!

—Venga, pongámonos manos a la obra. ¿Con quién quieres que empecemos?

—Con mi padre. Es el más complicado de todos.

Tres horas después, Clover ya conocía de forma más o menos detallada la historia de la familia Harrison, las dificultades a las que se enfrentaba el cabeza de familia, William, y algunos datos de su historia de amor con la rubia majestuosa Grace Cooper, un volcán de energía, sensible pero decidida, capaz de suavizar los rasgos más ásperos de su marido. Tuvieron cuatro hijos, de los cuales Cade era el mayor. Después de él vino Jake, que llevaba unos años dedicándose a la escritura; luego Heather, diseñadora de interiores; y Cecile, que todavía iba a la universidad.

Cade le había hablado largo y tendido de cada uno de ellos, dándole una idea muy precisa de sus personalidades, pero al final de la tarde aún no habían comprado nada, y Clover estaba asombrada. Cade parecía conocer bien los gustos y deseos de los miembros de su familia, y en situaciones similares, el trabajo solía terminar en un par de horas.

—Parecía fácil, pero veo que va a ser más complicado de lo que pensaba encontrar algo especial para tu familia —dijo, mientras atravesaban tranquilamente Central Park.

—Quiero que esta vez los regalos tengan un significado de verdad —dijo Cade, caminando con la cabeza gacha—. De todas maneras, tus ideas son bastante buenas.

—No del todo, señor puntilloso, ¡que ya hemos ido a docenas de tiendas y seguimos con las manos vacías!

Cade le puso el brazo alrededor de los hombros.

—Es culpa tuya, fuiste tú la que me metiste en los placeres de la Navidad, y ahora no puedo evitarlo –comentó, dirigiéndole una sonrisa encantadora.

Para evitar hiperventilar, Clover se apartó de su abrazo y se plantó delante del cartel de un bar.

—¿Te apetece una taza de paraíso?

—¿Qué es eso?

—Ya lo verás.

El interior del local tenía una temperatura agradable, después del frío gélido que soplaba en el parque, pero Clover prefirió sentarse en una de las pequeñas mesas dispuestas en la terraza, que ofrecía unas vistas muy románticas de la puesta de sol sobre uno de los lagos artificiales que salpicaban aquel verde rincón de la ciudad.

—Siempre me digo que debería alquilar una barquita de esas y hacer un buen pícnic en el lago. Pero no sé por qué siempre acabo viniendo aquí cuando el agua está casi helada –dijo Clover, dándole un sorbo a su chocolate a la taza con nubes.

—¿Ninguno de tus novios te ha llevado a hacer una escapada romántica?

Clover casi se atraganta.

—¡Por favor! ¿Quién haría algo así? Si alguien me lo propusiera, antes pensaría en un intento de asesinato que en una escapada romántica. Ahogarme en el lago podría ser un buen truco para silenciarme.

—Te gusta hacerte la dura, pero por dentro eres toda una sentimental. Algún día, alguien te pedirá matrimonio, puede que en una de esas barcas, y explotarás en lágrimas de felicidad.

«Oh, Dios mío, no alimentes más mis esperanzas», pensó Clover, esforzándose por no imaginarse a sí misma en una situación parecida. Pero aquella visión ya había empezado a tomar forma en su mente: el silencio interrumpido por el balanceo suave de la barca y el piar de los pájaros fueron el escenario perfecto para la propuesta de matrimonio más dulce que jamás había imaginado. Un hombre rubio y guapísimo se ponía de rodillas frente a ella, tan emocionada que estaba al borde del desmayo, y le entregaba una caja de terciopelo que contenía una alianza en forma de corazón, mientras una ligera brisa los llevaba a través del agua hacia el arco de un precioso puente semioculto por un montón de flores de colores...

Se concentró en su bebida y la terminó de un sorbo.

—Chocolate caliente: el remedio contra cualquier mal —dijo para cambiar de tema.

—Después de una tarde entera conmigo, ¿tanto lo necesitabas?

«Si pienso en que algún día te irás y que ni siquiera te acordarás de mí, sí», pensó Clover. Mejor abastecerse de azúcar y cortar de raíz cualquier pensamiento romántico que se le pudiera cruzar en su estúpido cerebro.

—En cierto modo, sí. Una de las cosas más claras que tengo en esta vida es que soy buena en mi trabajo, aunque contigo no ha funcionado —suspiró—. Así que este chocolate me ayudará a digerir el fracaso.

—No ha sido ningún fracaso, solo quiero asegurarme bien de todo... Pero sé que terminaré siguiendo todos tus consejos. A mi padre le chiflará ver el estuche completo de *Star*

Trek firmado por Leonard Nimoy, y Cecile se pondrá muy feliz con las entradas para el concierto de David Garrett en Nápoles.

—Será un concierto inolvidable para ella, sobre todo si las consigo con un pase para el *backstage*. Y probablemente, para ello, tendremos que usar tu cara, mi querida estrella de cine.

—Lo haré encantado por mi dulce hermanita —sonrió Cade.

—Es una niña muy afortunada. No todas pueden presumir de tener un hermano capaz de conceder deseos como el genio de la lámpara.

—La idea ha sido tuya, no mía.

—Es cierto, pero ha salido de ti pedirme ayuda. Seguro que a mi hermano no se le ocurriría nunca hacer algo así por mí —dijo Clover, con un ápice de rencor en la voz.

—Pobrecita... —murmuró Cade con ternura.

—¡No te hagas el sensible conmigo, aún no me he olvidado de la puntillosidad con la que has rechazado mis ideas! —dijo Clover, tratando de quitarle peso a la necesidad irrefrenable que tenía de que le dieran un abrazo. Cuanto más hablaba Cade de su familia, más sola y triste se sentía ella.

¡Cuánto anhelaba ser tan importante como lo era cada uno de los miembros de la familia Harrison para él!

—Yo no he rechazado nada, solo estoy pensándomelo un poco. Podría ocurrírsenos alguna idea más de aquí a Navidad —Cade la miró con sus brillantes ojos azules y una sonrisa en los labios—. Así que tendrás que reservarme algo más de tiempo para convencerme de que ya tengo lo mejor y de que no me arrepentiré de haberte pedido ayuda.

«Pero ¿cómo diablos lo hace?», se preguntó ella, enganchada a aquella mirada penetrante. ¿Es que solo necesitaba una sonrisa y una mirada de aquel hombre para que estallase de felicidad? No era tan distinta a todas aquellas fans desatadas que le juraban amor eterno a su imagen en televisión...

Apoyó la taza decididamente y se levantó.

—¿Damos una vuelta? —le preguntó, dirigiéndose rápido hacia la salida.

Cade se quedó desconcertado, pero dejó unos billetes sobre la mesa y la siguió.

Caminaron en silencio durante unos minutos, rozados por la marea de gente que se disponía a volver a sus casas. Central Park era un lugar maravilloso a la luz del día, pero por la noche era distinto.

—¿Pasa algo? —le preguntó Cade de repente, observándola.

—No, nada. Pero ya es hora de volver —mintió Clover.

—Te has levantado tan de repente... Pensaba que te había sentado mal que te propusiera otra cita.

Clover retrocedió.

—¿Cita? Lo de hoy no ha sido una cita, solo estaba trabajando para ti —le corrigió insegura.

Cade se metió las manos en los bolsillos e hizo una sonrisa confusa.

—Sí, lo había olvidado. Jamás saldrías conmigo, porque desprecias la forma en que me gano la vida.

—No la desprecio, aunque... Bueno, confiar en alguien que se gana la vida fingiendo ser otras personas es como darle una pistola cargada a un niño pequeño.

—Tampoco es fácil estar en la otra parte, ¿sabes? Distinguir a quién le importas de verdad y quién solo quiere aprovecharse del personaje es mucho más difícil de lo que te puedes imaginar.

—Lo siento —murmuró Clover, deteniéndose en un pequeño puente de piedra—. Eres un buen chico, en el fondo, y mereces tener a tu alrededor a personas que sepan apreciar tus talentos ocultos.

Cade pareció satisfecho.

–¿He oído bien? ¿En serio acaba de salir un cumplido de tus labios?

–No te acostumbres, no suelo tardar mucho en cambiar de opinión –le contestó ella, con una mueca.

–Has cambiado tu opinión hacia mí y ahora te gusto, admítelo –dijo él, guiñándole un ojo.

Clover se negó a contestar y señaló un quiosco callejero de recuerdos.

–¡Ay, mira! ¡Bolas de cristal!

–¿Estás evitando mi pregunta? –Cade parecía escandalizado y Clover parecía divertirse con aquel juego.

–Hace años las coleccionaba. Cada vez que hacía un viaje a algún sitio nuevo, me traía una a casa...

Cade entrecerró sus ojos azules y avanzó amenazante hacia ella, que se apartó y caminó hacia el pequeño quiosco.

–Ahora que lo pienso, no tengo ninguna de California.

–Te compraré una.

–Pero entonces tendría que devolverte el favor.

–Puedes hacerlo respondiendo a mi pregunta.

Clover observó aquellas bolas de cristal expuestas, ignorándolo deliberadamente. Se sentía tan ligera como una niña jugando con el niño que le gusta, y le resultaba divertido vacilarle.

Compró la que le pareció más adecuada para recordarle su estancia en la ciudad: la base metálica llevaba la inscripción del *skyline* de Manhattan y, dentro de la esfera de cristal, la nieve artificial caía sobre una perfecta miniatura del árbol de Navidad del Rockefeller Center. Se la tendió ceremoniosamente a Cade, con una gran sonrisa.

–Para ti. Así, cuando vuelvas a Los Ángeles te acordarás de mí y de Nueva York.

Cade la cogió, y sus dedos se rozaron con los de ella.

–No podría olvidarme de vosotras ni queriéndolo.

Con el corazón en la garganta, Clover le dio la espalda y se dirigió hacia la salida del parque.

–Vas a volver a una ciudad soleadísima y llena de palmeras y de bellezas semidesnudas, como todas esas guapísimas actrices a las que ves todos los días por trabajo... Así que, perdona mi escepticismo, pero no creo que vayas a recordar estos días neoyorquinos por mucho tiempo. Aunque, bueno, siempre puedo fingir que me lo creo, para hacerte un favor...

Su monólogo se interrumpió cuando sintió un nudo en la garganta. Cade la estaba agarrando por los extremos ondeantes de su bufanda para detenerla y acercarla hacia él.

Clover dejó que tirara de ella hasta que sintió su amplio pecho contra su espalda. Era una suerte que no pudiera verle la cara, porque estaba segura de que no podría ocultar la fuerte atracción que sentía por él. Solo esperaba que el barullo de voces que los rodeaba fuera suficiente para ocultar los latidos frenéticos de su corazón.

Cade la bloqueó rodeándole la cintura con un brazo y puso la mejilla muy cerca de la de ella.

–Puedes creértelo tranquilamente, porque yo no tengo ningún problema en decir lo que pienso... A diferencia de otras, que prefieren esquivar las preguntas incómodas –insinuó con picardía.

Clover ansiaba con todas sus fuerzas rozar su mejilla contra la de Cade, en la que ya estaban empezando a salir unos pelitos de barba rubia. No lo hizo, pero se dejó llevar por el calor de aquella cercanía y por la idea de estar en medio de la gente, entre los brazos de un famoso que se había desprendido de toda su prudencia para coquetear con ella en un parque público.

—Si no me respondes pronto, tendré que venderte a los periódicos como la malvada neoyorquina que rechazó al príncipe de Hollywood. Irán todos los días detrás de ti, ¡no te dejarán en paz! —la amenazó con una carcajada, apretándola más fuerte hacia él.

—Eso ha sido un golpe bajo —dijo ella sonriendo, mientras se liberaba de aquel abrazo. Después le miró, con expresión solemne—. Y, vale, si sirve para subirte el ego... Me gustas mucho, Harrison. Después de todo, hay tipos peores por ahí.

—Tú sí que sabes ceder con estilo. —Cade le acarició la nariz y después extendió la mano para cubrirle una mejilla. Sus miradas permanecieron fijas durante mucho tiempo, y Clover sintió como si toda la ciudad se desvaneciera a su alrededor.

Pero la magia se rompió demasiado pronto.

Distraído por las voces de algunas personas que pasaban por allí, Cade pareció despertarse de improviso. Notó muchas miradas curiosas puestas en él y, al darse cuenta del espectáculo que debía haber montado en los últimos minutos, su rostro se volvió muy serio.

—Mierda —maldijo en voz baja.

La agarró de un brazo y la empujó por el camino más corto hacia la carretera. Parecía tranquilo, aunque su paso denotaba cierta urgencia.

—¡Cuánta prisa! Si lo que te preocupa es que te vean, ya lo han hecho —suspiró Clover, tratando de no quedarse atrás.

—Pero todavía no me han hecho ninguna foto. Además, si se corre la voz, no tardaríamos en tener un paparazi encima.

Prefiero evitarlo, la verdad. –Cade caminó por la carretera llena de tráfico y paró un taxi. Tras ayudarla a subir, él también subió y le dio al taxista la dirección de su casa.

Se apoyó contra el respaldo y le dirigió una mirada contrariada.

–Eres muy distinta a las chicas con las que suelo quedar, Clover O'Brian. Con las otras, nunca me había comportado como un adolescente en medio de la calle. Pero contigo me he olvidado por un momento de quién soy. Y eso puede llegar a ser... peligroso.

Fue como recibir un jarrón de agua helada sobre su cabeza.

Clover sintió que su entusiasmo se desvanecía, su mirada se enfriaba y sus músculos se agarrotaban.

Dios, qué estúpida se sentía.

Era evidente que Cade no quería que le viesen con una chica como ella, muy distinta a las otras chicas con las que estaba acostumbrado a quedar: no estaba a su altura. Él tenía una reputación que defender.

Por un momento, había olvidado que Harrison era una estrella de Hollywood y que estaba habituado a codearse con otro tipo de compañías. ¿Cómo había podido?

Había jugado a hacerse el *latin lover* con ella para demostrarse a sí mismo que era capaz de conquistarla, ya que ella no había caído tan fácilmente a sus pies como el resto de las mujeres del planeta Tierra. Pero, una vez conseguida su victoria, la superestrella había vuelto a apoderarse de aquel hombre y le había recordado la triste realidad.

Una chica como ella nunca podría conquistar a un chico como él.

Debía tenerlo más presente y no olvidarlo nunca más.

Capítulo 6

Cade vio como los ojos de Clover se convertían en hielo y se sintió confuso. Lo que acababa de decirle era más de lo que tenía intención de confesarle, aunque no había logrado contenerse. Y, desde luego, no se había imaginado que provocaría semejante reacción en ella.

—Tienes razón —dijo ella, con frialdad—. A mí tampoco me gustaría acabar en los periódicos retratada como algo que no soy. Prefiero seguir viviendo mi vida en el anonimato.

—Creo que me he perdido —murmuró Cade, observándola—. ¿Por qué estás enfadada ahora?

—¡¿Enfadada?! Te equivocas. Para que alguien esté enfadado, primero debe tener interés por la conversación. Y ese no es mi caso.

Clover cruzó los brazos sobre el pecho y dirigió la mirada hacia la ventana, encerrándose en un silencio obstinado.

—¿Qué he dicho para que estés tan molesta?

—Nada.

—Entonces, ¿dónde está la complicidad que había entre nosotros hasta hace un momento?

—¡Desapareció en cuanto te has puesto a maldecir la idea de que te pillaran con alguien como yo! —soltó la chica, volviéndose para mirarle fijamente. El hielo de sus ojos pasó a ser fuego incandescente.

Mientras Cade intentaba seguir su razonamiento, Clover levantó las manos.

—Yo estaba a lo mío, tan tranquila, cuando de repente a ti se te ocurre la brillante idea de ponerte a buscar regalos de Navidad para tus padres. Me pides ayuda, yo accedo y me paso tres horas de mi día haciendo de niñera para ti por las calles de Nueva York y escuchando cómo rechazas mis ideas. De repente, te pones a hacer el payaso conmigo, buscando algún que otro halago edulcorado porque, si no, tu ego del tamaño de Texas entra en síndrome de abstinencia y, ¿cómo acaba la historia? Terminamos huyendo como ladrones y la culpa es mía, porque con mi estupidez hice que te comportaras como un adolescente en plena calle, ¡y el príncipe de Hollywood necesita a alguien que le recuerde quién es!

Cade lanzó una mirada de preocupación hacia el taxista, que seguía la riña desde el espejo retrovisor, pero Clover se dio cuenta y le señaló con el dedo.

—¿Y ahora qué? ¿Estás preocupado por si el taxista te vende a los periodistas? —soltó. Luego miró fijamente al hombre al volante—. Porque usted sabe quién se ha subido a su taxi, ¿no? No diga que no le conoce, ¡podría herir su autoestima!

—Le conozco —confirma el taxista, con una media sonrisa.

—Eso es, hágame un favor: ¡ahora no le diga a nadie que me ha visto con él! Porque no quiero que me persiga la prensa, yo soy una persona normal, ¡y estoy muy feliz de serlo! Y que conste: no soy su amante, ni quiero serlo. No me gustaría dañar su imagen pública.

—Dañar mi imagen... —Cade frunció el ceño—. ¿Qué narices estás diciendo?

—Así que quieres que te hagan sentir como un actor, ¿eh? De acuerdo, puedo intentarlo, si eso es lo que quieres —continuó

Clover, acelerada como un tren fuera de control. Fingió concentrarse y después dio una palmada–. ¡Ya lo tengo! Dime, ¿es cierto que los actores se maquillan más que las actrices para rodar las escenas de las películas? ¡Es algo que siempre me he preguntado!

–¿Qué tiene eso que ver con...

–¿Y es verdad eso de que Julia Roberts tiene una doble que le presta sus piernas?

–Clover, ¿qué estás diciendo? –Cade alzó la voz y la agarró del brazo para hacerse oír. Pero ella se soltó.

–Estoy intentando recordarte quién eres y tratarte como tal: eres un famoso, y necesitas tener a tu lado a alguien que no deje que se te olvide. Lo has dicho tú mismo, ¿no? Bueno, háblame de las fiestas de las estrellas. Dicen que son muy salvajes...

–No has entendido nada –suspiró Cade, dejándose caer contra el asiento.

No sabía si ponerse a reír o si golpearse la cabeza contra la ventanilla.

–Joder, ya me he quedado sin preguntas estúpidas. A lo mejor tienes razón: soy muy distinta a la gente de la que te sueles rodear. –Clover se dirigió hacia el taxista, que parecía divertido–. Ayúdeme, por favor. ¿Qué se le puede preguntar a un actor famoso, rico y arrogante?

–Si de verdad se besan en las escenas románticas.

–Buena pregunta. –Clover lo miró fijamente, incitándolo a responder con un movimiento de barbilla, y Cade apenas pudo contener una risa.

–No, son todo besos escenográficos.

–¿Qué quiere decir eso de «escenográficos»? Siguen siendo dos labios que se tocan, se saborean y se muerden... Os besáis, fin.

–¿Quieres que te enseñe la diferencia? –preguntó Cade, despacio, acercando su cara a la de ella. De repente, la idea de besarla se le hizo irresistible.

Clover le fulminó con la mirada.

–Venga, hazlo.

–No me retes.

–¿Alguna pregunta más, señor? –Clover apartó su cara todo lo que pudo, dentro del espacio que tenía contra la puerta del taxi.

–Le preguntaría cuánto gana por una película o con cuántas mujeres se ha acostado, pero no me parece muy educado –se rio el taxista.

–No creo que haga falta saber los ceros exactos para hacerse una idea de su caché medio. Y el número de mujeres no será mucho menor –resopló Clover, mirando a Cade con una expresión de aburrimiento fingida–. ¿Estoy en lo cierto?

–¿De verdad quieres saberlo? –se rio entre dientes. Aquel arrebato empezaba a divertirle.

–Ni de coña. Ya me estoy pasando comportándome como una imbécil sin argumentos, no me obligues a sufrir también los detalles morbosos de tu vida sexual.

–¿Cuántas veces repetís una escena antes de que salga como la vemos en el cine? –soltó el taxista, ganándose una mirada llena de gratitud de Clover.

Cade se apartó de ella a regañadientes, dejándole algo de espacio, y se puso a hablar con el hombre al volante durante el resto del trayecto. Algunas de sus respuestas hicieron fruncir el ceño de la chica, y Cade reprimió repetidamente el impulso de acallar sus murmuros con besos.

No quería ofenderla con sus palabras. Al contrario, pretendía hacerle un cumplido, diciéndole que ella podía hacerle olvidar quién era. Pero Clover le había malinterpretado y no parecía dispuesta a aclarar el asunto.

Cade se limitó a observar su perfil rígido mientras sentía un peso en el corazón.

No soportaba la idea de haberle hecho daño, aunque hubiera sido de manera inconsciente.

El taxista se quedó sin preguntas sobre la vida de las estrellas pocos minutos antes de llegar a su destino. Al pasar por delante de una casa exageradamente iluminada, emitió un resoplido divertido.

—Hay gente que ahorra dinero todo el año para derrocharlo en Navidad dejando su casa más iluminada que una pista de aterrizaje.

—No sabes cuánto envidio a esa gente —suspiró Clover, mirando embelesada la casa en cuestión—. Yo iluminaría todo el barrio si pudiera, pero por ahora me conformo con poner algunas luces en las ventanas. Las pongo en forma de boca, para imaginar que la casa me recibe con una sonrisa cuando vuelvo... —Las palabras murieron en su garganta cuando giraron en su calle y vio sus propias ventanas oscuras—. Justo ahí —murmuró—. Parece que a ellas tampoco les apetece sonreír esta noche.

Cade alzó una mano pensando en acariciarle una mejilla, pero la vio retroceder y se dio cuenta, consternado, de que le había arruinado un día inolvidable con una estúpida frase. Sabía que le iba a llevar tiempo recuperar su confianza.

En cuanto el coche se detuvo en la acera, Clover se despidió con un murmuro y se bajó rápidamente.

—Siento el numerito en el que se ha visto envuelto —le dijo Cade al taxista, dejándole una generosa propina—. Le estaría muy agradecido si pudiera olvidar esta última media hora.

—Ha sido uno de los viajes más divertidos en meses —sonrió el hombre, guardándose los billetes—. No voy a decirte lo que tienes que hacer, amigo, pero déjame darte un consejo: no dejes escapar a esa pelirroja. Es el tipo de mujer con la que nunca te aburrirás. ¡Si yo fuera tú, no tardaría en casarme con ella!

Cade le sonrió.

—Lo tendré en cuenta.

Mientras el taxi se alejaba, Cade vio cómo Clover cerraba la verja de su casa, descartando cualquier aclaración posible. Luego se dirigió, resignado, hacia su propia puerta.

Cuando entró, oyó algunos golpes e insultos ahogados procedentes de la casa de enfrente. Miró por la ventana y lo que vio le produjo un escalofrío de ternura mezclado con excitación.

Quizá aquella noche aún no había terminado.

Lo oyó entrar incluso antes de verle detrás de la verja, con los dedos apretados en los barrotes y una cara no muy seria.

¡Le entraron unas ganas locas de partírsela! ¿Acaso se estaba riendo de sus desgracias?

Sentada en los escalones helados, con la cabeza entre las manos, Clover le fulminó con la mirada y después volvió a mirarse el rasguño que se acababa de hacer en una de sus botas al patear la puerta de su casa.

—¿Qué quieres? —soltó— ¿No te has cansado de verme la cara por hoy?

—Yo no. ¿Y tú? —respondió Cade, con un tono divertido en la voz.

—Pues la verdad es que sí. Te recuerdo que tu cara de plástico ya la he visto muchísimas veces, y está empezando a aburrirme —bramó ella, con amargura.

Pero su brutal ironía no surtió el efecto que deseaba.

Cade permaneció pegado a la verja, con las manos entre los barrotes.

—¿Qué pasa?

—Nada, todo va divinamente.

—¿Y por eso le das una patada a la puerta y luego te sientas en las escaleras con el frío y la escarcha?

—Exacto, es mi manera de recargar las pilas. Después de un día de mierda, no hay mejor remedio que ese, ¡para aliviar el estrés! —Clover apenas levantó los ojos, mirándole de soslayo—. Así que ya puedes irte, gracias.

—Clover, abre este maldito portón.

—No veo por qué debo hacerlo.

—Si me dejas entrar, te lo explico.

—Pues habla, si quieres. Desde aquí te oigo genial. —Clover se sentía infantil y testaruda, pero no quería estar cerca de él. Las palabras que había pronunciado en aquel maldito taxi resonaban una y otra vez en sus oídos, logrando destrozar su ya de por sí escasa sensatez.

Se había dejado llevar montándose un peliculón exagerado en su cabeza sin darse cuenta. ¿Pensar que era especial solo porque un actor guapísimo había ligado con ella? ¡Qué tontería! Para Cade Harrison, ligar debía de ser tan fácil como respirar: le salía instintivamente, lo hacía todo el tiempo, tanto en su vida privada como en la gran pantalla. Eso era lo que era: un encantador profesional.

¿Cómo había podido olvidarlo?

—Clover, aquí fuera hace demasiado frío. Si no quieres abrirme ni escucharme está bien, pero al menos entra en casa —dijo Cade, suspirando y metiéndose las manos en los bolsillos.

—¡Eres muy amable por preocuparte por mí, pero no puedo entrar en esta estúpida casa! —gritó, dando un puñetazo a la puerta sin siquiera darse la vuelta—. ¡Maldito cuchitril! ¡Se cae a cachos!

—Si abres el portón, puedo intentar ayudarte, sea cual sea el problema —insistió Cade, persuasivo.

Clover se levantó de un salto y enseguida llegó hasta él. Alzó su mano enrojecida por el frío y le mostró una llave rota.

—¿Lo ves, listillo? ¡La otra mitad se ha quedado dentro de la cerradura! ¡Así que no, no creo que puedas hacer nada, a menos que seas un cerrajero con años de experiencia y una cerradura de repuesto en el bolsillo!

Cade aprovechó que estaba cerca de él para rodearle con decisión la cintura con las manos.

—Déjame entrar.

—No.

—No puedes quedarte aquí fuera toda la noche, ¡te congelarás!

Clover intentó dar un paso hacia atrás, pero Cade la apretó con más fuerza.

—Nací en diciembre, el frío no es nada para mí, ¡estoy en mi salsa! —protestó, entonces.

—¡Dios, eres más terca que una mula! —exclamó Cade, agarrándole la tela del abrigo con más fuerza. Cuando estuvo seguro de que la tenía bien sujeta, alzó una mano para agarrarle el pelo de la nuca—. No has entendido nada de lo que te dije antes —murmuró, mirándola a los ojos—. Jamás habría pensado que pudieras arruinar mi imagen, eso es una idea que solo podría salir de una cabeza loca como la tuya.

—¡Eso es lo que siempre me han dicho mis padres, yo no estoy loca! —exclamó Clover—. Pero bueno, no te preocupes, mi madre es igual que tú: a ella también le avergüenza que la vean conmigo. Vive obsesionada con las apariencias, ¡y yo soy una chica descuidada, con una lengua muy larga y sin modales!

Consciente de haber debilitado, en parte, su resistencia, Cade soltó su abrigo y deslizó su otra mano por su pelo, rodeándole la cara con sus cálidas manos.

—Me da igual lo que piense tu madre, te voy a decir lo que yo pienso —murmuró—. Eres preciosa, Clover. Escandalosa, imprudente, terca y una cotorra... pero especial.

Clover intentó dar un paso atrás, pero Cade la apretó más fuerte, impidiéndolo.

—Suéltame —le suplicó, deseando alejarse de aquella trampa tan sutil e irresistible.

—Cuando termine de hablar —sentenció él, buscando su mirada. Una vez captada su atención, prosiguió con su discurso—. Cuando dije que me haces olvidar quién soy, no pretendía ofenderte, ¡era un maldito cumplido! ¿Tienes idea de las pocas veces que me he sentido como un hombre normal en estos últimos años? Voy por el mundo sabiendo que la gente me sigue, me hace fotos y me analiza esperando a que dé un paso en falso. ¡Estoy obligado a estar siempre en guardia para evitar que mi vida, mis costumbres y mis debilidades acaben en los periódicos! Contigo me olvidé por completo de vigilar mis espaldas, y eso podría dar lugar a cotilleos... ¡Y está vez tú también terminarías siendo objeto de ellos, porque todo el mundo estaría loco por saber quién es la persona que ha conseguido hacer que el príncipe de Hollywood se deje llevar como un adolescente ligando en medio de un parque lleno de gente!

—No estabas ligando conmigo —murmuró Clover, escapando de su mirada.

–Tienes razón, no del todo. Pero ahora sí –suspiró él, antes de acercar su cara a la de ella y besarla.

Clover contuvo la respiración. Los labios de Cade eran suaves, cálidos y dulces, y lograron derretir en parte el frío que la envolvía. No podía mover ni un músculo, así que permaneció inmóvil, disfrutando del momento, con las llaves en una mano, el gorro de lana en la otra y los ojos puestos en la parte del rostro de Cade que era visible a través de los barrotes. Cuando el beso se hizo más intenso, cerró los ojos y relajó los labios. De repente, empezó a sentir que su cabeza le daba vueltas por la confusión y se sujetó con una de sus manos en la verja. Un beso de ese hombre y ya estaba a punto de caerse, ¡por el amor de Dios! Pero ¿cómo resistirse a aquella persuasión tan seductora?

Cade invadió todos sus sentidos. El calor de sus manos, su rostro y su pelo parecían penetrar en su piel, y su olor encendía su ser. El sonido de su respiración rompía el silencio irreal de la calle. Un silencio peculiar que reconocía a la perfección...

Clover abrió los ojos. A su alrededor caían pequeños copos de nieve que se proyectaban a la luz de las farolas, creando un ambiente de lo más agradable...

¡Estaba nevando!

A Clover le encantaba la nieve. Siempre esperaba con impaciencia la primera nevada del año, y los primeros copos estaban cayendo justo en ese momento, mientras Cade la besaba.

¿Sería más fácil para una mujer tan romántica y soñadora como ella creer que todo había sido obra del destino?

Todo aquello era una conspiración en su contra. La época navideña, el tiempo desapacible, incluso aquella ciudad. ¡Todo parecía estar esforzándose para socavar su resistencia!

Pero, a pesar de las bonitas palabras y aquel ambiente tan mágico, no podía olvidar quién estaba frente a ella.

Dio un paso atrás, separando sus labios de los de Cade y tratando de mantener el control.

—Guau —murmuró.

Él la miraba con tal pasión que a ella le temblaban las piernas. Debía de haber perfeccionado aquella mirada durante los rodajes...

—Clover —le oyó susurrar mientras le rozaba las mejillas con las yemas de los dedos.

Varios escalofríos cálidos le recorrieron la espalda de arriba abajo, pero ella no cedió. No podía permitírselo.

—¡Una escena casi perfecta, y eso que ni siquiera has necesitado ensayarla! Sí que eres un buen actor.

Las manos de Cade se apartaron de su cara y cayeron a la altura de sus caderas. Su expresión se volvió fría, pero seguía allí, de pie frente a ella.

Clover se puso los brazos alrededor de su cuerpo, sintiendo el frío penetrar en sus huesos. Solo había una zona en su piel que todavía estaba caliente, los labios, en los que aún perduraba el sabor de aquel hombre.

—¿Qué querías demostrar con esto? —le preguntó, con un nudo en la garganta.

—Esto es lo que habría hecho antes, si no me hubiera dado cuenta de que nos estaba mirando tanta gente —respondió él—. Si lo hubiera hecho, habrías visto tu cara junto a la mía en todos los telediarios locales y en las portadas de los periódicos de mañana. Pero tal vez era eso lo que querías...

—Pues no.

—Pero yo no puedo dejar de ser quien soy, Clover. El riesgo de que seas absorbida por mi vida existe, y no siempre es agradable, así que tengo que estar atento a cada paso en falso. Esto nos lleva directamente a lo que te dije en el taxi: si fueras como las otras mujeres con las que suelo quedar, no olvidaría quién soy. En cambio, tú eres muy distinta... pero eso no quiere decir que prefiera su compañía a la tuya.

Clover levantó una mano para poner fin a la conversación.

–Vale, ya lo he entendido. Siento haberme puesto así. Olvidémoslo todo y no hablemos más de ello.

Se quedaron mirándose en silencio unos segundos, hasta que Cade levantó la vista.

–¿Quieres seguir aquí, bajo la nieve, y congelarte?

–Tengo que llamar a un cerrajero.

–Si te quedas ahí, se te congelará la lengua –dijo Cade, haciendo una mueca–. Aunque, pensándolo bien, eso podría ser algo bueno.

Evitando a duras penas sacarle la lengua, Clover empezó a mirar a su alrededor con impaciencia. Cade agarró uno de los barrotes de hierro.

–Puedes quedarte conmigo hasta que cambien la cerradura.

Clover vaciló y después abrió el portón.

–Estoy empezando a pensar que traes mala suerte, principito –le dijo–. Desde que llegaste me he caído tres veces, me he quedado fuera de casa y se me han estropeado las luces de Navidad. Por no hablar del psicópata del taxi... –le dirigió una mirada fulminante al pasar a su lado–. Espero que hayas pagado generosamente el silencio de ese taxista.

–Le pediste que se callara, así que lo hará. Tenía debilidad por ti.

–¿Debilidad por mí? ¿Y eso cómo lo sabes?

–Me dijo que se casaría contigo.

Clover se permitió esbozar una sonrisa de satisfacción.

—¡Qué guay, tengo un pretendiente! Lástima que lo haya perdido de vista.

Cade la empujó hacia la entrada de su casa temporal.

—Sabe dónde vives, no te preocupes. Si quiere, volverá a por ti.

—Seguro —dijo ella—. Nadie querría a una tocanarices pedante como yo.

—Estoy de acuerdo —dijo Cade, irónico. Abrió la puerta y la dejó entrar—. Pasa, entra en calor y ve a secarte el pelo. Mientras tanto, voy a llamar a un cerrajero.

—Usa tu superpoder de estrella de cine y haz que llegue lo antes posible —suspiró Clover.

Cade enarcó una ceja, con ironía.

—Uy, ¿ahora mi fama te viene bien? Te recuerdo que, si no hubiera insistido en traerte aquí conmigo, seguirías allí castañeteando los dientes y tiritando de frío sin saber qué hacer.

Ella apretó los puños. No tenía intención de darle la razón. Sin embargo, Cade pareció leerle el pensamiento.

—Entonces, ¿qué quieres que haga? ¿Que llame y diga quién soy, moviendo cielo y tierra para facilitarte las cosas, o que finja ser un ciudadano normal y corriente?

—Cuanta menos gente sepa quién eres y que yo tengo algo que ver contigo, mejor. Así que olvídate de los superpoderes.

Clover lo dejó en el recibidor con su sonrisa de creído y fue en busca de una habitación donde secarse, tratando de no pensar en la situación tan peligrosa en la que se encontraba.

Estar en una casa con Cade socavaba su ya debilísima voluntad de mantenerse alejada de él. Aún tenía su sabor en los labios, maldita sea... No era tan fácil olvidarlo.

Lo único que podía hacer era esperar que el cerrajero llegara rápido.

Lástima que no fuera a ser así.

Cade colgó el teléfono con un suspiro de satisfacción. Sabía perfectamente que, con tan solo una llamada a su secretario, conseguiría que un cerrajero estuviera allí en cuestión de minutos. Pero Clover no quería aprovecharse de ese beneficio... y él tampoco. No esa noche.

Ahora que volvía a tenerla allí, con él, no tenía intención de hacer que volviera a casa tan pronto.

Sin embargo, incluso pedir ayuda sin ningún tipo de prisa le había sido complicado. Se las había tenido que apañar mucho al teléfono para convencer al cerrajero de que se lo tomara con calma. Había conseguido un par de horas con una excusa, y en ese tiempo esperaba devolver una sonrisa al rostro de su...

¿Su qué?

¿Amiga? ¿Vecina? ¿*Personal shopper*?

Ya no sabía cómo referirse a ella, y eso era una situación muy extraña para alguien que estaba acostumbrado a tenerlo todo bajo control. Para él, un momento de incertidumbre podía suponer un problema. Y, sin duda, el beso que le había dado a Clover O'Brian había sido tanto un momento de incertidumbre como un problema.

Pero lo volvería a hacer mil veces más.

Mientras la buscaba recordó sus suaves labios bajo los suyos y de pronto un calor muy intenso le invadió el cuerpo. Clover no se había aprovechado de la situación, sino que se había quedado inmóvil como una estatua mientras el mundo a su alrededor se desvanecía. Pero por un momento había sentido cómo se derretía, con ganas de entregarse, y la alegría que se había apoderado de él hizo que se mareara.

Si un beso tan inocente como aquel había conseguido despertar en él todas esas emociones... ¿cómo se sentiría al darle uno de verdad, profundo y apasionado?

Sintió que todos sus sentidos se encendían al instante, pero trató de refrenar su deseo. Si quería recuperar la complicidad que habían tenido hasta una hora antes, tenía que relajarse y no mirarla como un delicioso plato al que devorar de un bocado.

La vio sentada en el salón, algo tensa e incómoda, con los ojos puestos en la chimenea apagada.

–¿Qué haces ahí? No te has secado.

–No es mi casa, no me gusta ir por ahí hurgando en las cosas de la gente.

–Te había autorizado para que lo hicieras.

–Técnicamente tampoco es tu casa, así que no sé cuánto vale tu autorización.

Cade sonrió y se acercó a la chimenea, dispuesto a encenderla. Clover siguió sus movimientos con una expresión tímida.

–¿Y bien? ¿Cuándo viene el cerrajero?

–Como mínimo, en un par de horas.

–¡¿Dos horas?! –Clover se levantó bruscamente y empezó a caminar por la habitación de un lado al otro–. ¿Y qué demonios se supone que voy a hacer yo durante dos horas? ¿Quedarme aquí mirando a la pared? Y, si no me hubiera acogido nadie, ¿también habría tenido que esperar dos horas sentada en las escaleras, bajo la nieve? ¿Pero qué clase de servicio es ese?

–No has querido que te ayudara yo, cabezota, así que tendrás que conformarte con eso.

—¡Ni hablar, le volveré a llamar y le diré lo que pienso!

Mientras se dirigía hacia el teléfono, Cade la detuvo agarrándola de una mano.

—¿Por qué tienes tanta prisa? ¿No quieres quedarte aquí conmigo?

—No.

Cade disimuló su disgusto.

—¿Y por qué no? Has dicho que no soy tan malo...

Clover le dirigió una mirada fiera.

—Eso era antes.

—¿Antes de qué? —sonrió él, acariciándole los nudillos con el pulgar.

—Ya lo sabes.

—Pensaba que ya lo habíamos aclarado. Tú me pediste perdón por haber malinterpretado mis palabras y me dijiste que dejáramos el tema. Así que, problema resuelto.

Clover volvió su cabeza hacia la ventana.

—Vale, pero, aun así, me gustaría ir a mi casa. Tengo hambre y frío, y no he parado de caminar en todo el día. Estoy cansada.

—La chimenea no tardará en empezar a darnos calor, podemos cenar aquí y después puedes descansar en el sofá todo el tiempo que quieras. Puedes ver una película, o escoger un libro, como prefieras.

La vio mirar a su alrededor durante un buen rato, y luego le dirigió una mirada interesada.

—¿Puedo hacer lo que yo quiera?

—Claro que sí. Con tal de que no sea algo estúpido, o peligroso... y, por supuesto, dentro de las paredes de esta casa —señaló él, con inmediata suspicacia.

—¿Vas a cocinar para mí?

—Estaré a tu disposición.

—Está bien.

El intento de sonrisa que se formó en sus labios le puso alerta.

—Estoy empezando a sentirme un poco ansiosa...

Finalmente, en el rostro de Clover se dibujó una sonrisa de verdad que le descubrió esos hoyuelos que tanto estaban empezando a gustarle.

—El otro día vi dos cajas muy interesantes en el garaje de tu amigo. ¿Puedo llevármelas? No voy a hacer nada peligroso con ellas, te lo prometo.

—Vale —respondió Cade, tranquilo—. ¿Te ayudo?

—No, creo que puedo yo sola. Tú ocúpate de la cena, me muero de hambre.

Cade asintió y la dejó bajar al garaje por la puerta interior, después se dirigió a la cocina.

Mientras preparaba algo que no requería mucho esfuerzo, pensó en lo repentinos que eran los cambios de humor de Clover. Solo necesitaba saberla llevar y tratarla con ternura para que ella dejara de estar enfurruñada.

A pesar de su carácter terco y arisco, él no podía enfadarse con ella o guardarle rencor. Desprendía dulzura, y Cade sospechaba que era incapaz de echarle nada en cara o de actuar con ánimo de venganza. No tenía nada que ver con Alice.

Cuando se puso a pensar en su ex, Cade no recordaba ni un solo momento de felicidad verdadera o comprensión en la historia que había tenido con ella. Jamás había existido una auténtica complicidad entre ellos, y tal vez ni siquiera un cariño especial. En los brazos de Alice no había sentido más que una leve satisfacción momentánea.

Un simple beso de Clover, en cambio, le había hecho sentir emociones fuertísimas, y solo unas cuantas horas junto a ella le habían transmitido mucho más que Alice en toda su relación.

A través de sus ojos, Cade había redescubierto placeres que ya no recordaba: aquella época del año, la nieve, la ciudad tan llena de vida...

Su éxito le había hecho olvidar demasiadas cosas que merecían la pena.

Cuando volviera a Los Ángeles tenía pensado reestructurar su vida y cambiar algunas de sus prioridades. Quería volver a estar más presente para la gente a la que quería, desempolvar viejos proyectos y sueños, y no dejarse absorber tanto por su trabajo. No obstante, le entristecía tener que dejar atrás Nueva York...

Media hora más tarde, se reunió con Clover en el salón. Al estar tan concentrado en sus pensamientos y en preparar la cena, no se había preocupado de lo que estaba haciendo ella en la otra habitación. Lo único que le importaba era que estaba allí, y los ruidos leves que había notado le habían tranquilizado.

No tenía ni idea de lo que Clover había encontrado en las cajas del garaje de Philip, pero debía de ser algo lo bastante interesante como para hacerle olvidar su mal humor.

Nada más entrar en el salón, pensó que debería haberlo sospechado, y una sonrisa divertida y tierna se dibujó en sus labios.

Clover estaba de pie sobre una silla, concentrada en colocar algunos adornos navideños en su ventana. Había puesto todo tipo de trastos en las estanterías y estantes y colgado luces y bolas de colores, y estaba jugando con un muérdago falso.

La habitación había adquirido un aspecto distinto, mucho más alegre y mágico. Y aquella chica contribuía a iluminarlo todo con su mera presencia.

Estaba jodidamente cerca de perder la cabeza por ella.

Ese pensamiento le golpeó como un puñetazo en el estómago, pero fue incapaz de ahuyentarlo. Por primera vez en mucho tiempo, estaba comenzando a sentir una emoción sincera por una mujer sin apenas haberla tocado. No sabía exactamente cuándo había empezado a mirarla con otros ojos, quizá durante el encendido del árbol de Navidad en el Rockefeller Center. En cualquier caso, su interés había despegado con rapidez y parecía seguir aumentando.

Se acercó a ella con un único objetivo: tocarla. Sentía la necesidad de hacerlo, sentía un hormigueo en los dedos por el deseo que tenía de tocar su piel suave. No le importaba cómo, tan solo quería sentirla, viva y cálida entre sus manos.

A pocos pasos de ella, su mirada se fijó en sus esbeltas piernas, que envolvían unos pantalones oscuros y ajustados. Recorrió con avidez sus finos tobillos, sus pantorrillas perfectas, sus piernas delgadas y sus glúteos definidos, hasta llegar a su torso cubierto por un suave jersey naranja que, en la posición en la que se encontraba, se había levantado dejando al descubierto una pequeña y atractiva parte de su espalda color leche.

En general, ya se había hecho una idea de cómo tocarla...

—¡Quieto ahí! —le ordenó Clover, levantando las manos, con la mirada atenta.

—¿Qué pasa?

—¿Eres de los que creen en este tipo de tradiciones?

El muérdago que colgaba sobre su cabeza lo atrajo como un imán.

—Muchísimo —dijo en tono solemne, con un fuego en los ojos y una sonrisa pícara en el rostro.

—Entonces quédate donde estás. —Clover se bajó rápidamente de la silla y se alejó de la ventana—. No quiero que te hagas ideas raras en la cabeza —masculló.

Cade se empezó a reír.

—Tarde, nena, mis pensamientos ya son una locura. —Ante su mirada castigadora, él señaló el muérdago—. ¿Y por qué lo cuelgas, si le tienes miedo a las consecuencias?

—No hay suficientes adornos en esas cajas, me esperaba algo mejor. Tuve que conformarme con todo lo que encontré. Era inconcebible ver esta habitación tan vacía... ¡Ni siquiera tienes un árbol artificial!

—Si eso te parece poco, no me quiero ni imaginar cómo habrás dejado tu casa.

—Si ese cerrajero no llega pronto, nunca lo descubrirás —resopló Clover, cruzando los brazos a la altura del pecho. Aquel gesto atrajo la atención de Cade hacia sus pechos, perfectamente marcados bajo el tejido suave.

Joder, no era capaz de pensar en nada más...

—Espero que no te importe —estaba diciendo Clover.

—¿El qué?

—Que haya transformado el salón de tu amigo en un caos navideño.

—Si eso sirve para hacerte sonreír, me parece genial.

Ella arrugó la nariz, pero no pudo disimular el brillo en los ojos.

—Por favor, ahora no te hagas el sensiblero conmigo.

—Intentaré contenerme —suspiró Cade. Le tendió la mano y esperó, ansioso, a que se la cogiera. Clover dudó, intrigada, y él se encogió de hombros, sin bajarla—. ¿Vamos a cenar?

Clover asintió y, tras lo que pareció una batalla interna consigo misma, colocó la mano sobre la palma abierta de él.

Cade la cerró sobre aquellos dedos delgados y suaves, disfrutando del contacto. La llevó a la cocina sin decir ni una sola palabra, tratando de concentrarse en todo lo que no fuera la cercanía con aquella chica. Clover había dejado de estar enfadada, pero seguía sintiéndose incómoda. Aquel beso había cambiado las cosas entre ellos, de una forma no muy clara pero irrefutable, y aunque no tuviera intención de dar marcha atrás, debía al menos actuar con calma.

En el fondo, no tenía ni la más remota idea de lo que se pasaba por la mente de aquella mujer. Tal vez se sentía atraída por él... pero ¿qué más?

Las palabras que le había dicho antes en la calle le habían dejado helado. Que le acusaran de fingir y actuar también en la vida real era algo a lo que ya estaba acostumbrado, pero el escepticismo de Clover le había dolido. La había besado porque había querido, sin ninguna premeditación ni segundas intenciones. Todavía no estaba seguro de adónde les llevarían aquellos sentimientos, pero tampoco quería darle demasiadas vueltas a la cabeza. Lo único que quería era disfrutar de aquellos momentos con ella y ganarse su confianza.

Después de cenar, volvieron al salón mucho más relajados. Para acabar con el clima de incomodidad de las últimas horas, se habían esforzado en evitar cualquier alusión al beso y a la atracción que existía entre ellos. Pero si la tensión emocional de las últimas horas se había suavizado un poco, el vínculo que había nacido entre ellos en aquellos días se había fortalecido, y eso hacía que fuera más difícil para ambos poner fin a aquella noche.

El cerrajero llegaría en cualquier momento. Clover había sorprendido a Cade mirando el reloj más de una vez durante la última hora, y no sabía cómo interpretar aquel gesto. ¿Tenía prisa por despedirse de ella? ¿O, como ella, quería tener más tiempo para estar juntos?

A pesar de sus buenas intenciones, no podía evitar sentir que le temblaban las piernas cada vez que lo miraba. No era solo una cuestión de físico, había conocido a muchísimos chicos atractivos a lo largo de su vida, y no por ello había sentido que se derretía al mirarlos. Cade Harrison tenía algo más: carisma, honestidad y aquel sentido de consideración al que no estaba acostumbrada. La observaba y la escuchaba con mucha atención, y eso la descolocaba por completo. Un hombre como él podría pasar el tiempo con cualquier chica que quisiese, ¡y sin embargo estaba con ella!

Desde que habían tenido aquella discusión en el taxi, Cade parecía necesitar cada vez más tenerla cerca. Y no precisamente en el sentido amistoso. Después de aquel beso bajo la nieve, había empezado a mirarla con otros ojos, más cálidos e insistentes.

Clover estaba más confusa que nunca.

Al principio, creía que aquel beso no había sido más que un truco sucio para ganársela, y por eso lo había acusado de haber actuado. Pero cuanto más pensaba en sus miradas y sonrisas a lo largo de la noche, más perdida estaba.

¿Estaría Cade empezando a sentir algo por ella? ¿O quizá solo quería llevársela a la cama? No es que le disgustara la idea, pero ella no era el tipo de chica al que le gustaban los rollos de una noche. Y Cade solo estaba en Nueva York de paso...

—¿En qué estás pensando?

Aquella voz la sacó de sus pensamientos. Apartó la vista de las llamas de la chimenea y se volvió hacia Cade, que estaba apoyado en el alféizar de la ventana, con los brazos cruzados. Durante la cena se había quitado el jersey y se había quedado en mangas de camisa y vaqueros, y a Clover le había costado apartar la mirada de aquel cuello bronceado que asomaba por la camisa azul.

Dios, quería posar sus labios en aquella parte de su piel, probar su sabor, respirar su aroma y sentir su calor...

Se dio cuenta de que lo estaba mirando como una tonta y trató de ahuyentar todas esas ideas de su cabeza.

—¿Qué has dicho?

—Hace un momento tenías el ceño fruncido y me preguntaba en qué cosa tan desagradable estarías pensando. Pero ahora ya no estás así.

Clover se sintió confusa. Cade la estaba observando igual que un león a su presa.

Ella apartó la mirada de él con brusquedad.

—Estaba pensando en el trabajo —improvisó—. A partir de mañana empieza el periodo más caótico.

—¿Cuándo crees que podrás volver a dedicarle tiempo a mis regalos?

Sería capaz de echar por tierra todos sus compromisos para estar con él, pero no podía decírselo. De hecho, debía poner distancia entre ellos.

—La verdad es que no sabría decirte. Los próximos días estaré a tope —inventó—. De todas maneras, ya hemos hablado largo y tendido del asunto: ideas no te faltan y ya has escuchado mis consejos.

—Me estás quitando de en medio, lo entiendo —dijo con una

indiferencia fingida. Pero Clover supo leer cierta decepción en sus ojos antes de que se volviera hacia la ventana.

¿De verdad quería hacerle creer que estaba triste por no verla?

Fueran cuales fuesen sus intenciones, Clover terminó sintiéndose culpable. Le habría gustado acercarse a él y abrazarlo con fuerza...

«¡Contente!».

Ni siquiera lo conocía, era arriesgado mostrarse así. Cade Harrison era un hombre que estaba acostumbrado a tenerlo todo, y tal vez era eso lo que le molestaba: que no le siguieran el juego. Seguro que nunca le había ocurrido...

–¿Has visto cómo está nevando? Hacía tiempo que no veía una nevada como esta. En Los Ángeles esto no se ve.

Distraída por aquellas palabras, Clover se acercó a la ventana, intrigada.

–¡La nieve en esta época del año es obligatoria! La Navidad necesita una atmósfera adecuada. –Se quedó mirando los grandes copos que caían silenciosamente a la carretera, ya blanca, y sonrió–. Mira qué espectáculo: un poco de nieve y el paisaje cambia radicalmente. Todo se vuelve poético, ¡incluso las calles más feas parecen distintas bajo un manto de nieve blanco! ¿Tú no crees que...?

El resto de la conversación se desvaneció en cuanto las manos de Cade la agarraron por las caderas, haciendo que se volviera hacia él. Presa de una emoción confusa, Clover fue incapaz de articular palabra.

Cade la deslumbró con una de sus famosas sonrisas.

–Siento interrumpirte, pero estamos debajo del muérdago... Y si no te beso ahora, me arriesgo a tener un año entero de mala suerte –murmuró, justo antes de posar sus labios sobre los de ella.

No solo fue dulce.

Clover comprendió, por el tono ronco de su voz, la intensidad de su mirada y la urgencia de su tacto, que Cade había estado toda la noche esperando aquel momento, y que esa vez no estaría dispuesto a contentarse con una tibia respuesta. La abrazó tan fuerte como pudo y la besó impetuosamente, invitándola a entregarse a él y desafiándola a resistirse.

Clover se encendió. Sus cuerpos cuadraban a la perfección, y ya no podía pensar. Sus respiraciones se entrelazaban, mientras sus labios se buscaban con avidez. Las manos de Cade recorrieron sus caderas con lentas pero salvajes caricias, como si desearan hundirse en su piel. Clover sintió la presión de cada dedo, y cuando Cade los deslizó todos bajo su jersey, se quedó sin aliento. El calor de aquel contacto íntimo le nubló la mente, sus pensamientos se dispersaron y solo unos pocos consiguieron abrirse paso entre aquel tórrido y confuso placer. El más insistente de todos era el deseo de tenerlo más cerca, así que levantó los brazos y le rodeó el cuello con ellos, abriendo más la boca. Cade no tardó en aprovecharlo de inmediato, invadiéndola y retrayéndose a un ritmo frenético, haciéndole perder la cabeza.

Mientras jadeaban, sus bocas apenas se separaron, pero enseguida Cade se puso a besarle las mejillas, las líneas de la mandíbula y el cuello, mientras una de sus manos se deslizaba por su pelo. Clover le imitó, hundiendo los dedos en sus mechones rubios, mientras con la otra le acariciaba la espalda. Oyó un suave gemido salir de la garganta de Cade y, ante aquel sabor a poder, su deseo aumentó. Su mano se volvió más atrevida, sus uñas surcaron lentamente su piel ardiente y suave, y su recompensa fue una mirada llena de pasión.

La mezcla de emociones contenidas en aquellos iris azules la sobresaltó, no solo por su intensidad, sino por lo que despertaban en ella.

Nunca había deseado tanto algo en su vida y temía que nada volviera a afectarle de la misma forma en el futuro.

Un futuro no muy lejano, ya que Cade tenía su vida a casi cinco mil kilómetros y una zona horaria diferente a la suya, y sus existencias no eran nada compatibles.

Se le rompería el corazón en cuanto le viera marchar. Apartó la vista, desviando la trayectoria de los labios de Cade, que notó claramente su confusión: su respiración adquirió otro ritmo, se detuvo y después continuó con cierta ansiedad; sus manos se aferraron más fuerte a su nuca y sus ojos azules se abrieron de golpe.

Clover estuvo a punto de abrir la boca para soltar una excusa cualquiera que la alejara de él, cuando el sonido de una furgoneta interrumpió aquel silencio.

Dio gracias a Dios cuando oyó que el vehículo se detenía justo delante de la casa y que una puerta se cerraba con poca gracia.

—Ya está aquí el cerrajero —balbuceó, en un tono inseguro.

Cade miró por la ventana y Clover aprovechó para zafarse de su agarre. Con las piernas aún temblorosas, se acercó al perchero que había junto a la chimenea, cogió su chaqueta y se la puso rápidamente.

—Gracias por la cena y por acogerme.

—Puedes quedarte hasta que termine —sugirió Cade, mirándola con los ojos aún llenos de deseo.

Ella sacudió la cabeza. Sabía que si se quedaba un segundo más en aquella casa, acabaría sucumbiendo a la pasión, y lo pagaría muy caro durante mucho tiempo.

–No –respondió, sintiéndose un poco más protegida con la chaqueta puesta–. Prefiero irme. Buenas noches. –Le lanzó una última mirada y salió corriendo.

Cuerpo, corazón y parte de su mente se rebelaron contra aquella decisión. Un hombre maravilloso la deseaba, la hacía sentir como nadie lo había hecho antes..., ¡y ella salía pitando! Quienes la trataban de loca tenían razón. De haberlo sabido, su madre se habría arrancado los pelos de la cabeza uno a uno.

Pero la parte más cuerda y racional de su cerebro la obligó a ir al encuentro del cerrajero, mientras le repetía una y otra vez que había tomado la decisión más sabia al no haberse dejado arrastrar por aquel juego tan peligroso.

Capítulo 7

Se había esforzado en evitarlo durante mucho tiempo. Debía reconocerlo con naturalidad, pero ya no iba a quedarse en un rincón esperando a que ella comprendiera y aceptara lo que había entre ellos.

No esperaba que Clover fuera capaz de dar nombre a todos aquellos sentimientos, ni siquiera él, pero al menos esperaba que ella no le rechazase. Cade no solo los había aceptado, sino que también había querido revivirlos durante los cuatro días que había pasado lejos de ella.

No la había obligado a hacerles frente. Tras su última noche juntos, había leído mucho miedo en aquellos ojos jaspeados, y la idea de asustarla le ponía nervioso.

La entendía. Aun si el deseo de tenerla entre sus brazos era tan fuerte, tampoco podía tomarse aquella situación a la ligera. Sabía que se estaba metiendo en la boca del lobo, pero nunca en su vida se había sentido tan feliz de correr un riesgo así.

Sin embargo, aquel día era el cumpleaños de Clover y tampoco tenía intención de quedarse al margen en aquella ocasión. Quería llevarla a cenar, disfrutar de su compañía y hacerle pasar un buen rato. Pero primero tenía que asegurarse de que estuviera lejos de su casa para que la gente con la que había negociado pudiera transportar su regalo.

En cuanto vio las ventanas abiertas, se dirigió hacia su casa. Como de costumbre, Clover se había ido a trabajar aquella mañana, pero él sabía que volvería. Había llamado directamente a su tienda para asegurarse, y había conseguido hablar con Eric. El chico le había dicho que Clover nunca trabajaba por la tarde el día de su cumpleaños, porque normalmente se preparaba para ir a cenar con su familia. Eso le había quitado un poco la ilusión y echado para atrás sus planes para la noche, pero se consoló pensando en impresionarla con la sorpresa que le tenía preparada.

Ansioso por verla, aceleró el paso entre los montículos de nieve que había a ambos lados de la calle. Hacía un frío intenso, pero el sol brillaba con fuerza, dando una pequeña tregua de luz antes de la nueva nevada que estaba prevista para la noche. Aquel era el tipo de día que le gustaba a Clover, blanco y soleado, y no tenía intención de dejar que una cena con su familia se lo estropeara. A juzgar por las conversaciones que había tenido con ella, parecía que su familia siempre la ponía nerviosa, y él lo que quería era hacerla reír.

Llamó a la puerta y esperó. Tuvo que repetir la operación alguna vez más, en vano, y eso le molestó. ¿Quería hacerle creer que no estaba en casa?

Decidido, cogió el picaporte y lo giró.

–¿Clover? –gritó. Unos ruidos ahogados e insultos le incitaron a entrar–. ¡Clover, soy Cade! ¿Estás bien?

–¡Sí! ¡No! ¡Uf, joder!

La voz entrecortada de Clover llegó hasta él y le hizo soltar una carcajada. Sin pensárselo, él la siguió, mientras se fijaba de reojo en los adornos navideños que había en todas las habitaciones. Clover había convertido la casa en un santuario navideño, tal y como había imaginado.

–¿Dónde estás?

–¡En la cocina, peleándome con este maldito horno!

Nada más entrar, Cade abrió los ojos como platos. Reinaba el caos, era como si hubiera explotado una bomba de comida y la hubiera arrojado por todas partes. Hasta la misma Clover tenía la nariz manchada de harina, la camiseta y los vaqueros manchados por varios sitios y el pelo alborotado. Estaba de pie frente al horno, con un plato de lo que parecía ser lasaña en una mano y la otra presionando algunos botones de aquel aparato.

—¿Qué ha pasado aquí?

—¡La mala suerte no tiene límites, eso es lo que pasa! ¡No le basta con que me esté haciendo mayor, que mi peculiar familia esté aquí en tres horas ni que haya tenido la estúpida idea de cocinar para ellos! ¡El horno tenía que complicar aún más las cosas!

Cade echó un vistazo a la encimera, donde la yema de un huevo estaba goteando lentamente sobre un montón de harina y otros ingredientes que no supo distinguir, y reprimió una carcajada.

—Ah, ¿las ha complicado el horno? ¡Qué maleducado!

Clover se giró hacia él, leyó sarcasmo y risa contenida en su rostro y le lanzó una mirada fulminante.

—¿Te ríes de mis problemas, señor divo?

—¿Quieres sinceridad? ¡Un poco! —Se rio y se acercó a ella. Sorteó las manchas de tomate que había en el suelo y se le acercó, evitando a duras penas cogerla en brazos y besarla. Sin embargo, no pudo evitar rozarle la mejilla con el dorso de los dedos—. ¿Puedo ayudarte con algo?

—Podrías, si supieras preparar una cena para tres o cuatro personas en menos de dos horas, y si pudieras limpiar a fondo este desastre en la hora restante. Así yo podría dedicarme a otras tareas de limpieza y cuidado personal. Aunque mi madre no espere encontrarse a una mujer con clase y un hogar sacado de una revista de decoración, esto... –dijo Clover, señalando a su alrededor y a sí misma– ¡podría acabar con ella!

–¿Tres o cuatro personas? –preguntó Cade, atónito.

Clover se encogió de hombros.

–Nunca sé cuánto esfuerzo pone mi hermano en intentar convencer a su mujer para que venga aquí. Tampoco creo que lo consiga este año, pero ante la duda...

Cade asintió y se quedó mirando el plato transparente que sostenía ella en la mano.

–¿Eso es lasaña?

–Debería. Hace algún tiempo grabé un programa de cocina en la tele y quise probar suerte en esta ocasión especial. –Clover miró con recelo y desolación la mezcla de ingredientes que había dentro del recipiente–. Pero ya no estoy tan segura de que haya sido buena idea probar el experimento justo hoy.

–¿Tienes alguna alternativa que nos pueda servir? –preguntó Cade, disimulando de nuevo su notable nerviosismo.

Clover se mordió el labio inferior y miró su receta con el ceño fruncido, pero ante aquella pregunta se le iluminó la cara. Dirigió sus ojos traviesos hacia los de Cade, y sus mejillas sonrosadas dejaron entrever los dos hoyuelos.

–Pizza. ¡Una pizza enorme con un montón de patatas fritas puestas formando mi nombre! Se me había pasado por la cabeza pedir una para mi cumpleaños, pero mi madre las odia casi tanto como odia esto. –Sacó de un cajón un cortador de pizza rosa con una forma fálica–. ¡Le parece tan vulgar!

Cade rio con ella.

–¿Por qué será?

Mientras sacudía la cabeza, Clover apoyó el cortador y la lasaña en la encimera de la cocina y se limpió las manos.

–Pero tendrá que conformarse, aun así, porque mi horno no funciona y ya no tengo ganas de esforzarme.

–¿Y si te echo una mano? –sugirió Cade–. Sé cocinar. Nada especial, pero sí algo más elegante que una pizza.

Clover lo miró de soslayo y solo entonces Cade se dio cuenta de que estaba descalza y de que, por primera vez, la estaba viendo sin tacones. Diez centímetros menos le daban un aire tan vulnerable que le enterneció.

–¿Por qué has venido? –preguntó ella.

–Quería desearte un feliz cumpleaños –sonrió Cade.

–¡Gracias! Eres muy amable.

Clover parecía haberse puesto nerviosa y evitaba mirarle, pero al hacerlo tuvo que concentrarse en el caos que reinaba en la cocina.

–Tendré que mantener a mi madre lejos de aquí –gruñó.

–Entonces ¿quieres que te ayude o no? Tómatelo como un regalo de cumpleaños.

Clover suspiró y asintió.

–Muy bien, si no tienes nada mejor que hacer que pasar la tarde entre fogones...

–Estoy de vacaciones en un sitio que no es el mío, ¿recuerdas? Es muy aburrido estar solo en casa.

–Está bien. ¿Por dónde empezamos?

–Empecemos por ir a mi casa. Tengo más ingredientes y utensilios y, además, ¡no puedo cocinar sin mi delantal y mi encimera impecable! –bromeó, feliz de haber encontrado la excusa perfecta para sacarla de allí.

Clover hizo ademán de protestar, pero Cade le puso un dedo en los labios.

–Ven a mi casa, tu horno ni siquiera funciona. Lo traeremos todo aquí cuando terminemos y te ayudaré a limpiar antes de que llegue tu familia.

–Hum… Los periodistas pagarían oro por verte con un delantal puesto o con una escoba en la mano. ¡El príncipe de Hollywood en la versión masculina de *Sirviente por un día*! –se burló ella, mientras se dirigía hacia la puerta.

Cade puso cara de terror.

–¡No quiero ni pensarlo, lo explotarían durante meses!

Mientras ella se calzaba los zapatos y se ponía una chaqueta por encima de su camiseta, él cogió las llaves con la intención de ayudarla a cerrar la puerta, y luego la instó a correr para que no cogiera frío. Por el camino, le envió un mensaje de texto a su secretario todoterreno, Scott, para que pusiera en marcha todo lo necesario para transportar el regalo de Clover. Añadió a su mensaje algunas peticiones rápidas, pero precisas, y en ningún momento se le pasó por la cabeza que a Scott le fuera a resultar difícil encontrar la solución perfecta para su nuevo encargo. Era un buen tipo, lleno de iniciativa, acostumbrado a hacer realidad todos y cada uno de sus deseos. Tal vez había llegado la hora de darle un aumento de sueldo…

Una vez en casa, trató de distraer a Clover para que dejara de pensar en las llaves, que aún llevaba en el bolsillo, y la llevó a la cocina mientras le recomendaba un par de platos sencillos de preparar, poniendo a su disposición todo tipo de ingredientes. Se puso manos a la obra con ella, enseñándole algunas de las recetas de su madre y disfrutando de su cercanía y del íntimo placer de cocinar juntos. Se ausentó solo unos minutos, lo suficiente para entregar las llaves de Clover a las personas que Scott había enviado e instruirlas brevemente sobre lo que quería que hicieran. Media hora más tarde, un mensaje de su secretario le avisó diciéndole que todo estaba listo y que habían dejado las llaves en el buzón. Cade salió a recuperarlas, mientras Clover estaba ocupada con los platos, y se quedó tranquilo el resto de la tarde.

Faltaba menos de una hora para que llegara su familia, cuando Clover miró el reloj.

—Será mejor que vaya a limpiar un poco y a darme una ducha. La cena tiene pinta de estar riquísima, algo inaudito en mi casa, y no quiero arriesgarme a estropear todo nuestro trabajo dándole a mi madre la oportunidad de quejarse de otras cosas.

—Te ayudo —dijo Cade, terminando de colocar los platos de forma que se mantuvieran calientes.

—No te preocupes, ya has hecho demasiado. Me vas a ayudar a impresionar a mi madre y a Patrick gracias a tus dotes de cocina, y eso ya es un regalazo.

—Para nada. Te prometí que te ayudaría y no tengo intención de retractarme. —Cade salió de la casa antes de que ella pudiera volver a protestar, y Clover no tuvo más remedio que seguirlo.

Cruzaron la calle en silencio, pero, en el umbral de la puerta, Cade empezó a tener dudas sobre su propio regalo.

¿Y si no le gustaba? Después de todo, se había tomado bastante libertad para escogerlo. El hogar de una persona es un lugar sagrado y él no tenía por qué tomar decisiones al respecto. A juzgar por lo orgullosa que era, Clover podría hasta tomárselo a mal.

La emoción que le había provocado su deseo de sorprenderla se fue convirtiendo poco a poco en ansiedad y, cuando Clover se dispuso a abrir la puerta, él se volvió a poner en contacto con Scott para que todo volviera a su sitio en un santiamén.

Clover se quitó la chaqueta y no tardó en tiritar, así que empezó a frotarse los brazos para entrar en calor.

–Debería subir la calefacción, aquí hace mucho frío. Aunque huele bien, cosa que no me esperaba. Cuando me he ido todavía olía a huevos y a mi asquerosa lasaña, y pensaba que seguiría oliendo igual. Mi madre no habría tardado en echármelo en cara, me habría dicho algo así como que no está bien invitar a alguien a una casa donde reina el mal olor. A veces habla como una rica estirada, cuando viene de una familia donde se cocinaba repollo a las siete de la mañana. A lo mejor por eso es tan...

Su voz se debilitó en cuanto entró en el salón. Cade lanzó una mirada fugaz a su nuevo sofá de color lavanda, grande y semicircular, delante del cual había una mesita de cristal labrado y unas grandes cortinas a juego con las ventanas. La habitación había adquirido una estética distinta, alegre pero elegante, tal y como había planeado. Sin embargo, seguía muy pendiente de Clover.

Parecía desconcertada. Observaba la habitación con los ojos muy abiertos, como si ya no la reconociera, y sin emitir sonido alguno.

–Si no te gusta... –empezó a decir Cade, pasándose una mano por el pelo, pero Clover se volvió hacia él con brusquedad, con cara de sorpresa.

–Pero... ¿cómo...?

–Llevarte fuera de casa ha sido más fácil de lo que pensaba.

–Oh. –Clover se acercó al sofá y empezó a tocar su suave tejido con un dedo–. Es exactamente como lo quería –murmuró–. ¿Cómo has sabido que soñaba con un sofá de este color y con esta forma?

–Me lo dijiste tú, la primera vez que me dejaste entrar aquí.

—¿De verdad? —Los ojos de Clover brillaban y Cade empezó a tranquilizarse. Al fin y al cabo, no se lo había tomado a mal.

—Recuerdo que mencionaste un sofá de este color, pero no recordaba nada más, así que le pedí consejo a mi hermana. Esta habitación no es muy grande, por lo que un par de sillones habrían reducido bastante el espacio. En cambio, un sofá con esta forma permite que tus invitados puedan verse las caras cómodamente.... Al menos, eso es lo que piensa Heather desde su experiencia como interiorista.

—Tu hermana tiene buen gusto —dijo Clover, sonriendo y dando vueltas alrededor de su regalo. Hizo ademán de sentarse, pero se frenó—. Lo probaré cuando esté limpia, no quiero arriesgarme a estropearlo.

—Entonces, ¿te gusta?

—Es precioso. —Clover caminó hacia él, deteniéndose delante de sus ojos—. ¿Cómo debo tomármelo?

—Como un regalo de cumpleaños, claro está.

Ella se puso de puntillas y le dio un beso en la mejilla.

—Gracias, Cade. Es el regalo más bonito que me han hecho nunca. —Sonrió, con las mejillas rojas de la emoción—. Ni siquiera te he tenido que dar una lista de ideas. Has recordado un comentario que te hice por casualidad, y no tenías por qué hacerlo. No me lo esperaba...

—¿Acaso no es ese el objetivo de un regalo? —preguntó Cade, despacio, acariciándole una mejilla.

Clover asintió, y luego volvió a admirar su nuevo salón.

—Primero me ayudas con la cena y después renuevas mi habitación favorita de la casa. ¡A mi madre no le quedará otra que tragarse todos sus estúpidos comentarios! Desde luego, ahora sí que no puedo dejar que limpies mi cocina, me sentiría fatal.

—Yo también me sentiría fatal dejándote aquí limpiando, cuando podrías ir a darte una tranquila ducha caliente y luego volver aquí para disfrutar de un merecido momento de relax en tu nuevo sofá.

Su mirada traviesa encendió las sospechas de Clover, que se apresuró a entrar en la cocina. Al verla limpia y reluciente, exclamó:

—¡Te adoro!

La satisfacción de Cade estaba por las nubes.

—Estaba un poco preocupado, la verdad —confesó, entre risas—. Temía que te lo tomaras a mal, que te enfadaras por la intromisión y que me tiraras a la cara todos los platos que hemos preparado con tanto esmero.

—¿Cómo lo has organizado todo?

—Scott, mi secretario, sabe mover los hilos adecuados mejor que un titiritero profesional. Hicieron falta solo unas cuantas indicaciones y él se ocupó de cada detalle, a pesar de la distancia.

—¿Tienes un esclavo a tu servicio? —bromeó Clover—. Deberías aumentarle el sueldo, como mínimo.

—Ya lo he pensado —dijo Cade.

Clover miró a su alrededor.

—Bueno, entonces solo me queda ir a darme una ducha y vestirme.

—Te llevo la cena en un rato.

—No eres mi camarero personal, puedo hacerlo sola —protestó Clover, poniéndose seria—. Ya has hecho demasiado.

—Como quieras —cedió Cade. Al menos habría tenido una excusa para volver a verla antes de que se encerrara en casa con su familia, y tal vez habría podido hacer que le prometiera volver a quedar con él una de aquellas tardes.

Clover lo detuvo en la puerta.

—¿Cade?

—¿Sí?

Parecía incómoda, pero lo miraba con mucha atención.

—¿Te gustaría quedarte a cenar? —Ni siquiera le dio tiempo a responder, porque enseguida empezó a agitar una mano para dejar el tema—. Es una idea estúpida, lo sé. No conoces a mi familia y te aseguro que eso es bueno. Además, mi madre iría a contarle a sus amigas que Cade Harrison está enredado de alguna manera con su hija, solo para mejorar mi imagen, y tú te encontrarías en una situación de lo más incómoda. Se me había olvidado de que estabas aquí de incógnito... Haz como si no hubiera abierto la boca.

Cade sonrió, ignorando por completo aquella traca de palabras.

—Me gustaría quedarme a cenar, sí.

—Te lo había propuesto porque me parecía muy grosero haberte hecho trabajar tanto en la cocina y luego dejar que te fueras solo a tu casa, ni que trabajases para mí... Perdona, ¿qué has dicho? —Clover parpadeó—. ¿Quieres?

—Sí. Después de tanto trabajo, es lo mínimo —bromeó.

—Pues mi familia es muy aburrida, y te advierto desde ya que voy a estar más tensa que la cuerda de un violín. Por lo general, puedo llegar a explotar de los nervios en menos de cuatro minutos, aunque tal vez tu presencia aplaque a mi madre e inhiba a mi hermano... ¡Pero la posibilidad sigue ahí! Podría ser muy vergonzoso.

Cade le cogió la barbilla con los dedos, divertido.

—Empiezo a sentirme confuso. ¿Quieres que me quede a cenar o no?

Clover respiró muy hondo y asintió.

—Sí. Me gustaría.

—Entonces aquí estaré. —Cade le rozó los labios, pillándola desprevenida, y se alejó un paso—. Voy a ponerme guapo.

—Tampoco te pases, que así ya estás tremendo —murmuró Clover, avergonzada.

La cena de su cumpleaños siempre la ponía nerviosa, pero aquella noche lo estaba especialmente.

No sabía cómo se le había podido ocurrir algo así. Invitar a Cade, a Cade Harrison, a cenar había sido la idea más estúpida que había tenido en años.

No le cabía ninguna duda de que su madre se iba a quedar alucinada, y merecería la pena solo por disfrutar de ese momento, pero después de aquella noche, Nadia O'Brian se pondría a exigirle que la mantuvieran al corriente de todo lo relacionado con ella y Cade.

Cada día. Cada hora. Cada minuto.

Ya le había ocurrido en el pasado, en su época estudiantil. Clover llevaba un tiempo saliendo con el hijo de una amiga de la familia y Nadia la había estado estresando durante toda la relación. Cuando por fin rompió con Simon, su madre empezó a dar rienda suelta a sus sermones favoritos...

«¡No volverás a encontrar a otro chico tan valioso y paciente como para aguantar tus rarezas!».

«¡No tienes buen criterio para los hombres y, cuando el destino te pone a uno bueno delante, lo echas a perder sin motivo!».

«¡No debes aspirar al príncipe azul, Clover, o te quedarás sola para siempre!».

Etcétera, etcétera.

Así que, aquella noche, Nadia imaginaría, erróneamente, que entre Cade y ella existía algo. ¿Cómo reaccionaría cuando se enterase de que Cade tenía que regresar a Los Ángeles?

La atormentaría durante años.

Tuvo que pensárselo mucho antes de invitarle a cenar. Sorprender a su madre y a Patrick con la presencia de un gran actor estaba bien, pero decirles que no habría una «segunda vez» solo acentuaría sus pullas.

Como si para ella no fuera ya suficientemente duro pensar que Cade se iría.

Pero bueno, hecho estaba. Ya no podía retirarle su invitación, y tampoco quería hacerlo. Intentaría explicarle a su madre que Cade estaba de paso, que no estaban juntos y que no debía decirle a la gente que estaba en Staten Island. La idea de causar una mala impresión a semejante celebridad haría enmudecer a Nadia, aunque el dolor de no poder presumir de aquella cena delante de sus amigas se le haría insoportable.

Para ahuyentar todas sus preocupaciones, trató de concentrarse en la ardua tarea de elegir qué ropa ponerse.

La cama estaba cubierta por ropa que había cogido y después descartado. Tenía un menú sencillo pero apetitoso para sus invitados, un nuevo y elegante salón y un invitado de honor. No podía estropearlo todo poniéndose cualquier trapo.

Un golpecito en la puerta entreabierta y la voz profunda de Cade llamándola le hicieron dar un respingo.

—¡Un momento! —exclamó, mirando a su alrededor con un sentimiento de frustración.

Parecía que el armario había vomitado todo su contenido sobre la cama y el suelo. Estaba sin maquillaje, con el pelo mojado y un viejo albornoz que apenas la cubría. ¡La estampa perfecta para regalarle al hombre más deseado de América!

–¿Pero tú no ibas a ponerte guapo? –soltó, sujetándose el albornoz a la altura de la cintura.

–Me dijiste que no me pasara, así que fui rápido. También he llevado los platos a la cocina. –Cade parecía divertido, como siempre que ella estaba en apuros–. ¿Estás presentable?

–Se podría decir que sí. –Clover fue a abrir la puerta y se quedó sin aliento–. Menos mal que no te has pasado –murmuró, contemplando aquel ejemplo de virilidad, con su camisa negra, vaqueros grises y una sonrisa despampanante. Se había afeitado y aún tenía el pelo ligeramente húmedo en la nuca. Y su olor... ¡Dios, llevaba un perfume irresistible!

Cade también la estaba contemplando a ella, desde su melena pelirroja hasta sus pies descalzos, pasando por su atrevido albornoz. Clover sintió un cosquilleo en la piel bajo aquella atenta mirada.

Dio un paso atrás, mirándose los pies descalzos para tratar de distraer a sus hormonas revueltas. No tenía tiempo de abalanzarse sobre él.

–No sé qué ponerme.

–A mí no me disgusta lo que llevas puesto, pero no creo que tu madre lo aprobase –dijo Cade, haciéndola reír.

–¡Por no hablar de mi hermano...!

Se dirigió hacia su cama para dejarle pasar.

«¡Ahora ya puedo decir que Cade Harrison ha estado en mi habitación!» pensó, mientras le miraba. Sería una buena anécdota para la posteridad.

–Ropa no te falta –observó Cade, mirando la montaña que había sobre su colchón.

–¡Pero no encuentro nada adecuado para la ocasión, y la culpa es solo tuya! –protestó, señalándole el pecho con el dedo–. Si no me hubieras ayudado a preparar una cena decente, no me hubieras regalado un salón precioso y no hubieras honrado mi casa con tu ilustre presencia, ahora estaría en mi caótica cocina, con unos vaqueros y una camiseta que pone SÍRVEME OTRO VASO, ¡QUIERO EMBORRACHARME!.

Obviamente mi madre la detesta, pero creo que expresaría a la perfección lo que pienso cada vez que viene de visita.

Habría pedido una pizza, que se come rápido y me permite terminar la cena enseguida, y luego habría intentado convencer a Zoe y Lib para que me llevaran a cualquier discoteca y beber para olvidar las horas pasadas con mi familia y el maldito pensamiento de ¡haber envejecido un año más!

A su lado, Cade permanecía impasible.

–¿Quieres que me vaya? Puedo destrozarte el sofá, ensuciarte la cocina, coger la cena y comérmela solo, si eso te hace sentir mejor.

Aliviada por su tranquilidad, Clover suspiró y se inclinó sobre la cama para rebuscar entre su ropa.

–Al menos ayúdame a elegir algo adecuado...

De pronto, se encontró con el brazo de Cade alrededor de su cintura, y sintió que estaba contra su robusto pecho. Al sentir su cuerpo tan cerca y caliente contra su espalda y sus piernas desnudas, se tensó de repente.

–Ahora mismo no me apetece ayudarte a elegir un vestido, prefiero quitarte este trapo –le oyó murmurar cerca de su oído.

–¿Cómo...? –balbuceó ella, sin apenas atreverse a respirar.

–Soy un buen tío, Clover, pero no soy de piedra. Así que, si no quieres que me abalance sobre ti, no te vuelvas a inclinar sobre esa maldita cama llevando un ridículo albornoz para niños. Falta solo media hora para que llegue tu familia, y preferiría tener más tiempo... –Cade le dio un beso en la sien y se apartó, yendo a sentarse en el otro extremo de la cama.

Le temblaban tanto las piernas que se desplomó sentada en el colchón. Se atrevió a echar un vistazo a la cara de Cade para asegurarse de que no era la única que tenía un deseo desenfrenado estampado en el rostro, pero ese fue un error mayor: él tenía fuego en los ojos, y un sofoco de calor la golpeó al sentirse tan deseada.

Volvió a mirar su ropa y cogió algo del montón, al azar. La casualidad quiso que cayera en sus manos la misma camiseta de la que le había hablado antes, y el mero hecho de verla calmó toda la tensión.

–¡Aquí está, mi armadura contra las cenas con mi familia! Me está tentando como el mismísimo diablo.

Se la lanzó a Cade, que la cogió y la miró. En la parte de atrás había una fotografía de su cara sobre la mesa de un *pub* y una botella de cerveza en la mano, mientras que en la parte de delante estaba la frase que tanto detestaba su madre.

Cade rio, maravillado.

–Es fantástica.

Clover sonrió.

–Fue idea de Zoe. Me hizo esa foto la noche en que cumplí veintiséis años y después la estampó en una camiseta. Desde entonces, me la pongo a menudo, y mi madre no puede con ella.

–Entonces deberías ponértela –dijo Cade, devolviéndosela y mirándola con ojos traviesos.

–¿Estás de coña? ¿Ponerle a mi madre en bandeja la oportunidad de darme un sermón, justo ahora que estoy a punto de ser su hija favorita por el simple hecho de tenerte en la mesa?

–¿Eso es lo que quieres? ¿Ser su hija favorita?

Clover reflexionó sobre esa pregunta. Muchas veces había intentado, sin éxito, impresionar a su madre, aunque conseguirlo podría resultar un arma de doble filo. Aquella noche no era más que un paréntesis en su vida, al año siguiente volvería a estar sola el día de su cumpleaños, y su madre no perdería la ocasión de recordárselo.

No tenía sentido que se esforzara tanto.

–Tienes razón –suspiró–. Mejor no acostumbrarla demasiado. Tener una hija casi normal delante de sus ojos elevaría demasiado sus expectativas.

–Si esa camiseta te hace sentir cómoda, póntela. No tienes que impresionar a alguien que no respeta tu personalidad –le dijo Cade, con dulzura–. Además, no creo que una frase ingeniosa te convierta en una vergüenza para la familia O'Brian.

«Seguro que tienes algún defecto que anula todas tus maravillosas cualidades» pensó Clover, frustrada, sin mirarle. Le estaba siendo muy difícil resistir el impulso de lanzarse a sus brazos y besarle hasta perder el sentido.

Finalmente, optó por ponerse unos vaqueros ajustados, que le daban un aire sexi, y un jersey morado para llevar debajo de la camiseta. Miró a Cade y arqueó las cejas.

–Tengo menos de veinte minutos para prepararme. ¿Crees que serás capaz de resistir tus bajos instintos mientras me cambio, o prefieres esperarme abajo? –bromeó, metiendo la mano en el nudo del albornoz.

Al ver la expresión de conflicto de Cade, y la fugaz mirada que echó a su reloj, soltó una carcajada y le lanzó una almohada.

–¡Piérdete! Ahora bajo.

Mientras Cade salía con una expresión de abatimiento, Clover entró en el cuarto de baño. Se cepilló el pelo hasta dejarlo suave y brillante, se maquilló con cuidado y se vistió. Una vez lista, bajó las escaleras.

Cade estaba en el salón, de pie frente a la ventana, con la mirada perdida en quién sabe qué pensamientos, y Clover se detuvo un momento para mirarlo. Todavía le resultaba extraño tenerlo en su casa, estar a punto de presentárselo a su madre, saber que le gustaba. Temporal o no, la «relación» que había entre ellos era increíble. Solo esperaba poder ocultar lo que había empezado a sentir por él, al menos hasta que regresara a California.

Si no, le bastaría con poder ocultárselo a su madre.

—Tengo cinco minutos para probar mi fabuloso sofá nuevo —dijo ella, llamando su atención.

Cade se dio la vuelta, sonriendo.

—Bien, dime si te gusta.

«Me gustaría incluso si tuviera clavos en vez de cojines, por el simple hecho de que es un regalo tuyo», pensó, sentándose en el centro. Emitió un sonido de placer al sentir la suavidad de la tela y cerró los ojos, reclinando la cabeza en el respaldo.

—Qué maravilla —soltó. Ella le invitó a sentarse, haciéndole un gesto con la mano—. Pruébalo tú también.

Cade se sentó a su lado, extendiendo los brazos sobre el respaldo.

—Pues sí, es muy cómodo.

—Sería genial poder quedarnos aquí el resto de la noche, sin hacer nada.

La mano de Cade se hundió en su pelo y le masajeó la nuca con las yemas de los dedos.

—¿Nada de nada? —preguntó ella, lentamente, acercando su rostro al de él.

Clover abrió los ojos, clavándolos en los de Cade, azules y llenos de deseo, y dejó que él le recorriera el contorno de la cara con los dedos.

—Hueles genial —continuó Cade, hundiendo la nariz en su cuello—. Fue la primera cosa que me hizo fijarme en ti.

—¿La primera? —murmuró Clover, derritiéndose poco a poco—. ¿Y hay muchas más?

—Unas cuantas —dijo Cade, buscando su mirada—. Tus ojos son extremadamente expresivos, grandes y brillantes. Y el pelo... me inspira toda una serie de pensamientos impuros.

—Si sigues así, mi madre no solo se sorprenderá, sino que también se enfadará —susurró ella, seducida por su voz persuasiva.

—¿Tengo alguna posibilidad de llevarte otra vez arriba y convencerte para que pienses que no estás en casa? —sugirió Cade, con su aliento cálido en los labios, acariciándole la espalda con una mano.

Excitada, Clover soltó un pequeño gemido.

—Más de una, en realidad. —Abrió los ojos para mirar aquel rostro perfectamente esculpido, encendido de pasión, y la tentación de echar por tierra la cordura fue casi abrumadora. Pero una súbita imagen de sí misma acurrucada en aquel mismo sofá, llorando tras el regreso de Cade a Los Ángeles, consiguió devolverle una pizca de lucidez.

Sacudió la cabeza lentamente.

—Sería una idea malísima —murmuró—. Una complicación que es mejor evitar.

Cade respiró hondo y la soltó, sin replicar.

El sonido del timbre hizo que se levantaran de un salto.

—Ya están aquí. Prepárate para la noche más larga y aburrida de tu vida —resopló Clover, dirigiéndose hacia la entrada.

Fue a abrirla, deseando no tener cara de haberse pasado los últimos minutos sumida en pensamientos impuros.

Capítulo 8

—¡Mamá, Patrick, bienvenidos! —exclamó, con una sonrisa en la cara.

—¿No puedes hacer nada con el hielo de la entrada? Habría resbalado si no me hubiera apoyado en tu hermano a tiempo —dijo su madre, nada más entrar en casa—. Odio la nieve.

—Lo siento, pero el tiempo tiene la mala costumbre de hacer lo que quiere sin avisarme. Hace que nieve, baja las temperaturas y congela la entrada. ¡Ya no sé qué hacer con él! —replicó Clover.

Su hermano puso los ojos en blanco.

—¿No puedes ser menos borde?

—Se llama sarcasmo, hermanito. Pero no creo que la gente que te rodea sepa usarlo, así que entiendo que no lo reconozcas. —Clover se puso de puntillas para recibir un frío beso de su hermano, y luego lo observó y vio que estaba más delgado que de costumbre. Estaba claro que la sanguijuela de su esposa también había empezado a chuparle la energía vital, así como las ganas de reír.

—Sienna y los niños no han podido venir —dijo. No era ninguna sorpresa. Cada año, su cuñada se inventaba una nueva excusa para no presentarse—. Matthew tiene algo de fiebre, así que Sienna se ha quedado en casa con él. Es una madre muy atenta. Me dijo que te mandara un saludo de su parte —continuó Patrick, lacónico.

–Dale las gracias. –«Y dile que puede metérselas por el...».

Clover se preguntó si su hermano se creería realmente aquella chorrada, o si solo intentaba justificar sus propias malas decisiones, pero evitó expresar las pullas que se le amontonaban en la punta de la lengua.

–¡Madre mía, otra vez esa camiseta! –exclamó su madre, resoplando, con una mirada acusadora–. ¿Lo haces aposta para ponerme de los nervios?

–¡Mamá, me estás ofendiendo! –protestó Clover, llevándose una mano al corazón–. Es un ritual, igual que nuestra cena por mi cumpleaños. ¿Sabes? Hay gente a la que le parece simpática.

–A juzgar por el tipo de personas con las que sueles rodearte, no me sorprende. ¿Quién ha dicho eso? ¿La descarada de tu amiga Zoe, la amargada de tu jefa o el intelectualoide ese que trabaja contigo?

«Ay, ¡qué dulce es la venganza!», pensó Clover, mientras llevaba a su madre hasta el salón.

–No, es un amigo. Lo vas a conocer esta noche, porque va a cenar con nosotros –dijo, tratando de no regodearse demasiado.

Cuando entraron en el salón, Cade se levantó del sofá y Clover mantuvo los ojos fijos en el rostro de Nadia, con ganas de no perderse ni el más mínimo detalle de aquella escena.

–Buenas noches, señora O'Brian –le oyó decir.

El rostro de su madre palideció y luego se ruborizó. Una ávida lectora de revistas de cotilleo como ella habría reconocido a un famoso incluso en medio de una gran multitud, pero no estaba preparada para enfrentarse a una estrella de ese calibre, ¡y menos en el salón de su hija! Sentía como si le hubiesen sacado el aire de los pulmones.

Patrick también parecía confuso. Desde luego, él no era un entendido en personajes del mundo del espectáculo, pero le encantaban las películas de acción y seguro que había visto la última protagonizada por Cade.

—Mamá, ¿estás bien? —preguntó Clover, en un tono dulce.

Nadia se recuperó del choque y extendió la mano hacia el actor.

—¡Cade Harrison! ¡Es una gran sorpresa verlo aquí!

Cade sonrió y estrechó educadamente la mano de los recién llegados.

—Siento colarme en una cena tan íntima y especial como esta.

—No diga eso ni de broma, es un honor tenerle con nosotros.

—Como ves, Cade, habrá comida suficiente a pesar de que te has unido en el último momento, porque mi cuñada no ha podido venir —le explicó Clover, lanzándole una mirada cómplice. Por la tarde, mientras cocinaban, le había hablado de la mala relación que tenía con Sienna.

—¿Comida? —preguntó Patrick—. Es un acontecimiento extraordinario. Normalmente, a mi hermana solo le gusta la comida basura.

—Un intento de sarcasmo, ¡qué bien! ¿Ves que poco a poco vas aprendiendo?

Por un momento, se hizo el silencio en la sala. Entonces Clover se llevó las manos a la altura del estómago.

—No sé vosotros, ¡pero yo tengo mucha hambre! ¿Vamos a la mesa?

—Quizá estaría bien que les sirvieras un aperitivo a tus invitados en el salón —dijo su madre, entre dientes—. ¡Tienes a un actor de fama mundial en tu casa, por el amor de Dios, compórtate con una pizca de elegancia! —añadió, en voz baja.

Mientras Clover reprimía el impulso de ponerse a dar volteretas solo para avergonzarla, Cade acudió en su rescate.

—Cenar me parece una idea estupenda. Tu hija ha estado cocinando toda la tarde y el buen olor que hay aquí me está tentando desde hace un buen rato —dijo, mirándola con ojos llenos de referencias ocultas.

«¡Por Dios, cásate conmigo!», deseó Clover con todas sus fuerzas. Era maravilloso tener un aliado tan encantador.

—¿Has cocinado tú? —preguntó Patrick, fingiendo admiración—. Tendrás un digestivo, ¿verdad?

—Qué gracioso eres. —Clover le cogió la mejilla entre los dedos y se la apretó—. Estar conmigo está empezando a hacerte bien.

Su madre los miró con mal disimulado recelo, exactamente igual que cuando los pillaba haciendo alguna travesura de pequeños.

—No tenía ni idea de que mi hija le conociera. No me lo había contado —le dijo entonces a Cade, con una pizca de reproche en su voz.

Cade no se inmutó.

—No creo que tuviera tiempo, y además le pedí que fuera muy discreta al respecto. Estoy en Nueva York de incógnito.

—Ah, por supuesto, le comprendo perfectamente. ¡El ambiente del mundo del espectáculo puede ser tan estresante a veces!

—¿Usted también está en el mundillo? Su rostro no me es del todo desconocido.

Clover fingió vomitar, a espaldas de su hermano, y Cade ocultó una sonrisa en una tos.

—Mi rostro aparecerá muy pronto en una campaña publicitaria de unos productos de belleza. Nada comparado con el brillante mundo en el que se mueve usted, señor Harrison.

—Llámeme Cade, por favor.

—Será un honor.

—Un par de frases más como estas y conseguirás que tenga un orgasmo en la mesa. ¿Podrías ahorrarme esa escena? —murmuró Clover, al pasar junto a él.

—¿Cómo os conocisteis? —preguntó Patrick, una vez sentados. Parecía extrañamente intrigado y Clover arqueó las cejas. Su hermano solía ser muy protector con ella, pero una vez casado y tras una lobotomía, las cosas habían cambiado drásticamente, así que la pregunta la sorprendió.

—Un amigo que vive aquí me habló de los servicios de Giftland —mintió Cade—. Clover me echó una mano con los regalos de Navidad.

—Bien. Espero que mi hija haya podido aconsejarle.

—Desde luego. Tiene grandes ideas y un espíritu navideño realmente contagioso. —Cade le lanzó una mirada y sonrió—. Hacía años que no me divertía tanto. Es una chica extremadamente simpática y original, aunque usted lo sabrá mejor que yo, señora.

Al ver que su madre casi se atraganta con un sorbo de vino, Clover se sintió dispuesta a jurarle amor eterno a Cade.

La cena prosiguió tranquilamente, mejor de lo esperado. Sin embargo, Clover no dejaba de mirar el reloj con la esperanza de que se terminara pronto. La presencia de Cade actuaba como un amortiguador entre ella y su madre, e intimidaba a su hermano, pero no evitaba las sutiles pullas que su familia siempre estaba dispuesta a lanzarle. Además, Nadia le daba náuseas con su actitud empalagosa. Estaba a un paso de coquetear descaradamente con Cade y arriesgarse a que se muriera de vergüenza. Le miraba con una expresión tan voraz que habría volcado de buena gana la botella de vino sobre su cabeza.

Su presencia se hizo inútil, reducida a unas pocas bromas en el transcurso de la cena, la mayoría de las veces ignoradas o interrumpidas por algo mucho más interesante que su opinión. La viuda O'Brian no dejaba de entretener a su invitado, y su hijo la escuchaba en un silencio total. Clover se vio sirviendo en la mesa y recogiendo platos como si fuera una camarera, totalmente desatendida, de no ser por las constantes miradas de Cade.

¡La cena de su cumpleaños, una mierda! Ni siquiera le habían deseado un feliz cumpleaños, y su madre había vuelto a traer un banal surtido de galletas de postre. ¡Nunca se le pasaba por la cabeza traerle una tarta de verdad con velas!

Jugueteó con la comida sin conseguir comer más que unos bocados, pero a cambio bebió mucho. Por desgracia, estaba lejos de emborracharse, pero esperaba que ocurriera pronto para poder olvidar las dos últimas horas.

—Clover, ¿no tienes hambre? No has comido casi nada —dijo Cade. Al menos él sí se había dado cuenta.

Clover hizo una mueca y se señaló la camiseta. Luego alargó una mano hacia la botella de vino. Cade pareció comprender y sonrió, sirviéndoselo personalmente.

—¿Va a quedarse mucho más tiempo aquí? —preguntó Nadia, captando la atención del hombre.

Cade dudó.

—No, no mucho.

En ese momento, Clover se levantó de la silla. Lo último que necesitaba en aquel momento era pensar en la marcha de Cade.

—¿Queréis postre? —les preguntó, dando una vuelta alrededor de la mesa.

—Estoy muy contenta de haberle conocido —continuó su madre, ignorándola—. Inesperadamente, nos ha alegrado la cena.

«¡Muchas gracias, mamá!», pensó Clover. Aturdida, cogió el vaso de Cade y lo vació de un trago, luego lo apoyó con fuerza en la mesa, llamando la atención en general.

—¿Queréis postre o me lo tengo que comer yo sola? Puedo sentarme en algún rincón del suelo para no molestaros mientras mastico, si queréis.

—¡Clover! —la regañó Nadia, con la cara roja—. ¿Te parece que eso son buenos modales?

—¿De verdad vas a sermonearme ahora mismo? —replicó ella, poniendo una mano en el hombro de Cade y retando a su madre a montar una escena.

—Trae el postre, Clo —intervino Patrick, intentando calmar los ánimos.

—¡Ahora mismo, señores! —Clover se dirigió hacia la cocina, mientras escuchaba la suave voz de su madre disculpándose con Cade.

—No se preocupe —respondió él. Después apartó la silla y se levantó—. Si me disculpan, acabo de recordar que tengo que hacer unas llamadas urgentes.

Clover dejó caer una de las galletas que estaba colocando en un plato.

—¿Adónde vas?

Cade la miró con expresión tranquila.

—He dejado el móvil en casa.

—Si es por lo que ha pasado... —empezó Nadia, pero Cade negó con la cabeza.

–En absoluto, faltaría más. Discúlpenme.

Clover le vio salir de la cocina y le siguió y le siguió, casi corriendo tras él.

–¡No te vayas, por favor! –le dijo en voz baja, agarrándolo por el brazo.

–Necesito hacer esas llamadas de verdad...

–Toma. –Clover sacó su teléfono móvil del bolsillo y se lo puso en la mano–. Te presto el mío. De hecho, te lo regalo, ¡pero no te vayas!

–No puedo hacerlas aquí –dijo, sonriendo.

–¡Te lo ruego, te lo suplico! ¡No me dejes sola con esos dos! Mi hermano se ha estado mordiendo la lengua durante la cena, pero ella... ¡me morderá a muerte si sales por esa puerta!

Cade negó con la cabeza, pero Clover volvió a avanzar.

–¿Qué quieres que haga? Puedo ponerme de rodillas... incluso podría engancharme a tu pierna y obligarte a arrastrarme hasta tu puerta.

Cade soltó una risita e intentó decir algo, pero Clover se le adelantó.

–Dime lo que quieras, lo que sea... ¡Te ayudaré con los regalos para tu familia, todos los días, gratis!

–Como si tuviera problemas de dinero...

–¡Pero con los regalos, sí!

–Me has dado ya tantas ideas que podría hacer feliz a todo un ejército. –Cade puso la mano en el pomo de la puerta y Clover levantó un brazo para detenerle.

–¡Me acostaré contigo! –soltó. Le habría prometido cualquier cosa con tal de evitar que se marchara. Lo vio volverse hacia ella, con una ceja arqueada y una expresión terriblemente encantadora en el rostro.

¿En serio le había convencido?

—Hombres... ¡sois todos iguales! —protestó ella, cruzando los brazos sobre el pecho.

Riéndose entre dientes, Cade se acercó a ella y le sostuvo la barbilla entre el pulgar y el índice.

—Solo voy a hacer un par de llamadas, cariño —le dijo, con una dulzura sin igual—, pero pienso volver pronto.

Clover pestañeó, confusa. Luego dio un paso atrás.

—¡¿Y no podías haberme dicho eso desde el principio?!

—Si me hubieses dejado hablar...

—¿Tan urgentes son?

—Sí.

—¿Te darás tanta prisa como puedas? —murmuró ella.

Cade le rodeó la nuca con la mano y la atrajo hacia sí, robándole un beso breve, pero intenso.

—Te lo prometo.

Cuando lo vio correr hacia su casa, Clover estuvo tentada de esperarlo en la puerta, pero se obligó a cerrarla y volver a la cocina.

En cuanto la vio, su madre se puso en pie de un salto.

—¡Eres una maleducada de mucho cuidado! ¿Cómo puedes comportarte así con una persona como él en casa? Me sorprende que hayas sido capaz de convencerle de que viniera a cenar.

—Puede que yo sea una maleducada, pero tú no tienes decencia, mamá. ¡Estuviste a punto de babearle encima!

—¿Cómo te atreves?

—¡Has acaparado la conversación y me has ignorado a propósito cada vez que he intentado hablar! —soltó Clover, lanzándole las galletas al plato como bombas al enemigo—. ¿Qué es lo que tanto te molesta? ¿Que yo, justo yo, haya llegado a conocer a alguien tan famoso como Cade, mientras que tú, a pesar de tus esfuerzos, nunca has llegado tan lejos? ¿O es que temes que yo sea más interesante que tú a los ojos de un hombre como él? ¡Pues siento ofender a tu ego, pero creo que esta vez es así!

—¿Porque te acuestas con él? —preguntó Patrick, con una expresión seria.

—¡Porque no tengo la edad de su madre! —soltó Clover—. ¡Y porque un tipo como Cade ya no sabe qué hacer con los halagos de la gente!

—La verdad es que no sé de quién has heredado ese carácter tan molesto que tienes —murmuró su madre, irritada—. Ahora que has hecho que se marchara disgustado, ¿te sientes satisfecha?

—Cade solo se ha ausentado un momento, volverá enseguida. —Clover colocó bruscamente el plato sobre la mesa—, así que enfúndate los colmillos y contrólate.

—¿Por qué iba a cenar un tipo tan famoso con unos simples mortales como nosotros? —preguntó Patrick, perplejo—. Le ayudaste con los regalos, vale, pero eso no es razón suficiente para asistir a una fiesta familiar.

—Será que le parezco lo bastante simpática como para aceptar una invitación a cenar. A diferencia de tu mujer.

Aquel golpe bajo hizo callar a su hermano y Clover disfrutó de los siguientes minutos de calma.

Después de varias llamadas y unos cuantos minutos, Cade regresó a casa de Clover, bastante satisfecho con la idea que se le había ocurrido.

La cena de cumpleaños había sido un desastre, Clover no se había divertido nada y había comido poquísimo. Cade la entendía, a pesar de no haber vivido una situación igual en su vida. Su familia estaba muy unida y era algo caótica, pero nadie competía por llamar la atención ni menospreciaba a los demás para destacar...

Si no hubiera sido por su edad, probablemente Nadia O'Brian le habría tirado los tejos al final de la noche. Y, aunque la admiración que le tenía la gente no era nada nuevo para él, se había sentido terriblemente avergonzado por tener que agasajar a la madre de Clover. Su caballerosidad innata y su clara intención de no enemistarse con aquellas personas le habían animado a ser educado en todo momento, aunque le había resultado difícil no salir en defensa de Clover cada vez que le dirigían un comentario desafortunado. Había intentado varias veces que el foco de atención general volviera a centrarse en la cumpleañera, como debía ser, pero no había salido bien y eso no parecía haberle gustado a la propia Clover. Ella más bien estaba ansiosa por que la cena acabase pronto y había tratado de desentenderse de la conversación lo máximo posible, excepto cuando no le quedaba otra que responder amablemente a las palabras de su madre.

Sus divertidas muecas y su tono cargado de ironía le habían amenazado con hacerle reír en más de una ocasión, y él solo se había contenido por extrema cortesía.

De nuevo en aquella casa, se dirigió a la cocina, donde encontró a los O'Brian sumidos en un silencio sepulcral. Clover estaba de pie junto a la nevera, con los brazos cruzados y una expresión feroz en su precioso rostro. Al verle otra vez allí, se tranquilizó un poco, y Cade le dirigió una sonrisa alentadora.

—Discúlpenme la descortesía, pero no podía posponerlo —dijo, en beneficio de los familiares de Clover—. Espero no haberles hecho esperar demasiado.

—No se preocupe. Este momento de pausa nos ha dado tiempo para hacerle hueco al postre —sonrió Nadia, recuperando los ánimos.

—Galletas normales y corrientes —enfatizó Clover, sentándose a su lado—. Las tartas de cumpleaños están pasadas de moda, ¿lo sabías? —añadió con acidez.

—Ya no tienes dieciocho años, cariño. Dentro de poco, dejarás de celebrar el paso del tiempo, igual que con la tarta —dijo Nadia en un intento fallido de ironía.

Cade deslizó una mano sobre la rodilla de Clover en un gesto de consuelo. Cuando sintió la pequeña mano de la chica sobre la suya, giró la palma y entrelazó los dedos con los finos y fríos dedos de ella.

Él también estaba deseando que se terminara la cena.

No duró más de media hora, pero le pareció un siglo. Cuando por fin pasaron al salón, Cade se quedó de pie junto a la ventana para no dar la impresión de que se estaba poniendo cómodo. Sabía que Clover se tranquilizaría solo cuando viera a su familia salir de su casa, así que él también estaba impaciente para que eso ocurriera.

—¿Has cambiado los muebles? —le preguntó Patrick a su hermana, mientras miraba a su alrededor.

Clover le miró, insegura, y Cade negó con la cabeza. No quería que nadie se atribuyera el mérito de aquella elección. Quería que Clover se lo llevara. Al fin y al cabo, lo único que había hecho él había sido meterse la mano en la cartera.

—Ya era hora —la oyó responder, encogiéndose de hombros.

—Aquí tienes mi regalo. —Nadia cogió un pequeño paquete recubierto por un envoltorio multicolor y se lo entregó—. Este año no me has dado muchas opciones, así que no será una sorpresa.

–No importa, mamá.

Clover rasgó el papel de regalo y descubrió un frasco de perfume de colores con la tapa cubierta de brillantitos. Cade lo había visto en su habitación, así que supuso que era su perfume habitual, y a juzgar por las palabras de su madre, debía de ser una clara indirecta.

Ella no solo se esperaba ese regalo, sino que había sido ella la que lo había escogido personalmente.

Se le encogió el corazón. Clover, que ponía tanto empeño a la hora de recomendar el regalo perfecto para sus clientes, unos completos desconocidos, se veía obligada a hacer lo mismo con los miembros de su propia familia, y acababa desenvolviendo paquetes de regalo muy elaborados sin ninguna emoción o ilusión en sus ojos. Prefería recibir algo útil a desenvolver una decepcionante sorpresa que le demostrase, una vez más, la poca consideración que aquellas personas tenían por ella.

Él sintió el deseo irrefrenable de querer llenarla de regalos.

El paquete de su hermano contenía un libro, probablemente también escogido por Clover, y Cade a duras penas pudo contener una mueca. No conocía a Patrick lo suficiente como para juzgarle, pero sin duda podía haberlo hecho mejor. O quizá él era diferente a los demás, al haberse criado en una familia donde los sentimientos se expresaban sin miedo.

Cuando los O'Brian por fin se despidieron, Cade soltó un suspiro de puro alivio. Sintió una chispa de placer pícaro al notar que ella quería que él se quedara más tiempo en su casa, y en cuanto cerraron la puerta, resolvió ese placer cogiendo a Clover en brazos.

Ella escondió el rostro en su pecho y se dejó estrechar entre sus brazos.

—Por fin se ha terminado —murmuró.

—Cuando me dijiste que tenías una mala relación con tu familia, no exagerabas —bromeó él, acariciándole la espalda.

—¡Y eso que no has visto nada! Tu presencia ha hecho que la cena durase una hora más de lo previsto, pero también ha ahorrado muchas puñaladas.

—Me alegro de haberte ayudado —dijo Cade, sonriéndole—. Ahora que lo peor ya ha pasado, ¿te apetece que demos una vuelta?

—¿Ahora? ¿En serio?

—¿No era eso lo que solías hacer para olvidarte del recuerdo de las cenas con tu familia? Yo no soy Zoe, ni Liberty, pero también puedo ayudarte a distraerte.

—Estoy segura de que sí —dijo ella, regalándole una mirada cargada de indirectas. El alivio de saber que se había librado de su familia, o quizá el alcohol, hacía que sus ojos fueran aún más expresivos y elocuentes que de costumbre.

Observándola, Cade sintió su cuerpo lleno de energía mientras una carga de deseo le atravesaba como un rayo.

Maldita sea, ya había organizado las cosas, no podía cambiar de idea en el último momento...

¿O sí?

Clover le puso las manos en el pecho y lo acarició con suavidad.

—Ya es bastante distracción el hecho de que sigas aquí después de la tremenda noche que te he hecho pasar.

—Justo por eso tienes que salir conmigo. Para sentirte menos culpable —dijo, tratando de concentrarse en el presente y no en la facilidad con la que Clover despertaba todos sus sentidos con sus deditos. Tal vez, al final de la noche, podrían volver al tema...

—Muy bien, vayamos fuera. ¿Tengo que cambiarme o voy bien así?

Cade cogió el borde de la divertida camiseta de Clover y se la quitó por la cabeza.

—Listo, ahora sí que estás perfecta.

—¡Qué brío! Di la verdad, ¡a ti tampoco te gusta mi pobre camiseta!

—Ahora mismo no me gusta ninguna de las prendas que llevas, pero voy a ser bueno y me voy a reservar lo mejor para después.

Clover abrió mucho los ojos.

—¿Es que va a haber un «después»?

—Hace un rato me prometiste algo, ¿o me equivoco?

—¡Pero eso fue antes de saber que ibas a volver!

Cade la agarró de las caderas y las pegó a las suyas.

—¿O sea que has cambiado de opinión?

—Hum... Ahora mismo no puedo razonar con claridad. Lo poco que he comido, la cantidad de vino que he bebido y el aprecio que siento por ti por haber sido mi aliado durante la cena... son elementos que juegan a tu favor y bastante en contra de mi cordura —dijo ella, acercándose aún más a él.

Cade tuvo que contenerse para no sucumbir, aunque se sentía igual que un cavernícola a punto de arrastrar a su mujer a la cueva más cercana...

—Como te quiero sobria, no voy a aprovecharme de esa ventaja —suspiró. La cogió de la mano y la acompañó hasta la entrada, donde cogió sus chaquetas—. Vámonos.

Cuando salieron en dirección al coche de Cade, el frío intenso pareció dar el impulso adecuado a sus deseos.

—¿Adónde me llevas? —preguntó Clover, cubriéndose la cara con la bufanda para entrar en calor.

–A comer algo. No has probado bocado y necesitas llenar el estómago para absorber el vino que has bebido.

–¿Y tú? ¿Me vas a ver comer o todavía hay espacio bajo ese abdomen tonificado?

–Siempre hay espacio, sobre todo para la grasa y la fritanga.

–¿Grasa y fritanga? ¡Qué maravilla! –exclamó ella, haciéndole suspirar satisfecho.

Esa era justo la reacción que esperaba.

Capítulo 9

La pizzería que había en las afueras del Village parecía un lugar tranquilo y Cade esperaba que estuviera a la altura de sus expectativas. Solo había pedido una cosa para esa noche: disfrutar un poco de intimidad a pesar de que fuera un lugar público.

–¿Pizza? –preguntó Clover, con una amplia sonrisa, al ver el letrero luminoso.

–Por lo que parece, las cenas formales no son lo tuyo –bromeó Cade, cogiéndola de la mano.

–Son casi las once, estará a punto de cerrar...

–No te preocupes. –Cade le puso la mano en la cadera y la invitó a pasar.

–¡Sorpresa! –gritaron Zoe, Liberty y Eric desde un reservado al fondo de la sala. Los demás presentes levantaron la vista, intrigados, y Cade deseó no llamar demasiado la atención. Por un momento, se arrepintió de no haber organizado aquella fiesta sorpresa en su casa. Cualquiera podría reconocerle, avisar a los periodistas y hacer que su paz se fuera al traste.

Pero cuando se volvió para mirar a Clover, que estaba mirando a sus amigos y a la pizza gigante con los ojos como platos, pensó que había valido la pena. Parecía realmente sorprendida... Quién sabe cuántas fiestas sorpresa le habían organizado alguna vez antes de aquella. A juzgar por cómo le brillaban los ojos, el número debía de ser tristemente pequeño.

–Oh. Dios. Mío –silabeó Clover, acercándose a la mesa–. ¡Esto sí que no me lo esperaba!

Eric, Zoe y Liberty se turnaron para saludarla, darle un beso, desearle lo mejor y darle pequeños regalos. Confundida y a la vez feliz, Clover dio las gracias a todos, pero su mirada volvió a dirigirse hacia la pizza.

–Tiene mi nombre escrito con patatas fritas –dijo, mirando las caras de los presentes con estupefacción.

Zoe señaló a Cade.

–Idea suya.

Clover se volvió para mirarle, sin habla, y Cade se encogió de hombros.

–También obtuve esa información gracias a uno de tus muchos monólogos habituales. Me parecía una idea muy mona.

–Tú sí que eres mono –murmuró ella, cogiéndole la cara entre las manos y dándole un beso apasionado. Cade la abrazó, feliz como un niño ante la idea de haberla emocionado tanto como para haber provocado ese gesto en ella, y no la soltó hasta que escuchó la tímida tos de Eric.

–Feliz cumpleaños –le dijo suavemente al oído.

–Gracias, Cade. –Clover le dio una caricia, después se volvió hacia sus amigos y tomó asiento en la mesa.

Cenar con ellos fue muy distinto. Clover y sus amigos se conocían muy bien, estaban en perfecta sintonía y no tardaron en incluirlo en sus conversaciones, haciéndole sentir parte del grupo. Después de una hora hablando y saciados de comida basura, todos estaban felices y eran los únicos que quedaban en el local. Una camarera pasaba a menudo para traerles bebidas y no perdía ocasión de lanzarle miradas a Cade, que estaba demasiado ocupado divirtiéndose como para darse cuenta. Ninguno de ellos le había tratado como un famoso, se habían comportado con total naturalidad.

Conforme avanzaba la noche, había empezado a conocerlos. Zoe, por ejemplo, no era para nada la *femme fatale* que se esforzaba en aparentar, sino más bien alguien que esperaba ocultar algunas inseguridades tras una fachada de chica pícara y descarada. Por otro lado, Liberty se hacía pasar por una líder seria e inflexible para desviar la atención de una dulzura y sensibilidad que tal vez la asustaban. Y, por último, Eric, con sus gafas de sabelotodo, además de su ironía y gran inteligencia, encerraba en sí tanto amor que sería capaz de enternecer hasta el corazón más duro. Eran realmente un buen grupo.

Pasada la una de la madrugada, se marcharon.

Clover se despidió de sus amigos diciéndoles que volverían a verse a la mañana siguiente en la tienda, pero Liberty le dio permiso para descansar. Cade agradeció a Zoe la rapidez con la que había organizado aquella sorpresa y se despidió de todos.

—¿Ya te has quedado llena? —le preguntó a la cumpleañera, mientras la acompañaba hasta el coche.

—Llena y muy contenta. —Clover alzó el rostro hacia él—. No sé por qué lo has hecho, ni cómo agradecértelo. Solo sé que no voy a olvidarlo nunca.

Cade estaba a punto de inclinarse para acercarse a sus labios, cuando vio algo que le resultó muy familiar. Un hombre en un coche blanco, no muy lejos, parecía estar sacándoles una fotografía con un teléfono móvil.

¡Mierda!

Cade se tensó. Sin decir nada, aumentó el paso para llegar al todoterreno y se puso al volante, sin perderle la pista al tipo del coche.

–¿Ocurre algo? –preguntó Clover, extrañada.

–Espero que no –respondió él, mientras controlaba la situación mediante el espejo retrovisor. De repente, aquel hombre parecía estar empeñado en fotografiar rascacielos, y Cade se preguntó si se habría precipitado al pensar mal. Quizá no fuera un paparazi, sino un simple ciudadano o turista que desconocía quién era.

Dio marcha atrás y se introdujo en el tráfico. Hasta aquel momento, había sido capaz de mantener en secreto su presencia en Nueva York, a pesar de sus paseos con Clover. Los medios de comunicación parecían ajenos a él y esperaba que su estancia en la ciudad siguiera pasando desapercibida. Estaba empezando a disfrutar de sus vacaciones y no quería que los periodistas se las estropeasen.

Sin embargo, al cabo de un par de kilómetros, volvió a ver al coche blanco en su retrovisor y en ese momento la coincidencia le pareció de lo más sospechosa.

–Dios –dijo, pisando el acelerador.

–¿Qué pasa?

–Creo que alguien me ha reconocido y está a la caza de una primicia. Nos está siguiendo un coche, el mismo que estaba en el *parking* de la pizzería hace unos minutos.

–Noche arruinada, supongo –dijo Clover, suspirando.

Cade se sintió culpable. Por culpa de su cara, aquella noche amenazaba con terminar igual que había empezado, es decir, mal.

¿Por qué no le dejaban en paz? ¡Él también tenía derecho a disfrutar de un poco de privacidad!

Molesto, se desvió bruscamente, haciendo un giro en forma de U que hizo que Clover se sobresaltara.

—¿Qué estás haciendo?

—Si quiere una primicia, tendrá que verme la cara, ¿no? —masculló—. Bien, pues se lo voy a poner fácil.

—¿No sería más fácil parar el coche y dedicarle cinco minutos de tu tiempo? No creo que ir directamente hacia él sea lo más sensato —murmuró Clover, agarrándose con fuerza a la manilla de la puerta.

Cade la observó.

—Si me detengo, mañana todo el mundo sabrá dónde estoy y con quién. ¿De verdad quieres que haga declaraciones para la prensa?

Clover dudó y luego negó con la cabeza.

—Claro que no.

Cade volvió a mirar el coche blanco. La calle estaba prácticamente desierta, así que pudo jugar sin demasiado riesgo. Cuando estuvo seguro de haber asustado lo suficiente a su perseguidor, retomó el camino correcto, pasando por su lado en sentido contrario. Estuvo a punto de bajar la ventanilla y mandarle a la mierda, pero lo dejó pasar.

Clover, sin embargo, no lo hizo.

Sin perder tiempo, bajó la ventanilla y sacó la cabeza.

—¡Sigue intentándolo, seguro que la próxima vez tienes más suerte! Hasta entonces... ¡Feliz Navidad! —gritó.

Después se quedó un rato en silencio observando la carretera y le dirigió a Cade una mirada de preocupación.

—Lo siento, no he podido contenerme. Espero que no le haya dado tiempo a hacerme una foto...

Cade tensó los hombros.

—Una cabeza saliendo de un coche que ni siquiera es mío es

perfectamente rebatible. Además, no tengo claro que se trate de un paparazi. Llevaba un móvil en la mano, la calidad de esas fotos tiene que ser pésima. Está oscuro y está empezando a nevar... No creo que se te reconozca –reflexionó.

Claro que, si aquel tipo los había estado observando desde su llegada a la pizzería, entonces la cosa era bien distinta...

–Da igual –bromeó ella–. En el peor de los casos, a partir de mañana tendré más clientela en la tienda –luego sonrió pícara–. Y mi madre se moriría de envidia si apareciera en la portada de una de sus revistas favoritas. ¡Casi hasta merecería la pena!

Cade sintió cierta molestia ante aquellas palabras. Cuando la había conocido, Clover parecía de lo más reacia ante la publicidad, el cotilleo y los rumores, pero en aquel momento era como si la idea de aparecer en la portada de una revista del corazón le preocupara menos que a él.

¿Estaba empezando a cogerle el gusto? Tal vez beneficiarse de su fama no le disgustaba tanto, sobre todo si esa era una forma de fastidiar a su madre o de impulsar su propio negocio...

«¿En qué estás pensando? Ella no es como las demás. Seguro que está tratando de restarle importancia para evitar que te pongas nervioso», le sugirió una voz, mientras observaba su dulce perfil.

Suspiró, decidido a no pensar en ello. No quería que unos supuestos paparazis o las dudas dictadas por las experiencias negativas de su pasado le arruinaran la noche. Solo tendría que decidir qué hacer si surgía un problema. Hasta entonces, su intención era disfrutar de sus días de vacaciones... Y de esa mujer.

Cogió su teléfono móvil y marcó rápidamente un número.

—¿Vas a pedir ayuda? —preguntó Clover, intrigada.

—Más o menos.

—¿Tienes contratada a la policía o a un sicario profesional?

—No, pero tengo un amigo pastelero que seguro que nos puede ayudar —Cade le sonrió—. ¿No decías que el chocolate era el remedio perfecto para cualquier mal?

Ella se empezó a reír.

—¡Pero es la una de la madrugada! Tu amigo estará durmiendo...

A Cade no le dio tiempo a contestar, porque escuchó una voz áspera en su oído.

—¿Qué coño quieres a estas horas?

—Yo también me alegro de oírte, Zack. ¿Te he molestado? —dijo entre risas.

—¿Tú qué crees?

—Seguro que no mucho, porque, si no, no habrías respondido tan rápido. Escucha, en nada estaré al lado de tu pastelería. ¿Podrías abrirla para mí?

—Dame una buena razón para no mandarte a la mierda —dijo su amigo, bostezando.

—Mi amiga y yo acabamos de ser acosados por un posible paparazi y necesitamos algo rico que nos levante los ánimos. Además, la chica en cuestión acaba de cumplir veintiocho años y aún no se ha comido su merecida tarta de cumpleaños.

La calidez de la mirada de Clover actuó como un bálsamo y fue capaz de calmar el nerviosismo que se había apoderado de él en los últimos minutos.

Dios, haría cualquier cosa por esa sonrisa...

—¿Esa chica esa te interesa especialmente? —preguntó Zack, como haciéndose eco de sus propios pensamientos.

—Sí —respondió Cade, sin dejar de mirar a Clover.

—Vale, creo que tengo algo perfecto para ti —suspiró su amigo—. Mándame un mensaje con el nombre y algún dato sobre la chica... Y prométeme que me dejarás dormir en un tiempo razonable. La pastelería está que trina estos días y no estoy durmiendo lo suficiente.

—Te lo prometo. Gracias, Zack.

En cuanto colgó, vio a Clover pestañear.

—Si puedes permitirte sacar a una persona de la cama a estas horas, tu poder debe de ser sumamente inmenso, señor divo. ¿Ese tal Zack es realmente un buen amigo... o es que te debe dinero?

Cade se rio.

—¡Las dos cosas! Mi fama le benefició cuando decidió abrir la pastelería aquí, en Nueva York, y al principio incluso le presté algo de dinero. Le conozco desde hace unos años y, bueno, sí, le considero un buen amigo.

Zack Sullivan era una de las pocas personas de las que se fiaba. No se había acercado a él por interés, Cade sabía perfectamente que, si no hubiera sido por algunos problemas personales y asuntos a los que tuvo que hacer frente repentinamente, Zack no habría aceptado nunca ayuda económica, ni habría querido beneficiarse de su éxito.

—Aun así, eres un esclavista. —Clover sacudió la cabeza, divertida—. ¡Levantar a un amigo de la cama es algo inhumano!

—Pero es por una buena causa. Toda fiesta de cumpleaños que se precie debe terminar con una buena tarta, y Zack es el mejor pastelero que conozco.

Clover le miró con incredulidad.

—¿Entonces estás haciendo todo esto por mí?

—Por ti... y también por mí. Mis días de exilio obligado se han convertido en unas vacaciones increíbles que no olvidaré jamás, y eso también es gracias a ti. Te mereces algo igual de increíble –dijo Cade, con una voz llena de calidez.

Ella sonrió, pero no dijo nada.

Cade quiso contarle muchas otras cosas, pero al final consideró que no era muy sabio hacerlo. Ya se había expuesto demasiado y no estaba del todo seguro de que eso fuera algo bueno. Se conocían de muy poco tiempo y él estaba saliendo de un periodo de su vida muy estresante que le había vuelto frágil y muy sensible. Además, no podía olvidar que su vida estaba a kilómetros de la de Clover... en todos los sentidos.

Así que aprovechó un semáforo en rojo para enviarle a Zack el mensaje con los datos de Clover, luego desvió el coche hacia TriBeCa y aceleró en dirección a la pastelería.

–Prepárate para probar algo realmente pecaminoso. Terminarás suplicándome que te saque de allí.

Clover se frotó las manos, con ilusión.

–Me muero de ganas.

La pastelería Sin's Chocolate, en las inmediaciones de Battery Park, se encontraba a pocos metros del puerto, desde el que se tenían unas vistas impagables del río Hudson y la Estatua de la Libertad. Cade aparcó frente a la cristalera del negocio y vio una luz que provenía del interior. Zack vivía justo encima del local, y no había tardado mucho en volver a abrir y ponerse a trabajar para él.

Cuando salió del coche, Clover se quedó mirando el elegante y colorido letrero con una sonrisa.

–«Los pecados del chocolate»... ¡El nombre promete!

–Zack es un auténtico mago de la cocina. Estuvo trabajando un tiempo como chef en un restaurante de San Francisco, allí nos conocimos. Pero su pasión siempre han sido los dulces y hace un año decidió dedicarse por completo a ellos.

–¿Y por qué en Nueva York?

Cade repasó los motivos de su amigo.

–Quería cambiar de aires.

–Nunca había visto este sitio, si no me acordaría... ¡Dios! ¡Mira qué escultura de chocolate! –exclamó Clover, deteniéndose ante un árbol de Navidad totalmente comestible expuesto sobre un estante iluminado por lucecitas de colores–. ¡No sé qué me apetece más, si devorarlo entero o ponerlo en mi mesita de noche y quedarme mirándolo para siempre!

–No aguantarías ni dos minutos, el olor te tentaría demasiado –dijo, riéndose entre dientes. Golpeó con los nudillos la puerta de cristal y poco después un hombre alto y moreno la abrió de par en par.

Cade sonrió.

–¡Hey, amigo! Sé que ahora me odias, ¡pero me alegro mucho de volver a verte! –sonrió, estrechándole la mano.

Zack Sullivan lo abrazó.

–La próxima vez que vengas Nueva York, avísame antes... ¡quizá cuando sea de día y tal!

–Te lo prometo. –Cade empujó suavemente a su compañera, que miraba a Zack con curiosidad, hacia delante–. Esta es Clover, la cumpleañera. Ha tenido nada más y nada menos que dos cenas de cumpleaños esta noche, pero ninguna tarta.

–Aquí podrá remediarlo –le prometió su amigo, estrechándole la mano.

–Siento irrumpir en tu negocio a esta hora tan bárbara, pero tu amigo vip no ha querido entrar en razón –dijo Clover, algo intimidada.

–Es igual, total, aún estaba despierto –la tranquilizó.

Cade enarcó una ceja.

–Así que ese mal humor tuyo lo tenías reservado todo para mí...

–Prevención. No quiero que esto se convierta en un hábito –bromeó Zack. Luego se hizo a un lado–. Pasad.

Un olor muy dulce, el aroma del azúcar, el cacao, el mazapán y la fruta confitada les envolvió de repente, haciendo que todos los sentidos de Clover entraran en éxtasis. Cade se dio cuenta por la forma en que respiraba a pleno pulmón, mientras miraba a su alrededor con ilusión.

–Vale, podéis dejarme aquí –murmuró ella.

En respuesta, Cade le cogió de la mano, disfrutando de su contagioso entusiasmo.

Sobre una mesa había una enorme tarta con forma de estrella de Navidad. Tenía unas cuantas velas rojas encendidas que hacían brillar la superficie dorada de la pasta de azúcar donde estaba escrito el nombre de la chica con elegancia.

–Con mis mejores deseos, feliz cumpleaños –dijo Zack, ofreciéndoles a ambos una copa de champán.

Cade la aceptó con una sonrisa de agradecimiento, pero su mirada permaneció fija en Clover. Parecía emocionada.

–¿Es una ilusión óptica por las velas o tienes los ojos llorosos? –le murmuró al oído.

Clover no respondió, estaba hechizada mirando aquel plato.

–Jamás había visto algo tan perfecto para mí –murmuró entonces–. Gracias –dijo, dirigiéndole una brillante sonrisa a Zack, y Cade sintió una pequeña, pero molesta sensación de decepción. Sabía perfectamente que eso no tenía sentido. Zack se merecía ese agradecimiento y también esa sonrisa, sin embargo...

Sin embargo, quería ser el único en gozar de aquel privilegio.

Cuando Clover se volvió hacia él, Cade puso una expresión de indiferencia. No tenía ninguna intención de hacerle ver que estaba celoso por un motivo tan tonto como ese. No obstante, en cuanto se sintió rodeado por los finos brazos de la chica, se relajó al instante.

Estaba tan contento de haberla hecho feliz que olvidó todo lo demás: el paparazi que los había seguido, las dudas que la reacción de Clover había provocado en él y las relativas al futuro incierto de ambos. Lo que realmente importaba en aquel momento era saber que le había regalado una noche especial. Podría haber organizado mil cosas impresionantes para ella, pero con Clover no hacía falta tanta parafernalia.

La abrazó con el brazo que tenía libre y sintió como la tensión se desvanecía a medida que el perfume de Clover penetraba en sus sentidos, y solo cuando se encontró con la mirada curiosa de Zack recordó que no estaban solos.

Le dio un beso y luego se separó de ella.

–Por Clover. Por mil días como este –sonrió, haciendo tintinear sus copas. Zack se unió al brindis y Clover deleitó a ambos con sus adorables hoyuelos.

Después de probar el vino, Clover empezó a caminar alrededor de la tarta y la observó desde todos los ángulos.

–¡Es una auténtica obra maestra! Me da cosa hasta comérmela...

A pesar de las palabras que acababa de pronunciar, alargó un dedo para coger un poco de crema de chocolate que adornaba la base del plato, y se la llevó a la boca. Un pequeño gemido de placer totalmente inocente que subió hasta su garganta provocó que un escalofrío recorriera la espalda de Cade de arriba abajo.

–Hum... Lo retiro, no me va a dar ninguna pena comérmela –la oyó murmurar.

Zack se acercó a ellos y le preguntó a Cade al oído:

–A ver si lo he entendido bien. ¿Tengo que quedarme aquí mientras ella se come mi tarta... y tú te la comes a ella con los ojos?

–¿Cómo? –preguntó Cade, distraído, con la mirada fija en la pequeña lengua de Clover relamiéndose su labio carnoso.

Se imaginó besándola y paladeando el sabor de la tarta directamente de su boca, solo para oírla gemir de nuevo, pero esta vez por un tipo de placer diferente...

Zack contuvo una carcajada.

–¡Joder, pero si estás babeando! Estás colado por ella... Cade respondió con un gruñido.

Clover sacó el móvil del bolsillo de su chaqueta y lo agitó delante de ellos.

–¡Esto merece una foto!

–Creo que te toca a ti –dijo Zack, despacio. Habían pasado suficiente tiempo juntos como para saber cuánto les importaba a las mujeres tener una foto de recuerdo con él. Pero Cade negó con la cabeza, esbozando una sonrisa de satisfacción.

–Ella es diferente –respondió, con cierto orgullo. Y cuando Clover le pidió a Zack que posara con la tarta, se rio de la expresión de sorpresa de su amigo.

Clover sacó una foto de la obra de arte pastelera y de su asombrado creador, después cogió una cuchara y la sujetó con una expresión bastante cómica.

–Os lo advierto, chicos: cuando se trata de dulces, tengo un apetito voraz. Así que, si queréis apostar cuánta cantidad de este manjar de dioses soy capaz de comerme, ¡preparaos para escandalizaros!

–¡Espera! –Cade la detuvo, divertido–. Primero tienes que soplar las velas y pedir un deseo.

–Es verdad. –Clover se inclinó sobre la tarta y se puso seria para concentrarse. Luego, un momento antes de soplar, levantó la vista y sonrió a Cade, que permanecía hipnotizado mirándola.

La cálida luz de las velas creaba sombras en su rostro de duendecilla y hacía que sus grandes ojos jaspeados brillaran como dos gemas. El pelo, que le caía sobre el hombro y el pecho derechos, parecía cobrar vida alumbrado por los cálidos reflejos de las llamas. Y aquella sonrisa dulce y seductora iluminaba la habitación casi más que las velas.

Una oleada de calor recorrió a Cade de la cabeza a los pies y entonces comprendió que Zack tenía razón: estaba realmente colado por ella.

Capítulo 10

–Me siento un poco borracha de azúcar –suspiró Clover, con la cabeza reclinada sobre el asiento del coche–. Debe de tener un efecto extraño en mí, ¡no puedo parar de reírme!

Cade, concentrado en la carretera, obstaculizada por la nieve, sonrió.

–Deberías haber limitado las dosis. Pensaba que ibas a parar en la tercera porción, ¡pero eres un pozo sin fondo!

–No puedes llevar a un niño a una tienda de dulces y luego prohibirle comer. ¡Nunca había comido tantos trozos de tarta por mi cumpleaños! Se me eriza la piel de placer al recordar el sabor de esas obras maestras de chocolate.

–A mí me da nauseas.

–La tarta con forma de estrella de Navidad era celestial, como poco... ¿Y aquel triunfo de chocolate blanco y merengue? ¡Maravilloso! –Clover hizo como que se abanicaba–. En esa pastelería hay todo lo que cualquier mujer desearía: ¡unos ingredientes sublimes, un olor excepcional y un hombre encantador que prepara las mejores tartas del mundo con una elegancia y una sensualidad sin igual!

Cade retrocedió, volviéndose para mirarla con el ceño fruncido.

–Todo lo que cualquier mujer desea, ¿eh? Le diré a Zack que se ha cobrado otra víctima –le dijo con acidez.

«¿Estás celoso, principito?», se preguntó Clover, sintiendo aún más alegría solo de pensarlo. Se encogió de hombros, con una sonrisa de oreja a oreja.

–Es un hombre muy guapo, es difícil no darse cuenta. Alto, moreno, atractivo... Si lo hubiera visto por la calle, habría pensado que es modelo. Nunca habría imaginado que un bellezón como él se dedicara a estar todos los días metido en una pastelería, entre hornillos, moldes y mangas pasteleras.

–Ya he captado la idea.

–¡Por favor, dime que no es gay!

–No lo es –gruñó Cade, con los ojos puestos en la carretera.

–¡Menos mal! ¿Cómo has dicho que se llamaba? ¿Zack...?

–Oye, estoy conduciendo, está nevando muy fuerte y no me gustaría que acabásemos fuera de la carretera –protestó él, volviéndose para mirarla.

Esa distracción hizo que el coche resbalase peligrosamente.

Habían pasado casi dos horas dentro de la pastelería de Zack. Al principio, el hombre parecía cansado y la idea de tener que pasar la noche en la tienda no le había hecho mucha ilusión, pero la amistad que tenía con Cade parecía sincera y sus piques cariñosos la habían divertido. Zack les había permitido probar todos los exquisitos dulces que tenía en su escaparate, además de la tarta, claro...

Le parecía increíble haber conocido a otro hombre tan encantador y generoso en el espacio de unas pocas semanas. Ya le era bastante asombroso haber conocido a uno...

Cuando se despidieron de Zack, Cade la llevó a dar un paseo junto al río y luego a dar otro paseo en coche, antes de regresar a Staten Island, para evitar cualquier persecución posible y alargar la noche. Cuando la nieve empezó a caer con más fuerza y redujo la visibilidad casi a cero, Cade se vio obligado a volver a casa, pero a Clover no le importaba: con temporal o no, estar con él era maravilloso.

Nadie se había esforzado tanto por hacerla feliz, desde el sofá nuevo hasta la fiesta sorpresa con la pizza gigante. Pero lo que la había sorprendido en realidad eran muchos otros pequeños detalles, como la forma en que la había apoyado delante de su madre, su afán por verla satisfecha en la fiesta de la pizza o el haberse desvivido por conseguirle una verdadera tarta de cumpleaños. El único deseo que se le había ocurrido mientras soplaba las velas no había sido tan distinto del que había formulado semanas antes, durante el encendido del árbol de Navidad. Solo había reforzado una esperanza.

—Si no me equivoco, ya hemos llegado —dijo Cade—. No se ve un carajo con esta nieve.

Clover reconoció las nuevas luces intermitentes que adornaban sus ventanas y suspiró, resignada. Eran las cuatro de la mañana y estaba agotada, pero la idea de que aquella noche llegase a su fin le resultaba insoportable.

—Sí, ya estamos aquí. Mi casa es la única que sigue iluminada. No sabía que volveríamos tan tarde, así que tampoco se me ocurrió apagar las luces de Navidad.

—¿Arrepentida? —le preguntó Cade, con expresión de indiferencia en la cara. Pero Clover no se dejó engañar ni un momento: le pareció ver que esperaba con ansia una respuesta.

—Sabes de sobra que no, Míster Celebridad. ¿Necesitas pruebas?

—Desde que empezaste a babear por Zack en no sé qué momento de la noche... —bromeó Cade, deteniendo el coche delante del garaje.

Clover se rio a carcajadas ante la absurdez de aquella frase y salió del coche.

—No te burles de mí, pelirroja —la amonestó Cade, siguiéndola. A un paso de ella, sus pies patinaron sobre la nieve, haciendo que se balanceara peligrosamente. Se agarró a su brazo y los dos cayeron juntos sobre el cúmulo de nieve que había amontonada a un lado de la calle.

Se quedaron un rato mirándose, incrédulos.

—¿Te has hecho daño? —le preguntó Cade, preocupado, tratando de levantarse.

Clover negó con la cabeza.

—No, ¿y tú?

—Sin contar mi ego herido, todo bien —murmuró.

Clover no pudo contenerse y soltó una sonora carcajada que se le contagió también a él.

—¡Tendrías que verte la cara —se rio ella, secándose las lágrimas—, tan molesta y asustada!

—Yo nunca me caigo —protestó él, con el ceño fruncido, avergonzado y con un toque de gracia en la cara—. Eres tú la que siempre acaba con el culo en el suelo.

—El príncipe de Hollywood resbalando torpemente sobre la fría nieve y acabando patas arriba. ¡Es graciosísimo! —continuó ella—. Se ha hecho justicia, no podía ser yo la única que hiciera siempre el ridículo.

—No se repetirá, tenlo claro.

—Eso nunca se sabe. De ahora en adelante, cada vez que estés en la nieve, el miedo a volver a hacer el ridículo te volverá torpe y ¡no podrás dejar de caerte! Y yo me reiré cada vez más...

Un montón de nieve le cayó en la cara y la boca, amortiguando sus protestas.

—¡Así aprenderás! Nunca te burles de un famoso y esperes salirte con la tuya.

Clover se apresuró a devolvérsela y le cogió la cara entre las manos mientras intentaba secarse.

–Nunca te vengues de una mujer que se está hundiendo lentamente en la nieve bajo el peso de una superestrella.

Cade se puso serio.

–¡Oh, Dios mío! ¡Lo siento! Te estoy aplastando y no me había dado cuenta –dijo, intentando levantarse. Pero Clover le rodeó el cuello con los brazos, contenta de tenerlo encima de ella.

–No me haces daño. La nieve es blanda.

Cade sonrió.

–Tú también.

Medio abrazada a él sobre aquel montículo de nieve, con los copos que caían a su alrededor, Clover pensó que nunca había sido tan feliz. Observó aquellos rasgos tan definidos y atractivos, recordó todo lo que Cade había hecho por ella aquella noche... y por primera vez se sintió especial.

–Ha sido el mejor cumpleaños de mi vida –murmuró, queriendo decirle aún muchas más cosas.

La sonrisa de Cade le derritió el corazón, pero el beso que le dio amenazó con derretir también el resto de los órganos de su cuerpo.

Pareció durar una eternidad, aunque Clover protestó mentalmente cuando, después de una mísera muestra, él la soltó para que se levantase. La agarró de las manos para ayudarla a que se pusiera en pie y después, gracias a Dios, volvió a su boca, con tantas ganas como tenía ella.

Un gemido de satisfacción le salió de la garganta. Clover lo apretó hacia ella con más fuerza, devolviéndole el beso con todo el deseo que sentía crecer en su interior, y apenas se dio cuenta de que estaban dirigiéndose lentamente hacia la puerta de su casa. Todos sus sentidos estaban concentrados en Cade, en su sabor, en sus manos impacientes, en su olor y en el ritmo acelerado de su respiración. Ya no sentía el frío, ni le importaba que su chaqueta estuviera empapada. Ya nada importaba fuera de los brazos de aquel hombre.

De algún modo, Cade consiguió abrir la puerta sin dejar de besarla y, una vez dentro de casa, el calor los envolvió como un abrazo. Clover suspiró satisfecha, cada una de sus sensaciones se agudizaba ahora que el frío ya no la aturdía.

Cade desabrochó su abrigo y el de ella, y le rodeó la cintura, atrayéndola hacia él. Parecía ansioso de tenerla aún más cerca, y toda aquella ropa le parecía un obstáculo que le molestaba. Clover le acarició el pecho y se maravilló al sentir su corazón latiendo deprisa bajo su mano. Se puso de puntillas para unir mejor sus labios a los de Cade, mientras él la levantaba un poco del suelo. Sus manos se deslizaron bajo su jersey, y sus dedos fríos, al tocar su cálida piel, la hicieron estremecerse, devolviendo un poco de lucidez a su mente ciega de placer.

–Están fríos, lo sé –le susurró Cade–. Pero no tardarán en calentarse, te lo prometo.

Clover asintió, pero aquel frío repentino había vuelto a poner en funcionamiento una pequeña parte de su cerebro y era incapaz de detener la rápida afluencia de pensamientos.

Todo era mágico. No deseaba otra cosa que dejarse llevar entre los brazos de Cade y perderse en un torbellino de pasión, quedarse en su cama durante toda la noche y mucho más tiempo. Pero sabía de sobra que aquello no era más que un paréntesis idílico en su vida.

¿Sería capaz de volver a su vida monótona y solitaria de siempre cuando se marchase?

La respuesta le tembló en la garganta.

—Creo que debería irme a casa —susurró ella, intentando separarse de él.

—Ni de coña —contestó él, apretándola más contra él.

—Lo digo en serio. —Clover apartó la cara—. No tiene sentido que sigamos... es una locura.

—No estoy de acuerdo. —Cade le cogió la cara entre las manos y la miró a los ojos—. Y tú tampoco.

—Mañana nos vamos a arrepentir...

—Yo no, te lo aseguro.

«Tú no estás arriesgando tu futura felicidad», pensó Clover, bajando la mirada. Dio un paso atrás, con las manos aún entrelazadas en los brazos de él, reacia a dejarle marchar de verdad.

—Somos muy distintos.

—A mí no me lo parece, y menos ahora —replicó él.

—Mañana tendrás las ideas más claras.

—No lo creo.

Clover lo observó. Su rostro estaba tenso, tanto por el deseo contenido como por su repentino rechazo. Las manos que le agarraban la cintura ahora ya estaban calientes, y Clover sintió que ese calor penetraba en su piel y le acariciaba suavemente cada una de sus terminaciones nerviosas.

Habría sido fácil, demasiado fácil ceder.

Nunca se había sentido tan tentada en su vida.

Eso bastaba para asustarla. Confiar completamente en otro ser humano era absolutamente impensable para ella, por no mencionar que Cade estaba especialmente acostumbrado a fingir todo tipo de emociones en su trabajo. Sin embargo, en aquel momento él le parecía totalmente sincero, y ella estaba dispuesta a correr el riesgo, tal vez por primera vez en su vida, aun sabiendo lo opuestos que eran sus estilos de vida y lo altas que eran las posibilidades de que se acabara quemando.

Tras una dura batalla, el miedo de no saber cómo manejar todos esos sentimientos se impuso al deseo de dejarse llevar.

Y lo mejor que se le daba hacer en aquel tipo de situaciones era huir.

Cuando la vio dirigirse hacia la puerta, Cade se puso las manos en la cara, sin saber cómo reaccionar.

Deseaba a aquella mujer con todo su ser, un deseo que iba mucho más allá de lo físico.

Clover se había colado en su corazón. Cuando estaba lejos de ella sentía un vacío que no estaba acostumbrado a sentir.

Sabía bien que era una locura, ella tenía razón. Tenían vidas opuestas, en dos ciudades distintas y, aunque él hubiera redescubierto el placer de vivir el presente, su carrera y los asuntos que tenía en Los Ángeles lo estaban esperando allí, y no sería fácil conciliarlos con lo que tenía con Clover.

Aun así, cuando la tenía cerca, Cade se olvidaba de todos sus problemas.

Las dudas de Clover tenían un motivo, y él debía mostrarse comprensivo y apoyarla. Sin embargo, en aquel momento se sentía frustrado y enfadado.

Se quitó el abrigo y lo tiró al suelo. Estuvo a punto de darle una patada. Aún lo estaba mirando cuando oyó el alegre timbre de la puerta.

El corazón le empezó a latir con fuerza. Eran las cuatro de la mañana y la única persona que podía estar al otro lado era la misma que había salido de allí hacía un minuto.

Abrió y fijó los ojos en el rostro sonrojado de Clover, que se tiró a sus brazos pronunciando un grito ahogado. Cade la abrazó con fuerza y dio un empujón a la puerta, con la ira totalmente olvidada.

Esta vez no le daría la oportunidad de cambiar de opinión.

La levantó y la llevó a su habitación, con la boca pegada a la suya. Una vez allí, cerró la puerta y sacó la llave de la cerradura ante la mirada confusa de Clover.

Le mostró el pequeño objeto metálico antes de colocarlo encima del armario.

—Allí no podrás llegar sin mi ayuda —le dijo con una mirada pícara.

—Vamos, que esto es un secuestro —protestó ella, con una sonrisa en la voz y fuego en los ojos.

—Exacto. —Cade le quitó el abrigo.

—Esto no le hará ningún bien a tu reputación.

—Me las arreglaré. —El jersey siguió el mismo destino que el abrigo.

—¿Estarías dispuesto a tirar por la borda tu popularidad solo para estar conmigo? —Clover le abrió la camisa, a punto de reventar los botones por el ansia de tenerlo cerca, y se pegó a su piel—. Me gusta tu espíritu de sacrificio —murmuró.

—Bien, porque me inmolaré por la causa hasta que caigamos reventados sobre esa cama —le susurró, empezando a quitarle los pantalones. Cuando le rozó la piel cálida y suave de sus muslos con las manos, la sintió estremecerse—. ¿Tienes frío?

—Para nada. Solo tengo miedo a desmayarme en el mejor momento —jadeó ella, acercándose aún más a él.

Cade la apretó más fuerte. En cuanto su cuerpo, tenso por el deseo, entró en contacto con el suave y sumiso de ella, su cerebro amenazó con dejar de funcionar.

–Nunca he hecho que alguien se desmaye, pero quién sabe... podría ser divertido intentarlo –dijo en voz baja. Hundió los dedos en su pelo sedoso y le masajeó la nuca.

Clover lo atrajo más hacia ella.

–Si quieres desafiarme, que sepas que no te voy a poner las cosas fáciles.

Y para poner a prueba sus palabras, posó los labios en su garganta y le saboreó la piel con la punta de la lengua. Cade sintió que se derretía con la oleada de placer que lo inundó.

Clover se dio cuenta y le sonrió pícara.

–Me moría por hacer eso...

–Si no vamos con calma, creo que los dos nos desmayaremos en pocos minutos –le dijo, agarrándola por las muñecas.

–Tendremos todo el tiempo del mundo para recuperarnos y seguir con el experimento... después –sonrió ella, sugerente. Y para acallar sus protestas, lo besó con una urgencia que lo dejó sin aliento.

Con un gemido de derrota, Cade dejó de pensar.

Lo despertó la vibración de su teléfono móvil, que seguía en el bolsillo de sus pantalones, dondequiera que estuvieran.

Todavía algo confuso y mareado por las pocas horas de sueño, aunque bastante relajado gracias a la intensa pasión que había compartido con Clover, Cade ignoró el molesto ruido y volvió a aferrarse al cuerpo suave que tenía entre los brazos.

Por mucho que se esforzase, no logró recordar un despertar mejor que aquel. La casa estaba en silencio y hacía calor, los ruidos provenientes de la calle estaban amortiguados por la nieve, un pequeño rayo de luz se colaba a través de las cortinas y una mujer maravillosa estaba durmiendo a su lado, con la cabeza sobre su almohada y las piernas entrelazadas con las suyas.

Habían estado haciendo el amor hasta el amanecer, y habían terminado agotados con las primeras luces del alba. Y si no hubiera sido por ese maldito teléfono, no se habría despertado tan temprano. Aun así, también le había regalado tiempo para disfrutar de la compañía de la mujer más guapa y dulce del mundo.

Parecía relajada mientras soñaba. Sus labios carnosos e hinchados por los besos que se habían dado estaban curvados en una sonrisa y sus mechones pelirrojos los envolvían a ambos, tal y como Cade había imaginado varias veces. Levantó un dedo y la rozó, empezando por el cuello, siguiendo por uno de sus hombros y descendiendo por su espalda y sus caderas. La piel de Clover reaccionó a su tacto y Cade se maravilló.

Era suya. Su piel blanca llevaba las marcas de su deseo, tenía su olor y reconocía su tacto, incluso dormida. Aquella noche no había sido solo un encuentro entre dos cuerpos, sino algo más profundo.

Pensar en lo que les esperaba era como una pesadilla: sería difícil conciliar dos vidas totalmente opuestas. Pero él todavía no quería rendirse, no después de haberla conocido.

Estuvo a punto de despertarla para volver a hacer el amor con ella y desfogar una urgencia insaciable. Pero Clover tenía que trabajar por la tarde, y debía darle al menos unas horas de sueño después de la tarde y la noche que habían tenido.

Una vez más, escuchó la molesta vibración de su móvil, que le hizo soltar un suspiro de fastidio. Entonces decidió echar un vistazo, para asegurarse de que no se trataba de algo grave.

Recuperó sus pantalones y se los puso, mientras comprobaba el teléfono. Una luz le indicó la llegada de nada menos que siete correos electrónicos, ocho mensajes de voz y otras tantas llamadas sin contestar, además de cuatro mensajes. Desconcertado, los abrió de inmediato: todos procedían de Scott.

¡Dime qué hacer, no sé cómo quieres que gestionemos esto!

¡Me están acribillando a llamadas, estoy bloqueado!

¿Sigues durmiendo? ¿Entonces las insinuaciones del periódico son ciertas...?

La oficina de prensa está lista para emitir cualquier declaración que desees. Pero no me hagas esperar demasiado, por favor, ¡o me dará un infarto antes de que se acabe el día!

Cade maldijo algo en voz baja y pasó a abrir los correos electrónicos que tenía, imaginando ya sobre qué hablarían.

Ese cabrón lo había conseguido. Seguro que a aquel tipo del coche blanco le había avisado alguien de dentro de la pizzería, se había quedado fuera al acecho y había sacado unas cuantas fotografías a través del cristal con el móvil.

Cade abrió los correos apretando los dientes. A pesar de la mala calidad de las imágenes, en todas era posible reconocer su rostro y el de Clover. La actitud que había captado el fotógrafo de pacotilla era la de una pareja bastante cómplice y, por supuesto, ninguno de los amigos de Clover salía en las fotografías con ellos, de modo que parecía una cita íntima. También había una foto de ellos dos besándose justo antes de subir al coche.

Scott había adjuntado el artículo que había aparecido aquella mañana en el periódico *Enquirer*, y Cade lo leyó con creciente enfado.

¿Nuevo amor para el príncipe de Hollywood a la vista?

Aunque aún no han llegado noticias definitivas a nuestra redacción, las imágenes tomadas anoche por un colaborador externo hablan por sí solas.

El actor Cade Harrison, protagonista de un movidito otoño a causa de su ruptura con la actriz Alice Brown, vuelve a ser noticia. Tras casi un mes desaparecido del foco mediático, el atractivo soldado de *Tierra de nadie* fue pillado en compañía de una misteriosa mujer pelirroja en una pizzería bastante desconocida del Village en Nueva York. Ambos fueron vistos en actitud íntima y cómplice, y abandonaron juntos el restaurante para subirse a un coche oscuro, logrando escapar de los ojos de nuestro atento informador.

¿Quién es la mujer que ha llamado la atención al hombre más deseado del momento? ¿Y desde cuándo mantienen una relación?

Parece que Harrison se ha recuperado muy pronto de su ruptura con Brown. ¿Habrá sido amor a primera vista? ¿O se tratará solo de un paréntesis pasajero en el mágico ambiente navideño de la Gran Manzana?

¡Les mantendremos informados!

Cade salió de la habitación ignorando el resto de los correos. Mientras bajaba a la cocina, marcó el número de Scott sin saber bien cómo afrontar la situación.

—¡Por fin! —exclamó su secretario después del sonido—. ¿Dónde coño te habías metido?

—Aquí son las diez de la mañana, joder. ¿Tendré derecho a dormir? —soltó Cade. Se pasó una mano por la cara para calmarse—. Quiero que hagas callar a esos cabrones. No sé cómo, pero hazlo. No quiero problemas.

—El asesinato no es una opción, así que dame alguna sugerencia.

—Haz una declaración en mi nombre, pero no confirmes nada. Joder, a veces me pregunto quién me mandaría a mí meterme en todo esto –protestó. Acababa de superar la desconfianza de Clover, y ahí estaba su fama arruinándolo todo.

Las mil veces que ella le había dicho que no quería saber nada del mundo de los famosos empezaron a resonar en su cabeza y le hicieron suspirar. Por desgracia, él estaba inmerso en ese mundo y no podía frenar los cotilleos. Pero Clover podía elegir y merecía ser protegida.

Deseó haber contado con más tiempo antes de tener que enfrentarse a la prensa, tiempo para comprender qué dirección estaban tomando. Durante aquellos días, entre ellos dos había nacido algo completamente inesperado, que ya corría el peligro de ensuciarse por las insinuaciones de la prensa rosa.

Tenía que ganar tiempo para solucionarlo todo con calma, pero para ello era necesario conseguir una respuesta inmediata para evitar que los periodistas siguieran investigando y escarbando en busca de la identidad de la «mujer misteriosa».

–No estábamos solos en esa maldita pizzería –dijo, mientras se sentaba a la mesa–. Esa es una de las cosas en las que tendréis que insistir. Éramos cinco y ella es... mi *personal shopper*. Estoy pasando las Navidades aquí y decidí pedirle ayuda para que me ayudara con los regalos. Es algo que todo el mundo hace, no veo nada de malo en ello.

–Cierto, aunque normalmente el servicio no incluye la cena –contestó Scott.

–Ahórrate esos comentarios. Quiero que retiren este artículo ahora mismo, que se vea como algo inútil que escribió alguien que no encontraba nada mejor que publicar en su periodicucho de mierda. Fui de compras a Nueva York y me invitaron a una fiesta, eso es todo. Me apetece disfrutar de un merecido descanso y de una vida normal, como debería hacer cualquier chico de mi edad, sobre todo después de todo el lío de Alice. —Cade apoyó la cabeza en la mesa, desesperado—. Scott, no quiero que nadie moleste a la chica de las fotos. Tienen que perder el interés en ella. De inmediato.

—Parecéis muy unidos...

—¡La calidad de esas fotos es pésima y tengo fotos con Heather y Cecile mucho más comprometedoras que esas! —soltó Cade.

—Está bien. Dejaré todo en manos del gabinete de prensa y te volveré a llamar en cuanto sepa algo más.

Cade colgó el teléfono. Escuchó los mensajes de voz, y vio que un par eran de su madre y de su hermana, que estaban curiosas por la noticia. También tenía que darles explicaciones a ellas... ¡Era como si no pudiera hacer nada en la vida que pasara inadvertido o quedase en su privacidad!

Se acordó de Clover, dormida en su cama, y pensó qué hacer. Tal vez ni siquiera llegara a enterarse de aquel artículo si Scott conseguía frenar los rumores a tiempo. Además, ella no era el tipo de persona que solía comprar el periódico...

La idea de tener que ir con pies de plomo le llenaba de tristeza.

Decidió esperar antes de poner a Clover al corriente. Aún tenían tiempo antes de que ella fuera a la tienda, y él pensaba disfrutarlo.

Cuando volvió arriba, la encontró despierta, sentada a los pies de la cama. Llevaba puesta su camisa, que le quedaba demasiado grande, y estaba tan guapa, aún soñolienta...

—Hey —murmuró, acercándose a ella—, pensaba que todavía estabas durmiendo.

Clover se encogió de hombros.

—Abrí los ojos y vi que no estabas.

—Bajé a por un vaso de agua. —Cade se sentó a su lado, atrayéndola entre sus brazos–. ¿Has dormido bien?

—He dormido poco –precisó Clover, frotando la cara contra su cuello.

—¿Por qué no llamas a Liberty y te tomas el resto del día libre? –le propuso, acariciándole la espalda–. Prometo dejarte dormir unas horas.

—¿Unas horas? –preguntó ella, con la mirada pícara y llena de expectación. Cade se sintió lleno de energía, deslizó las manos bajo su camisa y le rozó la piel desnuda y caliente.

—Tomémonos unos minutos.

Clover lo abrazó.

—Esta tarde tengo algunas citas urgentes, pero puedo quedarme aquí hasta las dos. ¿Ahora podríamos volver a meternos debajo de las sábanas para estar calentitos? Haremos lo que quieras, en cuanto me haya despertado del todo.

—¿No quieres desayunar?

—¿Con todo lo que he comido hace unas horas? No, gracias. Estaré a dieta una semana seguida, como mínimo –murmuró.

Se metieron entre las mantas, aún calientes; Clover entre sus piernas, su espalda contra su pecho, y encendieron la televisión...

Nunca había imaginado que una mañana entera en la cama viendo *Solo en casa* pudiera ser tan divertida, pero con ella entre sus brazos todo era distinto: las preocupaciones desaparecían, e incluso ver una película que no le interesaba lo más mínimo se convertía en algo maravilloso.

Le encantaba todo de Clover. Ella le hacía sentir como en casa.

Hacia la una, después de una comida rápida, Clover miró por la ventana.

—El cielo se está poniendo gris. Si empieza a llover, mi tarde va a ser de lo más estresante.

—Supongo que no será muy divertido andar de tienda en tienda cuando llueve —dijo Cade, acostado cómodamente en el sofá.

—Claro que no. Sobre todo cuando tienes que ayudar a una madre que no sabe dónde dejar a sus dos hijos más pequeños y los lleva con ella durante nuestra cita —suspiró ella.

—No vayas y quédate aquí conmigo —le sugirió él.

—Me encantaría... —Clover lo observaba, indecisa, mordiéndose el labio. Después se acercó a él.

Cuando la vio sentarse en el reposabrazos del sofá e inclinarse hacia él, Cade pensó que la había convencido. Le rodeó los hombros con un brazo, tratando de acercarla más.

—¿Has cambiado de opinión y quieres quedarte aquí a hacerme compañía?

Clover deslizó las manos por su espalda, apoyando su pecho contra el suyo.

—Tentador, pero... —susurró, persuasiva. Luego se levantó y le mostró el mando a distancia con una mirada traviesa—. En realidad, solo estaba buscando esto.

Cade hizo una mueca de disgusto.

—Yo estoy aquí tumbado, a tu completa disposición... ¡¿y tú quieres ver la televisión?! —protestó.

Clover se echó a reír.

—¡Solo quiero ver la previsión del tiempo!

Mientras ella cambiaba de canal, Cade consiguió tirarla al sofá.

—Si la previsión del tiempo dice que va a llover torrencialmente, ¿te quedarás en casa? —le preguntó, besándole el cuello.

—No, pero puede que posponga un par de citas y vuelva antes.

—Intentaré conformarme. —Cade se inclinó sobre ella, dispuesto a besarla, pero al oír su nombre pronunciado por un reportero de la CBS se quedó helado.

Debía haberlo imaginado. Las noticias vuelan como el viento.

El telediario invadió la habitación mientras hablaba sobre la primicia de su supuesto nuevo amor. Temiendo la reacción de Clover, Cade se concentró más en su rostro que en lo que decía el reportero. Vio como sus ojos se abrían de par en par con incredulidad mientras las imágenes de la prensa rosa aparecían en la pantalla, después la expresión de su rostro se volvió inescrutable y sus ojos se quedaron totalmente fijos en aquella noticia.

Cuando terminó el telediario y comenzó la previsión meteorológica, ninguno de los dos prestó atención.

—Lo siento —murmuró Cade, buscando su mirada.

—Da igual... Tampoco salgo tan mal en esas fotos —contestó ella, sorprendiéndolo con una sonrisa medio alegre.

—¿No te importa salir en los periódicos y que el mundo del espectáculo esté especulando sobre ti? —le preguntó Cade, confuso por su reacción—. Van a ir a por ti, ¿lo sabes? En este mismo momento deben de estar tratando de averiguar quién eres.

—¿Y qué puedo hacer? Desde luego, no puedo ir por ahí con un pasamontañas en la cabeza durante el resto de mis días —suspiró Clover, poniéndose en pie—. Ni lo pienses. La reserva en la pizzería no estaba a nuestro nombre y el coche que llevamos no era tuyo. Pasará un tiempo antes de que descubran mi identidad o dónde estás viviendo ahora.

«Les llevará menos tiempo del que crees», pensó Cade, resignado. Cuando había una estrella de por medio, los medios de comunicación trabajaban mejor que el FBI.

Clover se inclinó para darle un beso en los labios.

—Me voy a casa a cambiarme y después al trabajo. ¿Nos vemos por la noche?

—Vale.

Cade la vio ponerse la chaqueta y salir de la habitación con la cabeza alta, el rostro sereno y los ojos llenos de luz. Por alguna razón, pensaba que una situación como aquella la habría hecho entrar en crisis. Creía que la vería ponerse furiosa como reacción ante aquella intromisión a su privacidad. Pero, en cambio, parecía... ¿preparada?

Le invadió una sensación de malestar. No quería pensar ni en la más remota posibilidad de que Clover hubiera esperado que pudiera suceder algo así. Sin embargo, su comportamiento actual había cambiado mucho en comparación con las reacciones que tenía al principio con respecto a su fama.

¿Qué le habría hecho cambiar de opinión?

Capítulo 11

–¡A quí está nuestra estrella! –exclamó Zoe, nada más poner un pie en la tienda.

Clover enarcó una ceja.

–¿Qué dices? –preguntó, sin poder ocultar una pequeña sonrisa.

–Mira qué cara llevas... ¡Es la típica expresión de alguien que se ha pasado horas revolcándose en la cama con uno de los hombres más sexis sobre la faz de la tierra! –Zoe sacudió la cabeza y fingió que hacía pucheros–. ¡Ahora soy yo la que te odia!

–Déjalo, no es lo que piensas –trató de protestar Clover. Entonces se echó a reír, haciendo inútiles todos sus esfuerzos–. ¡En realidad sí! –exclamó. Se dejó caer en la silla giratoria del escritorio, llevándose las manos a la cara y ruborizándose ante el mero recuerdo–. Todavía estoy flotando en un río de éxtasis. ¡Todo me parece increíble!

–Pues claro, no todos los días se es la elegida de un príncipe hollywoodiense –dijo Zoe, mientras se acomodaba en una esquina del escritorio, con los ojos llenos de curiosidad–. ¿Entonces? ¿Cómo es? ¿Es bueno? ¿Está tan tremendo como parece?

En ese momento, Eric entró en el despacho, oyó el último comentario de Zoe y se detuvo.

–Déjame adivinar: ¿le estás pidiendo que te diga cómo son los atributos de Harrison?

—Nunca tendré unas fuentes más fiables que estas. ¡Ese tipo de cosas nunca salen en los periódicos! —Zoe se volvió de nuevo hacia Clover, que sonreía con una pizca de misterio.

—No voy a comentar nada al respecto.

—¡Antipática! —Zoe se encogió de hombros—. Bueno, a juzgar por el aura de felicidad y de satisfacción que irradias, diría que ya me has dado una respuesta.

Clover se rio, pero no dijo nada.

—¿Y lo demás? ¿Es tan genial como parece?

—Mucho más. —Clover hizo girar la silla, mientras observaba el techo blanco—. Es como un sueño, demasiado bueno para ser cierto.

—¡Pues trata de mantener alejada a la mala suerte!

—Ya sabes que yo no creo en esas cosas. —Clover hizo una pausa, mirando a su amiga con los ojos brillantes—. Zoe, no sé cuánto va a durar esto, ni cómo vamos a llevar lo que sea que tenemos, sobre todo ahora que todo el mundo se ha enterado de que Cade está en Nueva York. Pero sí sé que nunca me ha pasado nada mejor y que estoy peligrosamente cerca de sentir que estoy loca de amor por él... Que Dios me ayude.

—¿Habéis hablado sobre lo que hay entre vosotros?

—No. Ha ocurrido todo tan rápido, que no sé qué opinión tendrá Cade. Se siente atraído por mí, eso fijo... —Clover recordó las horas de pasión que pasó entre sus brazos y se volvió a poner roja—. Le atraigo mucho. Pero no sé más.

—Seguro que no es solo sexo —sentenció Zoe—. Hablé con él por teléfono, cuando me llamó para organizar la fiesta en la pizzería, y noté lo mucho que quería sorprenderte. Vio lo nerviosa que te habían puesto tu madre y tu hermano y pensó en hacer algo mono para levantarte el ánimo. Fue tiernísimo.

—Eso es lo que me gusta de él. —Clover se puso en pie y empezó a caminar por el local con una expresión soñadora—. Es muy atento, me escucha y está siempre pendiente de lo que quiero. Hace que se me dispare el corazón como nadie.

—Estoy segura de que todo irá bien, a pesar de los periodistas metomentodo.

Clover resopló, molesta en cuanto lo recordó.

—Cade se puso muy nervioso por ese artículo. Le da pánico que los periodistas invadan su intimidad, sobre todo después de lo que pasó con su ex.

—¿Y tú cómo te sientes, sabiendo que podrías convertirte en el centro de todos los cotilleos?

—¡Estoy asustada! Y molesta, también. Tuve que obligarme a mostrar indiferencia cuando vi el reportaje en la tele. No quiero que Cade se preocupe por mí, pero espero que al menos les lleve un buen tiempo averiguar quién soy...

—Tardarán muy poco, en realidad —dijo Liberty, entrando en el despacho y lanzando el ejemplar incriminatorio del *Enquirer* sobre el escritorio—. Ya he recibido varias llamadas de algunos de nuestros clientes, todos estaban intrigados por saber si realmente eras tú el nuevo amor de Cade Harrison. He hecho como que no sabía nada al respecto, pero es evidente que algunos ya te han reconocido, y la noticia correrá de boca en boca a la velocidad de la luz.

Con el corazón en la garganta, Clover se acercó al escritorio y cogió el periódico. Tuvo una sensación muy extraña al verse retratada junto a Cade en aquellas páginas y reconocer algunos momentos de la noche más mágica que había vivido nunca, que habían lanzado a los curiosos como un hueso a los perros. Era la primera vez que ella, una chica totalmente anónima, salía en las noticias... y ya estaba empezando a notar el estrés. No se atrevía a imaginar cómo se habría sentido Cade durante todos esos años.

—En cualquier caso, no tienen nada. Estas fotos no dicen nada en concreto, solo son dos personas comiendo en una pizzería.

—¡Eran cinco personas! ¡Vamos, que podrían habernos sacado a todos en la portada! —protestó Zoe, tratando de destensar la atmósfera.

Clover le dirigió una sonrisilla, pero no podía negarse a sí misma que aquel asunto estaba cargándose rápidamente su buen humor. Lo que más la intimidaba era la incertidumbre, el no saber qué pensaba Cade ahora que las cosas estaban empezando a salir a la luz.

—¿Cómo debemos comportarnos? —preguntó Eric, tan pragmático como siempre.

—Si esto sigue adelante, tendremos que hacer un gran esfuerzo para calmar la curiosidad de nuestros clientes, aunque eso también nos haría publicidad gratuita —respondió Liberty, impasible, con la mente ya puesta en la mejor manera de actuar—. De todas formas, no quiero que se alimenten cotilleos innecesarios —dijo, dirigiéndose principalmente a Eric y Zoe, que trabajaban dentro de la tienda. Luego se dirigió a Clover—. Tú haz lo que puedas y no te dejes amedrentar. Después, ya veremos cómo actuar.

Clover asintió. Sabía que terminaría ocurriendo algo así tarde o temprano, pero si quería que su historia con Cade tuviera futuro, tenía que empezar a acostumbrarse. Eso era lo único que había evitado que reaccionara de forma exagerada ante todas las habladurías: ahora que sus sentimientos estaban a flor de piel, solo podía mostrarse más flexible hacia el trabajo de Cade y aceptar incluso su peor parte.

Habría sido imposible pasar desapercibidos para siempre. Y aunque no quería que los curiosos invadieran su vida privada, tampoco tenía intención de quedarse en la sombra como si fuera algo que se debiera esconder.

Cade se preocupaba por ella, el corazón de Clover lo tenía claro. Así que, aunque todavía era demasiado pronto para hablar con certeza, estaba segura de que, de alguna forma, encontrarían algo que les permitiera salir indemnes de todo eso.

Salió de la tienda para ponerse a trabajar, pero la voz de Zoe la retuvo justo en la puerta, lejos de las miradas de los demás.

—¡Son tan monos juntos! Ella se merece un hombre como él, considerado y dulce. ¿Visteis cómo la miraba ayer por la noche?

—Es mejor ir más despacio con las especulaciones —dijo Eric—. Apenas se conocen, no sabemos lo que piensa Harrison. Vino a esta ciudad para esconderse de los paparazis, pero ahora que todo el mundo sabe dónde está, ¿cómo sabemos que no va a volver a Los Ángeles en el primer vuelo disponible?

—No me creo que le dé igual Clover. Le organizó una fiesta sorpresa, fue tierno y atento con ella en todo momento. ¡Eso tiene que significar algo! —sentenció Zoe.

—Sí, que quería acostarse con ella. Y ya lo ha conseguido —dijo Eric, con amargura—. Un hombre como él no tiene que esforzarse mucho para conseguir lo que quiere.

—¿Es que hoy te has despertado con el pie izquierdo? —espetó Zoe, molesta por la manera en que Eric estaba desmontando todas sus teorías.

—Solo intento no dejarme llevar por vuestra sensiblería femenina, como haces tú. Apenas le conocemos, no podemos saber a ciencia cierta si se ha enamorado de Clover en unos diez días, más o menos.

–Yo no creo que estuviera actuando. Creedme: enseguida me doy cuenta de cuando un hombre está realmente interesado en una mujer. Tengo olfato para esas cosas –continuó Zoe, algo testaruda.

–Claro que sí... –murmuró Eric.

–Manos a la obra, chicos. Pronto sabremos más detalles –les interrumpió Liberty, en tono autoritario–. Y en el caso de que tengas razón, Eric, estaremos preparados para apoyar a la pequeña Clo. Ojalá me equivoque, pero me pareció ver que estaba muy pillada por Harrison. No quiero que sufra por ello.

Clover abandonó el local en silencio, con la mente llena de pensamientos.

Cade era un personaje famoso y era normal que los periodistas se interesasen por él y por su vida. La ruptura de su relación anterior había causado revuelo y verle con otra mujer había dado rienda suelta a la imaginación a quienes le seguían la pista. Algo totalmente normal.

Entonces, ¿por qué estaba tan nerviosa?

Tenía un mal presentimiento.

Las cosas entre ella y Cade eran todavía muy recientes. Ninguno de los dos había hablado de sentimientos o de una relación a largo plazo. Al principio, ella había tratado de luchar para resistirse a la poderosa atracción que sentía por él y para no dejar que las cosas se precipitaran. Una batalla que había perdido desde el minuto uno.

Hacer el amor con él había reforzado la complicidad que sentía desde su primera cita juntos, y ahora no le sería fácil pasar página.

¿Pero realmente era necesario hacerlo?

Ella le gustaba a Cade, y él también a ella... vaya que si le gustaba. No se habían imaginado que pudieran sentirse tan bien juntos, pero así es como había sucedido. ¿Por qué no iba a funcionar?

La noticia no había salido a la luz de la mejor manera. Ella habría preferido hablar las cosas antes con Cade y cerciorarse de que no era un simple artículo pasajero plasmado en la prensa, tal y como Eric había especulado. Pero ya estaba hecho y no podía cambiar las cosas.

Solo quería que los cotillas la dejaran en paz.

Pero la suerte no estaba de su parte...

Todos los clientes con los que había quedado la acribillaban a preguntas sobre Cade, y ni siquiera la lluvia torrencial lograba detenerlas. Mientras caminaba, le parecía que todo el mundo la observaba. ¡Ni que hubieran escrito en el *New York Times* que era la amante secreta del presidente Obama!

Aquel repentino interés le parecía intrusivo y absurdo, y se preguntó cómo se las arreglaban los famosos para aguantar esa vida todos los días.

Consiguió desviar las preguntas diciendo que solo había ayudado a Harrison con sus compras navideñas, y aunque eso no explicaba lo de la pizza, parecía ser suficiente para los más curiosos. No tenía intención de sincerarse con nadie sin consultarlo antes con Cade.

De camino a casa, cuando empezó a sonarle el móvil dentro del bolso, creyó que sería él. No habían tenido tiempo de intercambiarse los números de teléfono, pero Cade podría haber conseguido fácilmente el suyo llamando a la tienda. En cambio, no había sabido nada de él en todo el día, y su naturaleza desconfiada ya había empezado a tejer lo peor en su cabeza.

¿Se habría enfadado por lo del artículo? Sabía perfectamente la ansiedad que sentía con la idea de poder ser reconocido por la gente durante sus primeros días en Staten Island. Y la noche anterior, cuando se dio cuenta de que alguien le seguía, parecía de lo más furioso...

¿O quizá ya se había cansado de ella?

Aquel pensamiento la hizo estremecerse mientras contestaba al teléfono.

Oír la voz de Cade supuso una alegría y un alivio para ella. Desgraciadamente, su tono le quitó todo el entusiasmo.

—Zoe me ha dado tu número, espero que no te importe —dijo él, suspirando.

Parecía cansado... ¿o aburrido?

—Claro que no, tendría que habértelo dado yo misma.

—¿Todo bien? ¿Te han reconocido por la calle? ¿Te han hecho alguna pregunta extraña?

Clover suspiró. Iba directo al grano, ¿no?

—Nadie me ha ofrecido dinero para que hiciera una entrevista, si te refieres a eso. Tuve que responder a un par de clientes curiosos, pero no les dije nada comprometedor, solo que te había ayudado con los regalos de Navidad.

—Perfecto —contestó él, aliviado. Y Clover sintió cierta desilusión.

—¿Te ha seguido alguien?

—Vaya, ¿es que he acabado en una película cutre de espías? —soltó, con una voz un poco más agria de lo habitual. Miró a su alrededor desde el interior del taxi, y vio dos coches—. Ahora mismo hay dos coches detrás de mí. ¡A lo mejor los tipos que los conducen van armados con prismáticos, cámaras o libretas y bolígrafos! ¿A cuál de esas armas debería temer más?

–Clover, si los periodistas llegan hasta aquí, ya puedo despedirme de mis tranquilas y solitarias vacaciones –dijo Cade, molesto.

–Ahora parece que es culpa mía –espetó Clover–. Yo no fui quien eligió ir a esa pizzería, te lo recuerdo por si se te ha olvidado, y no soy yo la que va por ahí causando sensación. Se supone que, aquí, debería de ser yo quien estuviera más preocupada, y en cambio tú eres el que parece estar más cerca de sufrir un ataque de histeria.

–Pues es raro, ya que siempre me habías dicho que despreciabas todo lo que implica mi profesión –replicó él.

Clover sintió un nudo en el estómago.

–¿Y qué quieres decir con eso? ¿Prefieres verme llorando, en pleno ataque de nervios o arrancándome los pelos?

–Preferiría que no parecieras satisfecha.

–No lo estoy, para nada. Anoche fue todo muy bonito y hubiera preferido mil veces recordarlo sin que hubiera fotos nuestras en la prensa rosa. Pero es lo que hay, y podría volver a pasarnos.

Cade suspiró.

–Tienes razón, perdóname. Es que estoy muy nervioso. No quiero que nos molesten.

–Ya casi estoy en casa –dijo Clover. Por un momento, contuvo la respiración, esperando que le sugiriera que se viesen. Llevaba solo cuatro horas sin verle y ya le estaba echando de menos.

Pero Cade se quedó en silencio y su corazón empezó a ir a mil.

–Tal vez no deberíamos vernos esta noche, ¿no? –murmuró.

–Si te han seguido, mantendrán los ojos bien abiertos para

ver qué haces y adónde vas. Y si te ven venir aquí, se preguntarán por qué.

«No quiere verme...»

Clover asintió, con un nudo en la garganta.

—Claro, es normal. Yo tampoco quiero que mi vecindario se convierta en un campamento de periodistas, sobre todo porque yo tendré que vivir allí mucho más tiempo que tú —respiró hondo y cerró los ojos—. No te preocupes, que ni siquiera miraré en tu dirección.

Salió del taxi y, como le prometió, se dirigió directamente a su puerta, sin girarse hacia su casa.

—Hala, ya estoy en casa. Voy a cerrar la puerta con llave y te prometo que no abriré a ningún desconocido equipado con cámara. Ya puedes estar tranquilo —añadió, y cerró la puerta con decisión.

—Me va a ser difícil estar tranquilo —dijo Cade—. Pensaba que aún tenía tiempo para disfrutar de Nueva York, pero ya me han localizado. Y ahora que te han visto, todo es más complicado.

—¿Cuánto tiempo crees que va a durar esto?

—Depende. —Cade dudó y Clover se sentó en el sofá con las piernas temblorosas.

—¿De qué? —preguntó, con cuidado.

—De nosotros.

«¿Hay un nosotros?», se preguntó Clover, pero se guardó la pregunta para sí. Aquella frase podía tener mil significados distintos y no quería arriesgarse a hacer el ridículo sugiriendo uno equivocado.

Un aviso de llamada en espera le pitó en el oído y le privó de continuar con aquel incómodo silencio.

—Tengo una llamada en espera.

–Esperaba que fuera una noche diferente –murmuró Cade–. Justo ahora que nosotros...

«¿...Habíamos empezado a divertirnos?», se preguntó Clover, con algo de malicia. Después recordó lo atento que había sido Cade con ella y cómo la miraba, y se sintió culpable. No había sido solo sexo. Su corazón lo sabía.

–Sí, yo también lo esperaba –suspiró–. Ya me dirás cómo quieres que me comporte de ahora en adelante.

Colgó y atendió la llamada en espera, pero enseguida se arrepintió: prefería mil veces el silencio incómodo de Cade que la molesta voz de su madre.

–Confieso que, cuando leí el artículo en el *Enquirer*, me quedé sin aliento por un momento –empezó a decir Nadia–. Haber cenado con él ya había sido una suerte, pero la verdad es que me había creído las palabras de Cade cuando dijo que solo eras su *personal shopper*. Pero las insinuaciones de tu hermano y después ese artículo me convencieron de que quizá esta vez te había tocado la lotería.

–Ve al grano, mamá.

–¡Tuviste suerte, Clover, mucha suerte! Una pena que no hubiera nada entre vosotros.

Clover sintió un escalofrío.

–¿Y de dónde sacas eso? Si no recuerdo mal, ese artículo insinúa lo contrario.

–Es verdad, pero Cade lo ha desmentido muy rápido, aunque, si me permites, también ha sido un poquito exagerado. Es verdad que está muy acostumbrado a que se le relacione con supuestos ligues, ¡pero podría haberlo pasado por alto y darte un poco de popularidad!

–No sé de qué me estás hablando.

–Hace unas horas apareció un desmentido de Cade en internet. Búscalo y léelo: al fin y al cabo, también te repercute a ti. –La voz de su madre sonaba triste–. Lo siento, cariño, pero quizá esta vez hayas puesto tus expectativas demasiado altas. Quiero decir que es un actor muy famoso, está acostumbrado a tenerlo todo en la vida. Es imposible que un hombre como él quiera estar con una mujer normal y corriente.

Clover colgó la llamada. El corazón estaba a punto de salírsele del pecho.

Todavía no había digerido el primer artículo y ya estaba saliendo una nueva noticia...

¿Un desmentido de Cade?

Se apresuró a encender el ordenador y abrió el navegador para escribir el nombre de Cade. Inmediatamente le llovieron los enlaces. Había un montón de artículos e imágenes circulando sobre él, así que redujo la búsqueda a la última semana.

Y ahí estaba la noticia que estaba buscando...

Ningún nuevo amor para Cade Harrison: «Es solo mi *personal shopper*».

Las fotografías que han aparecido esta mañana en el *Enquirer*, en las que se veía a Cade Harrison junto a una joven pelirroja en actitud cariñosa, han causado revuelo, pero la noticia parece estar destinada a explotar como una pompa de jabón. De hecho, hace unas horas, el atractivo héroe de *Tierra de nadie* ha desmentido la noticia.

Harrison, que se encuentra en Nueva York para concederse un periodo de merecido descanso tras el estrés que le supuso separarse de la actriz Alice Brown, se mostró muy molesto por el artículo del conocido periódico sensacionalista y aclaró que la mujer con la que fue fotografiado no es otra que su *personal shopper*.

«No tengo nada más que decir respecto a esta historia», afirmó. «Estoy pasando mi tiempo libre de compras y asistiendo a fiestas, tal y como haría cualquier persona de mi edad durante sus vacaciones de Navidad. Y después de lo que ha pasado en los últimos meses, creo que me merezco un poco de ocio. Las fotos en las que salgo con esa mujer fueron elegidas deliberadamente para crear revuelo, pero no prueban nada. Tengo fotos muchísimo más comprometedoras en mi álbum familiar. Hemos coincidido en una cena con gente que tenemos en común, cosa que pocas veces puedo hacer debido a mi éxito, y francamente no entiendo qué interés hay en verme charlando con una chica que apenas conozco, sentado en una mesa de una pizzería muy concurrida. Desde que soy una cara conocida siempre me han relacionado con mujeres, sea verdad o sea mentira, y, siendo honesto, no creo que tuviera tiempo para todas ellas».

Ningún nuevo amor, pues, para el atractivo príncipe de Hollywood. ¿Seguirá sufriendo por su anterior relación? ¿Será este desmentido tan precipitado una forma de tranquilizar a la guapísima actriz?

Alice Brown aún no lo ha olvidado, o al menos eso parecen demostrar las fotos en las que aparece pálida y considerablemente más delgada en el último acto benéfico al que asistió...

El artículo seguía con una panorámica sobre la vida de la ex de Cade, pero a Clover no le importó.

Le pesaba la cabeza, le ardía la garganta y sentía la vista molestamente borrosa.

«... después de lo que ha pasado en los últimos meses, creo que me merezco un poco de ocio. Las fotos en las que salgo con esa mujer fueron elegidas deliberadamente para crear revuelo, pero no prueban nada. Tengo fotos muchísimo más comprometedoras en mi álbum familiar...»

¿Un poco de ocio? ¿Es que solo había significado eso para él? ¿Un entretenimiento pasajero después de la ruptura con la preciosísima Alice, que tal vez aún seguía esperándole en California?

Se sintió abrumada por una serie de pensamientos, cada cual peor que el anterior. Las palabras de su madre, las de Eric y sus propios miedos inconscientes se estaban haciendo más grandes que todo lo demás.

Cade era un famoso guapo y rico: realmente estaba fuera de su alcance. La atención que le había dado, sus miradas tiernas y sus besos y caricias apasionadas le habían hecho olvidar que era un actor, y de los buenos. Se había ganado a América interpretado a un soldado moribundo en su última película, así que ganarse a una pobre ingenua como ella haciéndose el enamorado debía haber sido pan comido.

Se le humedecieron los ojos con lágrimas de decepción, dolor y rabia. Por eso no había aparecido en todo el día: sabía que había hecho esas declaraciones y no había encontrado la forma de decírselo. Probablemente esperaba tener más tiempo para divertirse, pero le habían pillado in fraganti y se vio obligado a reaccionar con rapidez.

Su imagen estaba en juego. Tal vez incluso estaba creando más problemas con su ex...

No se había preocupado ni un pelo de lo que pudiera sentir ella al leer ese artículo. Lo único que le importaba era que los periodistas no se enteraran de dónde vivía.

Reprimiendo una oleada de náuseas, se puso en pie de un salto y se dirigió hacia la ventana para mirar a la calle. Las sospechas de Cade eran ciertas, alguien la había seguido: un hombre estaba sentado en un muro unos metros más adelante, y por supuesto que no estaba allí para tomar un poco el aire en medio de la nieve.

—Capullo —dijo, tirando al suelo el gorro de lana y la bufanda, que hasta entonces no se había dado cuenta de que seguía agarrándola con las manos.

En fin, si Cade podía evitar preocuparse por sus sentimientos, ella podía hacer lo mismo.

No pensaba quedarse callada sufriendo esa humillación. Salió de su casa furiosa y llamó a su puerta con rabia. Con una mirada por encima del hombro, confirmó que el reportero estaba al acecho, aunque fingió estar despistado utilizando un teléfono móvil muy concentrado.

La puerta se abrió, pero Cade permaneció oculto en las sombras.

–¡Clover! Un tipo te está siguiendo, joder... ¿No lo has visto?

–¡Ya me he dado cuenta, pero no me importa lo más mínimo, maldito firmador de culos de mierda! –soltó ella.

Cade la cogió de la mano, tirando de ella hacia dentro, y Clover pensó que aquel gesto tan repentino no haría más que confirmar las sospechas del reportero.

–¿Qué te pasa? –preguntó Cade, echando un vistazo por la ventana para asegurarse de que aquel reportero no era tan imprudente como para atravesar la verja.

–No me pasa nada, solo quería decirte un par de cosas. Y quería decírtelas a la cara... ¡no como tú!

–¿Qué?

–¡Deja de hacerte el sorprendido! He leído tu desmentido en internet. Pero lo más gracioso es que fue mi madre la que me avisó cuando, no me preguntes por qué, ¡pensaba que tenías que decírmelo tú!

–¿Decirte qué?

–¡Que has jugado conmigo, he sido el clavo que saca a otro clavo versión navideña, un paréntesis sin importancia después de todo el estrés que te ha causado tu ex! –Clover sintió que se le estaba formando un nudo en la garganta, pero no se permitió llorar. No quería darle ese privilegio.

Cade parecía bastante sorprendido, debía admitirlo, pero después de todo, su actuación nominada al Oscar era conocida incluso en el extranjero.

—Este es uno de esos momentos en los que pones la cuarta marcha y no hay manera de que te frene, ¿no? —le preguntó, esbozando una sonrisilla.

—¡No te hagas el simpático conmigo! —lo amenazó Clover, mientras avanzaba. Le señaló con un dedo al pecho, conteniendo la rabia para ocultar lo grande que era su desilusión—. Después de tus declaraciones públicas, ya no tienes que esforzarte tanto. Ahora ya se te ha visto el plumero.

—¿Estás enfadada por lo del desmentido? —le preguntó Cade, atónito—. ¿Qué querías que hiciera, que lo confirmara todo?

—¿Confirmar el qué? ¿Que quedas con una desconocida? ¡No, por Dios! ¡Tu ex todavía te está esperando con un par de ojeras y el estómago vacío, no puedes arruinarlo diciéndole a todo el mundo que ya estás saliendo con otra!

—Alice no tiene nada que ver en esto, y lo sabes perfectamente.

—¡Yo solo sé que te has estado esforzando por hacerte el bueno conmigo solo para llevarme a la cama! Tampoco te lo he puesto muy difícil, ¿no? Quién sabe, a lo mejor a mí también me viene bien toda esta historia. —Clover esbozó una sonrisa maliciosa—. ¡Follarme a un actor de Hollywood! ¿Cuándo va a volver a pasarme eso? ¡Pienso contarlo años y años, vas a ser mi anécdota de las fiestas! Voy a enmarcar esas horribles fotos del periódico para usarlas como prueba, si es necesario... ¡por si alguien no me creyese!

La mirada de Cade, llena de dolor y de enfado, parecía real.

—Entonces, ¿era eso lo que querías?

Clover titubeó. No había entendido nada.

Darse cuenta de aquella realidad tendría que haberla animado. Sin embargo, solo la desilusionó más.

—Querías hacer el papel del típico príncipe de los cuentos de hadas, y yo te he dejado hacerlo. Está claro que necesitabas actuar incluso en vacaciones, como también necesitas tener a tu alrededor a personas que te recuerden quién eres. Lo dijiste tú, yo solo lo he tenido en cuenta. —Clover cerró el puño con fuerza hasta que sintió que las uñas se le clavaban en la palma de la mano—. Podrías haberte ahorrado todo ese sentimentalismo edulcorado e ir directamente al grano: dos polvos bajo las sábanas y ya, ni siquiera habríamos acabado en los periódicos. Pero ahora esto es lo que toca. Paciencia. —Le lanzó una mirada gélida y avanzó hacia la puerta.

Su rabia se estaba desinflando y sus ganas de llorar aumentaban por momentos. Tenía que salir de aquella casa.

—No me puedo creer todo lo que me acabas de decir —dijo Cade con la voz ronca, mientras trataba de detenerla.

Clover lo miró. Parecía enfadado, herido, triste y receloso. Pero ella estaba demasiado dolida como para saber si estaba siendo sincero o no.

—Da igual —respondió, encogiéndose de hombros—. Yo tampoco puedo creerme ni una palabra de lo que me dice un actor de capa caída.

—Te estás equivocando.

De repente y sin energía, Clover esbozó media sonrisa.

—Seamos serios, Cade. Aunque todo esto hubiera sido real, habría terminado muy pronto.

—Eso no puedes saberlo.

—Pues sí. Tú no tienes nada que ver con una chica como yo. Mi madre tenía razón: estás fuera de mi alcance. Ya ves, por un momento ha dudado si debía felicitarme por lo bien que lo había hecho, pero tu desmentido público la ha hecho suspirar de alivio.

—¿Qué querías que le dijera a esa gente? —Cade avanzó un paso y señaló la ventana—. Podría haberles hecho creer cualquier cosa, pero ¿y después qué? ¿Qué habría pasado?

—¿Después de tu regreso a California, quieres decir? —preguntó Clover—. Bueno, me habrían puesto la etiqueta de «la aventura navideña de Cade Harrison», ¡un nivel más alto que ser definida como «menos comprometedora que las fotos de tu álbum familiar»!

—Si tanto te importa, todavía puedo hacer que ganes algo de popularidad. Solo tengo que abrir la puerta y besarte delante de ese tipo —contestó él, muy serio—. ¿Sabes qué dirían los periódicos de mañana? Que estaba dándole un beso de despedida a mi amante secreta antes de volver a casa. ¡Porque volver a Los Ángeles es lo único sensato que puedo hacer, ahora que has traído a un periodista hasta mi puerta! —Se pasó una mano por el pelo, con el rostro inexpresivo—. Perdona por no haberte dejado más espacio en el tabloide. ¡Qué estúpido, y yo que creía que te estaba haciendo un favor!

—Me lo estás haciendo ahora. —Clover retrocedió hasta la puerta—. No quiero nada de ti ni de tu fama.

Corrió hacia su casa con la vista borrosa.

¡Que volviera a California! Era la mejor solución, así no estaría obligada a verlo, ni a mendigar atención. Le serviría de lección, por si en algún momento volviera a ser tan estúpida de ilusionarse una segunda vez con vivir en un cuento de hadas.

Cade creía que solo buscaba fama y que estaba ansiosa por que todo el mundo supiera que se acostaban... ¡Qué opinión tan buena tenía de ella!

En cuanto puso un pie en su casa, se deshizo en lágrimas. El ambiente navideño que la acogió solo consiguió empeorar aún más las cosas, y empezó a sollozar con gran dolor. Todas esas luces, los adornos, las ramitas de muérdago... Aquel halo de magia que siempre la había emocionado, en aquel momento le pareció un chiste.

Había expresado aquel estúpido deseo durante el encendido del árbol de Navidad e, ingenua de ella, se había ilusionado por haber sido escuchada.

Era verdad, había conseguido que «un hombre como él» la deseara. En realidad, él mismo, en carne y hueso, pero no era lo que realmente esperaba. Ese tipo de deseos duraban un momento, no toda la vida.

Y su momento con Cade Harrison ya se había acabado.

Capítulo 12

Había olvidado lo mucho que podía brillar el sol en California, incluso en diciembre. Se le hacía raro llevar una camiseta en vez de un jersey, oír el ruido de las olas del mar en lugar del silencio profundo de la nieve y estar en aquella enorme ciudad, que una vez había considerado su refugio y que ahora le resultaba bastante vacía.

La música navideña que sonaba en la radio aquella mañana desentonaba en un lugar en el que no hacía frío, no había nieve y no tenía un espíritu festivo.

Desentonaba en un lugar en el que no estaba Clover.

Hacía dos semanas que no la veía y sentía como si hubieran sido años. Seguía pensando en todos los momentos que había vivido con ella; esos pocos, pero intensos días llenos de alegría, dulzura y pasión. Estaba de pie junto a la ventana, pasando un dedo sobre la superficie lisa de la bola de nieve que le había regalado ella, repitiéndose mil veces lo estúpido que había sido.

No había sido capaz de gestionar bien aquella situación. Cuando desmintió aquel maldito artículo, no se había imaginado que todas aquellas frases que habían salido de su boca y que habían sido revisadas por el gabinete de prensa pudieran sonar tan frías e impersonales. No era propio de él: Cade Harrison estaba acostumbrado a ignorar los cotilleos, fueran ciertos o no. En su defensa, solo podía decir que lo que pretendía era proteger a Clover, su intimidad y aquel sentimiento que había empezado a nacer entre ellos... aunque el resultado había sido pésimo.

Se había ido de Nueva York aquella misma noche, con el corazón herido al pensar que no la volvería a ver más.

Sin embargo, dos días después de su regreso, la vio en televisión. Los periodistas se habían atrincherado delante de su casa para intentar sonsacarle cómo estaba llevando su marcha, pero solo habían podido llegar a una serie de especulaciones poco sólidas. Varias fotos y un vídeo muy breve mostraban a una chica saliendo de casa, con el rostro parcialmente oculto por una bufanda y una expresión aparentemente tranquila. Y, sin embargo, en él, aquellos momentos captados habían tenido el mismo efecto que un puñetazo en el pecho.

Su dulce y enérgica Clover ahora parecía apagada. Caminaba con la cabeza gacha, llevaba ropa oscura y su pelo rojizo era la única nota de color en su figura sutil. Cade habría dado cualquier cosa por volver a ver su sonrisa... y mucho más por poder leer sus pensamientos.

Las dudas que tenía acerca de que ella lo hubiera utilizado para hacerse publicidad, tal y como habían hecho casi todas las chicas con las que había estado en el pasado, lo habían atormentado durante muchos días y lo habían hecho estar nervioso y callado. Pero su corazón sabía que Clover, que era tan dulce y sensible debajo de su máscara de duendecillo travieso, no habría sido capaz de mentir tan bien.

«Seamos serios, Cade. Aunque todo esto hubiera sido real, habría terminado muy pronto. Tú no tienes nada que ver con una chica como yo».

Aquellas palabras le quitaban la paz, al igual que pensar que ella lo hubiera visto capaz de fingir todo el tiempo.

¿Tan convencida estaba Clover de que no podía haber un futuro para los dos? ¿Y si no era consciente de lo importante que se había vuelto para él en tan poco tiempo?

No sabía cómo debía comportarse para demostrarle que estaba loco por ella y que jamás lo había fingido.

Se le había pasado mil veces por la cabeza escribirle, llamarla e incluso enviarle un cheque por el trabajo que había hecho como su *personal shopper*, algo que seguramente la habría molestado. A juzgar por su carácter explosivo, aquel gesto habría podido motivarla a coger un avión a Los Ángeles solo para decirle cuatro cosas en persona. Y aquella idea le había tentado bastante. Habría sido genial abrir la puerta y verla allí delante...

Cuando sonó el timbre, se le escapó una risa.

—Ni en las películas más cursis —dijo, mientras se disponía a abrir. Sin embargo, su corazón latía tan fuerte que pensó que podrían oírlo incluso desde fuera.

Su esperanza se desinfló al ver a su madre tras la puerta, y su decepción debió de reflejársele en el rostro.

—Pareces decepcionado, cariño —dijo Grace Harrison, con un gesto entre molesto y satisfecho—. ¿Esperabas a otra persona?

—¿Has venido a darme un sermón, mamá? —suspiró Cade, dejándola pasar.

—¡Pues claro! —exclamó ella, echándose hacia atrás su larga melena rubia—. Tu hermano me ha dicho que no sabes si venirte con nosotros a Nueva York. ¿Es verdad?

—La etiqueta de hijo preferido ha convertido a Jake en un auténtico chivato —farfulló él, yendo a sentarse sobre el reposabrazos del sofá y volviendo a juguetear distraídamente con la bola de cristal de Clover.

—Lo que le convierte en una gran ayuda para una madre que está empezando a ser demasiado mayor como para aguantar los berrinches de su testarudo hijo.

—¿De qué estás hablando?

—Primero huyes de Los Ángeles para escapar de todo el embrollo con Alice en vez de cantarle las cuarenta como se merecía después de toda la mierda que intentó echarte encima. Luego te escondes a kilómetros de distancia, obligándome a trasladar a toda la familia a Nueva York para no dejarte solo el día de Navidad. Allí te enamoras de una chica, los periodistas te pillan con las manos en la masa, ¿y qué haces tú? ¡Te vuelves a escapar y regresas a casa con el rabo entre las piernas!

—Sabes muy bien que no reaccioné a las provocaciones de Alice porque no me apetecía rebajarme a su nivel —protestó Cade—. Aunque, en realidad, dije demasiado. Ella no se merecía ni un ápice de mi consideración.

—Supongo que eso, en parte, es culpa mía: te eduqué demasiado bien... Aun así, esa mosquita muerta se merecía otra cosa —resopló su madre, divertida—. Pero en cuanto a la otra chica...

—Clover —dijo Cade, saboreando el sonido de ese nombre en sus labios.

—Clover —repitió su madre con una sonrisa—. Te ha marcado como ninguna otra. ¡Solo has estado en Nueva York tres semanas y has vuelto con esos ojitos! —No dejó de mirar a la mujer, que negaba con la cabeza—. ¿Crees que nací ayer? Has dicho su nombre en todas las conversaciones que hemos tenido por teléfono, antes y después de las fotos del *Enquirer*. Y has reaccionado a ese artículo con un ímpetu tan exagerado que me ha hecho sospechar. Pero esta vez también, en vez de hacerles ver a todos lo que sientes, has vuelto aquí para encerrarte en tu palacio de cristal. –Lo miró con sus ojos azules clavados a los suyos–. Me preguntó por qué leches estás aquí, de brazos cruzados, si tanto te gusta.

Cade se pasó las manos por la cara, cansado.

–Ella no se fía de mí, mamá. Cree que mi éxito complicaría las cosas y que habría muchas diferencias entre los dos. Y puede que no esté tan equivocada.

Su madre se acercó a él.

–Cade, si hubieras gritado al mundo entero lo que sentías por ella, ¿piensas que Clover se habría dejado paralizar por tu fama?

–No estoy seguro de lo que ella siente por mí. Y no sería la primera vez que a una mujer le intereso solo por lo que represento. –Dirigió su mirada hacia la única mujer de la que se fiaba ciegamente, dejando caer el velo de exclusividad que le mostraba al resto del mundo–. La última vez que nos vimos dijo unas cosas... unas cosas que me han llevado a pensar que para ella ha sido todo un juego. Aunque no la he creído del todo, porque no la veo como una chica que busque fama. Mi instinto me dice que solo estaba tratando de ocultar que estaba herida por mi desmentido público. La he visto hacer lo mismo con su familia...

–¿Y qué es lo que te frena, entonces?

–No lo sé. Apenas la conozco, y la verdad es que ella tiene una necesidad extrema de atención y seguridad. Tal vez sí que necesitara aparecer en esa portada para sentirse especial.

Grace puso los ojos en blanco ante la insensibilidad de su preciosísimo hijo.

–Has heredado un gran defecto de tu padre, cariño: ¡no sois capaces de entender a las mujeres si nadie os explica cómo hacerlo!

Mirando su ceño fruncido y escuchando aquella reprimenda, Cade sonrió.

–Creo que estoy empezando a solidarizarme con él.

–¡Pues yo contigo no! Cariño, si Clover necesitaba salir en esa portada para sentirse especial, es que le faltaba algo de ti... –Cade se puso tenso y a Grace casi se le escapa la risa al ver la cara que se le había quedado–. Si, por el contrario, como has dicho, es una chica orgullosa que ataca para ocultarle al mundo entero la necesidad de amor que tiene, has demostrado tener muy poca sensibilidad al dictar ese desmentido a tu gabinete de prensa.

–¿En ambos casos, la culpa es mía? –preguntó él.

–Me duele mucho admitirlo, pero así es.

Cade suspiró con fuerza.

–¿Qué debo hacer, entonces?

–Pensaba que se te ocurriría a ti solo –resopló Grace–. ¡Tienes que ir a recuperarla!

–¿Y si estoy equivocado? ¿Y si ella no es como creo y no siente lo mismo que yo siento?

–Sufrirás, pero al menos sabrás que lo has intentado. –Su madre lo miró con ternura–. Desde que has vuelto, no eres feliz, Cade. Eres un buen chico, con los pies en la tierra y las ideas claras, pero durante muchos años te he visto rodearte de muchas mujeres y presumir de ellas como si fueran coches nuevos delante de las cámaras de televisión. Esta es la primera vez que noto que te quedas sin aliento al hablarme de un día que has pasado junto a una chica. Cuando hablas de ella te brillan los ojos, y se te apagan cuando recuerdas que la has dejado marchar. ¿De verdad quieres renunciar a la posibilidad de vivir un sentimiento tan bonito como este? ¿Sabes lo raro que es enamorarse así, sin ningún tipo de lógica?

—¿Tú te arriesgaste con papá?

—Quien ama siempre arriesga, cariño. Pero en este mundo no hay nada más bonito que eso.

Cade abrazó fuerte a su madre.

—¿Cómo eres así de sabia?

—Años y años de errores... que terminan convirtiéndose en experiencia para el futuro —sonrió ella—. Tírate a la piscina, amor. Estoy segura de que no te arrepentirás.

—A Clover le alegraría saber que confías en ella —murmuró Cade, imaginando por un momento su cabecita roja, tan insegura y necesitada de afecto, con cara de asombro y los ojos brillantes al descubrir algo así.

—No conozco a Clover, pero sí te conozco a ti: confío en tu corazón y en lo que siente. Y que sepas que si no vas a confesarle tu amor, tendré que presentarle a uno de tus atractivos amigos —le amenazó su madre—. ¿Quién podría gustarle? ¡Si no recuerdo mal, justo hay uno que vive en Nueva York y que es un cielo! ¿Cómo se llamaba?

—Zack —masculló Cade—. Con él aciertas seguro, Clover lo conoció y se quedó impresionada. —Sabía que su madre estaba de broma, pero, aun así, apretó los dientes. La idea de ver a Clover con cualquier otro chico le volvía loco.

—Muy bien. Se lo enviaré a casa con un lacito mono alrededor del cuello y una nota de disculpas de mi parte.

—¿Diciendo qué?

—«Eres una chica encantadora, ¡te mereces a alguien menos tonto que mi hijo!».

–Me has convencido –dijo riéndose Cade. Después se puso serio–. Ahora solo espero poder convencerla yo con la misma facilidad. No se cree lo que le digo, piensa que actúo cuando le hablo de sentimientos.

–Entonces no digas nada. Los hechos convencen mucho más. –Su madre le acarició el pelo, como cuando era pequeño–. Piensa en lo que significa ella para ti y en cómo te hace sentir. Se te ocurrirá la forma correcta de decírselo.

Cade le dio un beso.

–Gracias, mamá.

–Eso significa que vendrás con nosotros a Nueva York, ¿no?

–¡Me habrías tirado a los brazos de cualquiera solo para tenerme con vosotros en Navidad! –la acusó Cade, riéndose de su mirada pícara. Después suspiró, fingiendo angustia–. Papá me va a matar. Quería que resistiera, con la esperanza de poder librarse del viaje.

Grace puso cara de dolor.

–¡Pues se va a enterar! Maldito gruñón ermitaño...

–¿Sabes, mamá? Creo que Clover y tú os llevaríais bien. Tenéis la misma forma de afrontar las cosas.

–Por cierto: asegúrate de traerla a la comida de Navidad. ¡Si no, Jake seguirá siendo mi hijo preferido el resto de mi vida!

–Señorita O'Brian, ¿podría regalarnos diez minutos de su tiempo?

Clover jadeó para sí misma al oír la voz de otro de los muchos periodistas que se habían atrincherado en el exterior de las tiendas a las que solía acudir por trabajo.

–No tengo tiempo que perder, lo siento –dijo rápidamente, pasando de largo delante de él.

El reportero no se dejó desanimar por su frialdad y la siguió.

–Solo un par de preguntas...

–No tengo nada nuevo que decir respecto a la semana pasada.

–Quince días después de la marcha de Cade Harrison, ¿tiene alguna novedad para nuestros lectores? ¿Han vuelto a hablar o se han visto a escondidas?

–No.

–¿Por qué? ¿Es que su historia solo era un paréntesis pasajero? ¿Ha habido algún malentendido entre ustedes?

–Cuántas preguntas... –Molesta, Clover se detuvo de golpe, tratando de encontrar una vía de escape. Se puso a observar un punto fijo en los hombros del periodista con los ojos muy abiertos y una expresión un tanto confusa–. ¿Por qué no se lo pregunta a él? Si no me equivoco, acabo de verlo atravesando Times Square –murmuró.

El paparazi se volvió de repente, saboreando ya la primicia: si Cade Harrison estaba de nuevo en Nueva York, tal vez había vuelto por esa chica...

Observó la multitud buscando al actor, pero ninguna de las personas que abarrotaban las calles iluminadas guardaba el mínimo parecido con el divo de Hollywood.

–¿Está segura de haber visto a Harrison? Yo no veo... –Las palabras se le quedaron a la mitad en la garganta cuando se volvió a girar y vio que no había nadie escuchándolo– nada. Joder, me ha tangado –protestó.

Clover salió por la puerta trasera de una tienda de ropa y se dirigió rápidamente hacia Giftland, ajustándose el gorro a la cabeza para esconder sus malditas mechas pelirrojas.

«Su pelo es demasiado llamativo como para pasar desapercibido...».

Aquel recuerdo le pilló desprevenida, tal y como le ocurría todos los días, y le dejó un gran sentimiento de vacío.

Al principio, pensaba que el dolor la volvería loca. Había llorado tantas lágrimas como para compensar todos los años que había estado conteniéndoselas. Lo hizo delante del árbol de Navidad del Rockefeller Center, recorriendo las calles llenas de tiendas decoradas con adornos navideños, paseando por Central Park... ¡y hasta comiendo chocolate! Sus clientes la pillaron un par de veces sollozando y se sintió terriblemente estúpida. No soportaba mostrar sus debilidades a los demás, pero en aquel momento no era capaz de contenerse.

Después del dolor, le vino un sentimiento de indiferencia. Y era mejor que arrancarse el pelo de la desesperación. Aunque no lograse volver a ser una persona tranquila y despreocupada como antes de conocer a Cade, al menos podía vivir como si nada fuera capaz de afectarla.

Ni siquiera la intromisión de los periodistas la afectaba ya. Se había acostumbrado a encontrarse con tantos por el camino durante sus horas de trabajo, que ya sabía evitarlos casi de forma natural. Eran bastante fáciles de engañar, solo tenía que distraerlos como se hace con los niños pequeños.

«¡¿Qué hace la limusina de Obama delante de Macy's?!».

«Pero ¿quién coño es el tío ese que está al lado de Beyoncé?».

«Oh, Dios mío, ¡John Travolta vestido de Papá Noel está dando regalos entre la Quinta Avenida y la Calle 23!».

Siempre picaban.

Así era Nueva York. Mientras las estrellas paseaban por las calles con la intención de disfrutar de la atmósfera navideña, los periodistas no podían arriesgarse a perder oportunidades como aquella para correr detrás de una chica que solo había sido famosa durante diez minutos.

Después del primer artículo que se había publicado en torno a Cade y ella, los periódicos más sedientos de primicias se interesaron en la nueva víctima del príncipe de Hollywood e incluso llegaron a atrincherarse delante de su casa o a la puerta de Giftland. ¡Tenía que haber llamado a la policía para que se apartaran de su camino! Ella se negó rotundamente a responder a cualquier pregunta esperando que la dejasen en paz. Pero no funcionó.

Dos días después de que Cade se fuera, salió a la luz una noticia acompañada de unas imágenes en las que parecía estar pasando por un duelo, vestida de oscuro y con la cara pálida.

«La *personal shopper*, abandonada, llora por su príncipe», decía, y ella se llenó de rabia al ver que cuadraba con esas palabras, lo que le hizo dejar de llevar cualquier prenda oscura. Sufría, sí, pero no tenía ninguna intención de mostrarse de esa forma delante de unos desconocidos que lo único que querían era meter las narices en su vida.

Y tampoco quería que esas patéticas imágenes llegaran hasta California.

La semana siguiente, un colaborador externo de una revista sensacionalista le pidió una cita de incógnito a Clover, con la excusa de tener que hacer algunas compras navideñas. ¡Todavía le jodía recordar cómo se había dejado engañar por aquel chaval con la cara llena de pecas! Se dio cuenta muy tarde de que las preguntas que aquel tío le había hecho, espaciadas unas de otras para evitar sospechas, tenían una intención oculta.

Afortunadamente, ya había entrado en la etapa de la resignación, así que sus palabras no habían sido tan interesantes para el cronista, ni tampoco había derramado ninguna lágrima. Pero, de las cuatro preguntas que había respondido sin pensar, el periodista había conseguido un artículo de dos páginas en las que ella se mostraba completamente indiferente a la ausencia de Cade y declaraba no haber tenido nunca la intención de tener una relación afectiva con él...

Un hombre como él, forrado, bien pagado y deseado, no podría nunca tener algo con una chica como yo. Simplemente tuve la suerte de tenerlo como vecino durante un tiempo. Ambos hemos sido útiles el uno para el otro, de alguna manera: Harrison ha podido resolver muy rápido el problema de los regalos de Navidad y mi negocio se ha visto beneficiado con su presencia.

Qué pena que aquella presunta indiferencia no hubiera satisfecho del todo a los cotillas.

Tal vez no había logrado convencerles porque la verdad se le veía en la cara: como le habían dicho los gemelos Stevenson pocos días antes, se notaba una especie de vacío en sus ojos.

Bueno, así era como se sentía: vacía y apagada. No experimentaba ninguna alegría, ni siquiera por las cosas que alguna vez la habían entusiasmado. Dedicaba a su trabajo más tiempo del necesario, con la intención de sentirse ocupada esforzándose en encontrar ideas originales para sus clientes, pero ya no conseguía hacerlo tan bien como antes. Era como si, al haber conocido a Cade, se hubiera imaginado viviendo por un momento en un cuento de hadas. Pero, sin él, todos sus sueños se habían derrumbado, igual que un castillo de naipes.

Ya no había nada bueno en su vida... Aparte de sus amigos. Zoe, Liberty y Eric no dejaban de llenarla de cariño y muestras de atención para tratar de ayudarla a salir del pozo de tristeza en el que se encontraba.

Eric era como un hermano cariñoso y protector que le ofrecía un hombro en el que llorar cuando lo necesitaba. Nadie mejor que él comprendía lo que era amar sin ser correspondido. Y el simple hecho de ser un hombre le infundía a Clover el sentimiento de protección del que carecía desde que su padre falleció y su hermano se alejó de ella.

Zoe la hacía reír. Tenía que esforzarse por sacar esa parte de amiga superficial decidida a no hablar de ningún tema serio, pero Clover se sentía agradecida por todas las conversaciones inútiles con las que ella trataba de distraerla. Su amiga estaba convencida de que una sonrisa era el mejor remedio para curar un corazón roto, pero sobre todo era una gran defensora de que un clavo saca otro clavo, y no dejaba de sugerirle que saliera con algún chico. A Clover no le gustaba la idea de quedar con otro hombre que no fuese Cade. Tenía claro que no lo haría tan pronto, pero dejaba que Zoe siguiera imaginándoselo para mantener la mente ocupada.

Y, por último, Liberty la animaba a actuar. Se comportaba casi como una madre, y la motivaba a concentrarse en las cosas más importantes del amor, un sentimiento que, a los ojos de la treintañera rubia, resultaba algo peligroso y abstracto. Que se lo dijera alguien que llevaba bastantes años casada podía parecer absurdo, pero Liberty le había hecho entender que los amores ilógicos e irreales como el que Clover sentía por Cade nunca llevaban a nada bueno, y que debía buscar a un hombre capaz de hacerla sentir tranquila, como Justin hacía con ella. Y eso solo si no podía evitar estar con alguien.

Clover estaba sumamente agradecida de tener a su lado a esas tres personas. Era lo más parecido a una familia que había tenido en su vida.

Incluso Lib se había ofrecido a pasar aquella noche con ella. Su marido estaba pasando unos días en Toronto por trabajo y ella no tenía ninguna intención de volver a Chicago sola para pasar las fiestas con sus padres. Así que le propuso ir a ver *El Cascanueces* juntas y esperar la medianoche en su apartamento de Brooklyn.

A pesar de las pocas ganas de fiesta que tenía, Clover estaba feliz de no tener que pasar la Nochebuena sola.

Cuando volvió a la tienda, después de terminar con sus últimos clientes, esbozó una sonrisa y se preparó para pasar la noche con Liberty. Pero, en cuanto vio las caras serias y apenadas de sus tres compañeros, comprendió que algo no iba bien.

—Menudas caras tenéis... ¿Es que se ha muerto alguien? —dijo, tratando de relajar el ambiente, mientras se quitaba su gorro de lana.

—Aún no, ¡pero en dos horas moriré de aburrimiento en la cena de Nochebuena que ha organizado mi familia numerosa! —suspiró Zoe, actuando.

—Oh, vamos. Las reuniones familiares no son para tanto. —Ella pagaría por tener una familia con la que pasar las fiestas—. Pero bueno, siempre estás a tiempo de unirte a Lib y a mí, en cuanto hayas cumplido con tu deber de buena hija y nieta favorita...

La mirada culpable de Liberty la alertó.

«Otra vez me dejan tirada, es que lo sabía...».

—Hablando de nuestra noche —se puso a decir Lib, con una expresión avergonzada—. Tengo que resolver un problema en casa de mis padres y debo ir a Chicago esta misma noche. El vuelo es en dos horas, así que no podré ir al teatro contigo. No sabes lo mal que me siento...

A Clover la conmovió ver a su amiga así. Liberty Allen era muy organizada y lo tenía todo siempre bajo control, era difícil sacarle un fallo.

—¿Incluso tú, mi madre postiza, me vas a abandonar como a un perro en Nochebuena? —bromeó, dejándose caer sobre una silla del local—. ¡Nunca podré perdonarte!

—No me hagas sentir peor —dijo Liberty, mordiéndose el labio—. Sé que te había prometido que pasaría esta noche contigo, pero...

—Estoy de broma, Lib. De soledad no me voy a morir, relájate. Ya he sobrevivido a más noches como esta. —Clover se encogió de hombros y esbozó una sonrisa—. Me iré a casa, pediré comida china y esperaré a que sea medianoche para abrir vuestros regalos.

Zoe dio un paso hacia delante y miró a Liberty con desaprobación.

—¿Tus padres no pueden esperar un día más? ¡Dejar a Clover sola esta noche es cruel!

Liberty le lanzó una mirada.

—Cállate.

—Clo, cariño... ¿quieres venir conmigo y mi familia? Yo me muero de aburrimiento en estas ocasiones, ya lo sabes. ¡Son todos unos viejos y no paran de echarme en cara que aún no esté casada cuando ellos a mi edad ya tenían dos hijos por cabeza! —Zoe puso los ojos en blanco, agobiada ya solo de pensarlo, y después volvió a mirarla con dulzura y atención—. Ven conmigo. Podemos emborracharnos juntas mientras mi abuela prepara sus platos estrella y largarnos en cuanto se quede dormida en la silla.

Clover sacudió la cabeza con fuerza.

—¡No, gracias! No estoy tan desesperada como para colarme en una fiesta familiar. —Respiró hondo y volvió a ponerse en pie–. Bueno, como no va a haber ningún *ballet* clásico, tendré que irme a casa.

Liberty echó un rápido vistazo a su reloj e intercambió una mirada con Eric y Zoe.

–¿Por qué no hacemos un brindis antes de cerrar? Ya que vamos a pasar la Navidad separados, disfrutemos al menos de este momento.

Mientras Zoe iba a buscar cuatro copas, Eric descorchó una botella de champán que habían recibido como regalo de una clienta. Brindaron alegremente, intercambiándose buenos deseos, pero el ambiente seguía tenso y el silencio no tardó en instalarse en Giftland.

Clover se bebió la copa de un trago y después la posó con fuerza sobre la mesa. Cuando se dio cuenta de las miradas ansiosas de sus amigos, parpadeó.

–¿Qué pasa?

–¿Seguro que estás bien? –le preguntó Zoe, preocupada.

–Chicos, no tenéis por qué poner esas caras de funeral –protestó Clover–. He tenido momentos mejores, es verdad, pero no voy a suicidarme en cuanto salga de aquí, ni tampoco me voy a dar a la bebida. –Miró las tres caras de pena y sonrió con tristeza–. Ya sabíamos desde el principio que eso no iba a durar, no ha sido ninguna sorpresa para nadie. Cade ha vuelto a su vida y yo a la mía. Fin de la historia. Este año he disfrutado mucho del ambiente navideño, a pesar de la tensión de estas dos últimas semanas. Pero se me pasará pronto, ya sabéis cómo soy. Mis dramas nunca duran demasiado.

–Hagamos una cosa, Clo: si más tarde te sientes extremadamente triste, llámame –le pidió Liberty–. Trataré de cancelar mi viaje, de una forma u otra.

—No será necesario, estaré genial. —Clover se puso su gorro de lana y se dirigió hacia la salida—. Nos vemos en dos días. ¡Feliz Navidad, chicos!

—¡Llámame mañana! —exclamó Zoe, acompañándola hasta la puerta.

—También puedes llamarnos esta noche, si necesitas desahogarte —señaló Eric.

Clover rio levemente.

—¡Y yo que pensaba que nadie se preocupaba por mí! Me equivocaba, os tengo a vosotros... ¡y sois muy pesados! —bromeó, mientras salía del local. Una vez fuera, pudo dejar de hacer como que sonreía.

Se levantó el cuello de la chaqueta y se dirigió lentamente hacia la parada de taxis más cercana, esperando poder contener las lágrimas hasta que estuviera en casa y a salvo.

En la tienda, Liberty, Zoe y Eric observaron a su amiga alejarse por las calles llenas de nieve en un silencio cómplice. Solo cuando la vieron doblar la esquina y desaparecer, se apartaron de la puerta, que Eric cerró con llave por precaución.

—Espero que valga la pena —dijo Liberty, sacando el móvil del bolsillo y marcando un número que había escrito a toda prisa en un pósit—. ¡Si no, os juro que lo estrangulo!

—¿Habéis visto qué ojos más tristes tenía? —suspiró Zoe—. Por un momento, me dieron ganas de que aceptara mi invitación. Me duele la idea de dejarla sola en un momento como este.

—Tú solo querías llevar a una aliada a tu cena familiar —masculló Eric.

—Eso no es verdad. Clo me importa mucho, ¡no quiero que sufra!

—Casi lo echas a perder todo con tu escenita. ¿Qué habrías hecho si hubiera aceptado tu invitación?

—Sabía que no lo haría, la conozco. Prefiere estar sola antes que ser una más en una familia numerosa y acomodada como la mía. Le habría recordado que la suya es muy diferente y que probablemente estaría de celebración sin ella. ¡Si tuviera a esa gente delante, yo...!

—Te olvidas de que posiblemente en menos de una hora ya no esté sola ni triste.

Zoe hizo una mueca.

—¿Ahora estás de su parte? ¡Los hombres no hacéis más que respaldaros entre vosotros!

—Solo intento ser positivo. Aunque todavía no estoy del todo seguro de que haya sido una buena idea ayudarlo.

—Vaya, menuda novedad. Por lo que dices, ningún hombre merece una segunda oportunidad.

—Y por lo que dices tú, cualquiera merece más de una.

—Acaba de irse. —La voz de Liberty por teléfono puso fin a su discusión—. Dijo que se iba directamente a casa, aunque no sé si cambiará de idea por el camino. Y, por una parte, no te vendría nada mal quedarte un rato en la nieve congelándote. —Lib escuchó una breve respuesta y luego sacudió la cabeza, con una sonrisa involuntaria en los labios —. Buena suerte, entonces —dijo finalmente, y colgó.

—¿Qué ha dicho? —preguntó Zoe, intrigada.

—Que congelarse bajo la nieve es lo que menos le asusta ahora mismo. —Liberty se encogió de hombros—. Bueno, nosotros ya hemos cumplido con nuestro deber. Solo nos queda esperar y desear que todo vaya bien. Volvamos a casa.

Zoe asintió y se dispuso a salir del local. Al ver que Eric la estaba mirando, le sonrió.

—¿Qué vas a hacer esta noche? La cena con mi familia va a ser como para morirse de aburrimiento si no tengo a nadie allí conmigo...

Eric la miró serio y ella se rio.

El taxi avanzaba lentamente por la carretera cubierta de nieve, pero el interior estaba calentito y el taxista era bastante alegre. En otro momento, Clover habría disfrutado del trayecto charlando con el hombre al volante, pero aquella tarde no estaba de humor.

A pesar del esfuerzo que estaba haciendo cada día para parecer serena y alegre, no encontraba ni un solo motivo para sonreír de verdad. Como le había dicho a Liberty, no era la primera vez que pasaba la Nochebuena sola; estaba acostumbrada a inventarse noches divertidas para combatir la soledad. Pero desde hacía más o menos dos semanas, su lado melancólico se había apoderado de ella.

Y todo era culpa de Cade Harrison.

Desde el principio, sabía que lo que había entre ellos no funcionaría. Aun así, solo su cerebro estaba convencido de eso; su corazón tenía otra opinión.

«Estúpido órgano romántico» pensó furiosa, mientras observaba la nieve caer.

Tenía que hacer algo para acabar con su extrema incredulidad. La esperanza, la magia de Navidad, soñar despierta... eran todo cosas maravillosas, pero realmente inconsistentes. Todos los años esperaba algo que luego, normalmente, no ocurría, y aun así, su optimismo seguía reforzándose contra su voluntad.

¿Cuántas ilusiones rotas podía soportar un corazón?

Un rostro precioso, iluminado por dos profundos ojos azules, se le vino a la mente, respondiendo a aquella pregunta:

después de que Cade se marchara, su corazón se había roto en mil pedazos. Ya no había espacio para más ilusiones.

Las notas de *Christmas (Baby Please Come Home)* se propagaban en el interior del taxi y le arrancaron un suspiro. La maravillosa y dulce voz de Michael Bublé se hacía eco en sus pensamientos: era como si a la Navidad, ese día lleno de nieve, luces de colores y música le faltara la magia si no la compartías con la persona a la que amas.

Reflejaba tanto su realidad, que le ardía la garganta.

Al notar que las lágrimas estaban empezando a inundarle los ojos, Clover le pidió al taxista que se detuviera y continuó a pie la última manzana. No tenía la intención de ponerse a llorar delante de un desconocido. Aunque, en realidad, tampoco quería llorar.

Esa canción le recordaba todo aquello que no tenía, es verdad, pero ella era una optimista nata. Y ya era hora de que volviera a encontrar su propia naturaleza.

«¿Es posible enamorarse en tan poco tiempo?», se preguntó, mientras caminaba lentamente. A juzgar por lo fuertes que eran los sentimientos que tenía hacia Cade y lo intenso que era el dolor que la había invadido desde que él se había marchado, la respuesta solo podía ser sí. Los días que había pasado con él habían sido especiales, momentos que le habían dado un sentido a todos los sueños que vivía despierta. Por fin había comprendido lo que había estado esperando toda su vida, cuál era el regalo que siempre había querido recibir.

El amor.

Rozarlo la había llenado de alegría y perderlo le había dejado un vacío. Le iba a ser difícil volver a tener las mismas ganas de soñar, pero no podía rendirse.

Tenía un año para que su corazón se recompusiera, antes de que volviera a llegar el momento de pedir un deseo bajo el árbol de Navidad.

«Fue bonito mientras duró», se dijo, dirigiendo el rostro hacia los copos helados. Conservaría todos esos recuerdos celosamente, como si fueran algo raro y precioso. No eran muchos, es cierto, pero sí intensos. En el fondo, la Navidad también llegaba una vez al año y tan solo duraba un puñado de días, pero no por eso le gustaba menos.

Las luces de las ventanas de su casa la acogieron con un brillo tenue. Aunque no fueran para tanto, bastaban para hacerla sentir algo menos melancólica.

Suspiró profundamente y empujó el portón, demasiado ocupada pensando en la solitaria noche que la esperaba como para darse cuenta de que ya estaba abierta.

Ya casi había llegado a las escaleras, cuando algo se puso delante de ella y la sobresaltó.

En la penumbra solamente logró distinguir una figura humana y la primera cosa que se le vino a la cabeza fue que se trataba de un ladrón. Había muchos robos en aquella época, no dejaban de hablar de eso en el telediario, y ella era una mujer que vivía sola, en un vecindario poco poblado...

–¡Largo de aquí o llamo a la policía! –exclamó, dando un paso hacia atrás.

Después, de pronto, la rabia por aquella intrusión, sumada al nerviosismo de los últimos días, hizo que se comportase de forma temeraria.

Blandiendo el bolso, empezó a dar golpes al aire a ciegas.

–¡Es Navidad, joder! ¿Es que no tienes ni un poco de corazón? ¡Vienes aquí a sembrar el pánico, como si no fuera ya bastante horrible volver a una casa vacía! –gritó–. ¡Podrías haberte ahorrado la molestia y unos cuantos moratones, porque aquí dentro no encontrarás nada de valor!

–Te equivocas. Estás tú.

Dos manos, tan cálidas y suaves como las recordaba, le inmovilizaron las muñecas. No era necesario, de todas formas, ya que aquella voz grave y ligeramente divertida ya la había tranquilizado.

–Sabía que correría algún que otro riesgo presentándome aquí, ¡pero para nada me imaginaba que iba a salir herido!

Con el corazón a mil, Clover trató de distinguir los rasgos de aquel rostro en la oscuridad.

–¿Cade?

Él se movió para que las luces de las ventanas le iluminaran.

–Sí.

–¿Qué haces aquí?

–Te estaba esperando.

Clover se quedó mirándolo con incredulidad, mientras el calor de aquellas manos parecía calentarla.

–Se suponía que iba a salir a cenar esta noche, y probablemente ni siquiera volvería a casa. Podrías haberte quedado aquí, en medio del frío y la nieve, toda la noche... –masculló. El brillo de su sonrisa la iluminó–. Liberty –dijo–. Os pusisteis de acuerdo, ¿verdad? La voy a matar.

–No fue tan fácil convencerla, créeme.

–¿Convencerla de qué, exactamente?

–De dejarte sola en Nochebuena para que volvieras a casa.

–¿Y que me dieras un susto de muerte en las escaleras? –Clover se soltó lentamente, pero con decisión. Estaba contenta de tenerlo delante, era como si las ganas tan fuertes de verlo se hubieran materializado en su jardín. Sin embargo, una vez pasada la sorpresa inicial, se volvió cautelosa: estaba empezando a aceptar el fin de su breve idilio navideño y no podía arriesgarse a seguir engañándose a sí misma.

—¿Por qué estás aquí? —le preguntó.

—Por muchas razones, pero no sé por cuál empezar.

—Empieza por lo más importante —soltó Clover, cruzando los brazos a la altura del pecho.

Cade asintió.

—Te amo.

Clover se quedó boquiabierta.

—Quería decírtelo al final, pero si tengo que seguir un orden de importancia...

—¿Tú... me amas? ¿Estás seguro? —balbuceó Clover, sintiendo la sangre latir en sus orejas.

—Me gustaría decirte que sí, pero la verdad es que nunca me había sentido así, así que no sé cómo se siente. Pero me fío de mi instinto.

—Nunca te habías sentido así... ¿Así cómo?

Cade se agachó a recoger algo del suelo. Clover todavía estaba tratando de averiguar qué era, cuando todo a su alrededor se iluminó.

Todos los árboles, casas, paredes y verjas se iluminaron de colores. Todo lo que alcanzaba su vista, a lo largo de la calle, brillaba gracias a un montón de pequeñas luces.

—Así —dijo Cade, con una emoción muy profunda en la voz y en la mirada—. Tú iluminas mi mundo, Clover O'Brian.

Clover no tenía palabras. Seguía mirando a su alrededor todas las luces de colores, que se reflejaban en sus ojos, mientras sentía un nudo en garganta.

—Espero que entiendas la idea —prosiguió Cade—. Cuando mi madre me aconsejó que hiciera algo para decirte lo que siento, esto fue lo primero que se me vino a la mente. Ya sé que no te fías de mis palabras, pero a lo mejor así...

Clover se mordió el labio.

—Perdón por lo que te dije ese día. Estaba alterada, no podía razonar.

—Como cuando yo quise desmontar aquel maldito artículo. Era solo un intento de protegerte. —Cade se sostuvo la barbilla con los dedos y la miró a los ojos—. Todo era nuevo entre nosotros, solo quería más tiempo para disfrutar de lo que teníamos, sin que nadie nos molestara. Me dijiste que odiabas esa faceta de mi vida y yo traté de mantener a los periodistas lejos de ti. No quería hacerte de menos, ni quitarle valor a lo que había entre nosotros.

—Ya no tiene importancia.

—Sí que la tiene. Tendría que haberte tranquilizado inmediatamente, pero cuando te enfadas eres igual que un tanque, y lo que me dijiste me hizo más daño del que te hubieras podido imaginar. No pude reaccionar con rapidez.

—No pensaba ni una palabra de lo que te dije.

Cade le rodeó el rostro con las manos, sin dejar de mirarla, como si quisiera grabar hasta el más mínimo detalle en su mente.

—¿Ni cuando dijiste que lo que había entre nosotros no iba a funcionar?

Clover dudó y Cade se acercó un poco más a ella.

—Yo creo que sí va a funcionar. Lo he tenido todo en la vida, pero nunca me había sentido tan tranquilo como desde que te conocí. Quiero tenerte a mi lado, Clover. Sé que mi vida es caótica, pero haré lo posible para ponerte las cosas fáciles.

—Guau... —Clover tragó saliva.

Tenía la vista nublada de lágrimas de alegría. Él pareció malinterpretarlo y la agarró con más fuerza.

–¡Por favor, confía en mí! No estoy actuando.

–Ya lo sé. –Clover sintió una lágrima deslizarse por su mejilla y detenerse en el pulgar de Cade–. Es que... es todo muy bonito.

–Pero es de verdad. ¡Pregúntaselo a mi madre!

–¿A tu madre?

–¡Me ha echado una regañina de las que hacía tiempo que no me echaba! No soportaba verme encerrado en casa llorando, y me ha amenazado con mandarte a Zack como regalo, en compensación por haber tenido que tratar con un estúpido como yo.

Clover se echó a reír, emocionada al escuchar su tono molesto.

–Debería aprovechar su oferta, ¡aunque solo sea para olvidar estas últimas dos semanas!

Cade le inmovilizó un brazo por detrás de la espalda, atrayéndola hacia él.

–No te voy a dar ni tiempo a que te lo pienses –le prometió, antes de besarla.

Clover dejó que sus labios se fundieran con los de él. Aquello no le parecía real, tenía miedo de despertarse de uno de sus sueños y verse en el jardín, bajo la nieve y tal vez abrazando a un árbol. Pero aquel cuerpo sólido y cálido, aquel perfume familiar y el sabor de sus labios eran demasiado reales como para ser solo una fantasía.

Abrió los ojos a la vez que él y sus miradas se encontraron.

–Eres el regalo más inesperado que podría recibir nunca –le susurró a los labios suaves que seguían tocando los suyos.

Cade fingió alivio.

–¡Eso me consuela, porque no he tenido tiempo de hacerte uno de verdad! Llegué esta mañana y me puse a organizarlo todo. Aunque tengo una cosa para ti. –Se metió una mano en el bolsillo de los pantalones, sacó una bola de nieve y se la tendió. Clover la miró y se rio: en el interior de la bola había un Papá Noel en bañador haciendo surf sobre unas grandes olas azules rodeadas de varias palmeras verdes. En la base de madera maciza, había una inscripción: FELIZ NAVIDAD DESDE LOS ÁNGELES, CALIFORNIA.

–Te has acordado –susurró, apretando el pequeño recuerdo contra su pecho.

–No me he olvidado de nada, Clover. –Cade volvió a estrecharla entre sus brazos–. De todas formas, prometo hacerte un regalo de verdad en cuanto pueda.

Clover sonrió feliz, volviendo a mirar la calle iluminada.

–¡Creo que esta vez te perdonaré!

–Una cosa más. –Cade señaló la casa donde había estado viviendo hasta hacía dos semanas–. Philip tiene la alarma activada y la cámara de vigilancia apunta justo hacia nuestra dirección. Lo ha grabado todo.

Clover abrió los ojos.

–¡¿Todo?! ¿Te refieres a mis tropiezos, a las pintas horribles que tengo por las mañanas cuando salgo a tirar la basura...?

Cade rio.

–¡No! Le he pedido yo que la activara, solo esta noche.

–¿Por qué?

–Porque esa cinta, si tú estás de acuerdo, terminará en manos de los periódicos. –La voz de Cade se puso ronca–. Quiero que todo el mundo sepa con quién quiero compartir mi vida. Generará un poco de caos, te lo advierto, habrá periodistas atrincherados aquí fuera todos los días y nos seguirán durante un tiempo. Pero poco a poco dejarán de tener interés por nosotros y podremos vivir tranquilos, te lo prometo.

–Oh, Dios. –Clover se abanicó el rostro acalorado con una mano–. Amo a Cade Harrison y él me ama a mí... Creo que me voy a desmayar.

Cade se inclinó sobre ella con una sonrisa radiante y la besó de nuevo.

Se quedaron un buen rato abrazados, entre las luces de colores y los copos de nieve, mecidos por los tañidos de las campanas de Navidad.

Clover se sentía en el séptimo cielo. La magia de la Navidad no la había defraudado.

A pesar de los días de tristeza y lágrimas, no había perdido del todo la esperanza. Y había sido ampliamente recompensada.

Cade estaba enamorado de ella y era capaz de gritárselo al mundo entero. Más tarde, se pellizcaría para asegurarse de que estaba realmente despierta.

Un pensamiento la invadió de repente y le hizo abrir los ojos.

–¿Cade?

–Dime.

–Tienes que recortar el vídeo de la cámara de seguridad de Philip antes de mandárselo a los periodistas –dijo, escondiendo la cara en su hombro.

–¿Por qué?

–No querrás que toda América vea que te he golpeado con un bolso, ¿no?

La carcajada de Cade resonó en toda la calle.

Epílogo

¡Flechazo navideño!

Esta vez es oficial: ¡Cade Harrison está enamorado!

La noticia ha llegado a nuestra redacción a través de un vídeo grabado por una cámara de seguridad que nos ha enviado un ciudadano anónimo de Staten Island que ha tenido la suerte de grabar una escena increíble: ¡el príncipe de Hollywood y la guapísima *personal shopper* neoyorquina se declaran amor eterno!

Tras la difusión de la grabación, el guapo actor se ha confesado a nuestros lectores:

«Al principio, traté de desviar la atención de los medios solo para darnos tiempo a Clover y a mí para entender qué era lo que estaba naciendo entre nosotros», dijo. «Ella no es una mujer que busque popularidad y yo quería protegerla. Mi fama podría dificultar las cosas a veces, sobre todo al comienzo de una relación. Así que espero que la gente comprenda que queremos intimidad».

A juzgar por el vídeo, Clover O'Brian parece lo suficientemente capaz de defenderse, aunque solo sea armada con un bolso...

«¡No se esperaba verme! Creyó que era un ladrón y por eso reaccionó», dijo Harrison entre risas, ante nuestra observación. «Aun así, creo que me merecía esos golpes. Aunque solo fuera por haber esperado dos semanas enteras antes de decidirme a confesarle que la amo».

Parece que el soltero más codiciado y deseado de toda América, el sueño prohibido de ávidas admiradoras y maravillosas mujeres del espectáculo ya no esté disponible. ¿Cómo ha hecho esa encantadora pelirroja de belleza natural para lograr lo que todas las demás no han conseguido?

«Clover es especial. Es la mujer más guapa, dulce y directa que he conocido nunca, una chica de lo más simpática e imprudente que sabe hacerme reír como nadie. Quiero hacerla feliz el resto de mi vida».

Mientras él ha presumido con alegría de sus sentimientos ante nuestros micrófonos, el carácter reservado de O'Brian nos ha puesto más difícil hacer nuestro trabajo. Pero, tras perseguirla con insistencia por las calles de Nueva York, hemos conseguido que ella también nos dijera unas palabras sobre esta romántica historia navideña, que está haciendo suspirar a millones de corazones.

«El amor de Cade es el regalo de Navidad más bonito que podría recibir», declaró la chica, sin apenas detenerse. «Y todavía me parece increíble que me eligiera justo a mí. Solo quiero vivirlo sin demasiadas interferencias externas y hacer que dure para siempre. Y... aprovechando que estáis aquí», añadió, antes de escapar de nosotros, «anotad también que, a partir de ahora, no quiero que ninguna admiradora le vuelva a enseñar el culo para que se lo firme. ¡Gracias!».

Agradecimientos

Llevo media vida imaginándome este momento, y ahora que me encuentro ante la famosa página de agradecimientos..., ¡no se por dónde empezar! Así que voy a improvisar, y que nadie me tenga en cuenta el orden de importancia o cualquier olvido.

El agradecimiento más sincero va para las personas que me han acompañado a lo largo de esta aventura, las que nunca se rieron de mí cuando les dije que mi sueño era ser escritora, sino que, por el contrario, siempre me animaron a intentarlo. Todavía queda mucho camino por recorrer, pero este libro es un primer e importantísimo paso.

Quiero darle las gracias a mi hermana Stefania, que siempre ha leído mis trabajos con gran objetividad. Nunca ha sido una aficionada a este género, el primer libro de novela romántica que leyó fue el mío... ¡y el hecho de que lo releyera varias veces, tal y como hizo con la saga de Harry Potter, me dio mucha satisfacción!

Gracias a Luca, porque cuando mi sueño empezó a despegar él estaba conmigo. Ha convivido con todas mis dudas y preocupaciones durante muchos años y, aun así, jamás pensó que no lo conseguiría... (¿Querías una mención especial por tu paciencia? ¡Aquí la tienes!).

Muchas gracias a Battina, que lleva años ayudándome a frenar mis paranoias ¡Te harán santa!

Gracias de corazón a todas las amigas virtuales que he conocido a través de Facebook, por su cariño y simpatía (en especial, a mi amiga Maria, que siempre ha respondido con amabilidad a todas mis preguntas de novata) y a las chicas de mis blogs favoritos (*La mia biblioteca romantica* y *Immergiti in un mondo... Rosa!*), porque los comentarios positivos que hicieron sobre mis primeros relatos me ayudaron a encontrar el valor para lanzarme al ruedo.

Gracias a todos los que comprasteis mi novela en su primera versión digital. Que yo esté aquí ahora es, sobre todo, gracias a vosotros.

Un gracias enorme a Newton Compton, y en particular a Gabriele, Martina y Alessandra, por la confianza que han depositado en mí, por su paciencia y disponibilidad y por haberme enseñado tantas cosas.

Y gracias también a todos los que NUNCA me han entendido, aceptado y apoyado. Tal vez, sin vosotros, no habría comprendido del todo lo maravilloso que puede llegar a ser refugiarse en los sueños.

Índice